수호지

10

수
호
지

10

이
문
열
편
역
ㅡ
시
내
암
지
음

꽃잎처럼 지는 영웅들

水滸誌

알에이치코리아

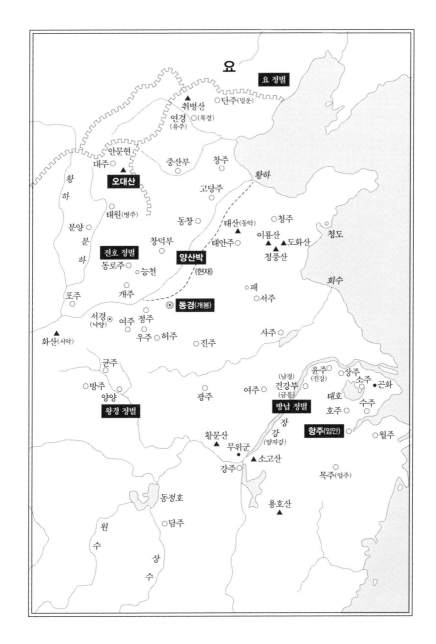

『수호지』의 배경이 된 송나라 지도

水滸誌

왕경을 사로잡다

세 여장수는 마보군 오천을 이끌고 뛰어나와 적병의 오른쪽 날개인 유원, 반충의 인마와 맞붙었다. 왼편에서는 왕영, 손신, 장청의 군사들이 적의 왼쪽 날개인 이웅, 필선의 인마와 맞붙어 싸우고 있었다.

양쪽 모두 싸움이 열 합을 넘겼을까 말까 한 때였다. 먼저 남쪽의 왕영, 손신, 장청이 군사들을 이끌고 말 머리를 돌려 달아나기 시작했다. 북쪽의 호삼랑, 고대수, 손이랑도 말 머리를 돌려 군사들과 함께 동쪽으로 달아났다. 왕경이 그걸 보고 비웃으며 말했다.

"송강 밑에는 기껏해야 저따위 연놈들뿐인데 어찌하여 우리 장졸들이 그렇게 여러 차례나 싸움에 졌단 말이냐?"

그러고는 대군을 휘몰아 뒤쫓기 시작했다. 한 대여섯 마장이나 갔을까, 갑자기 징 소리가 한 번 크게 울리더니 얼마 전 달아났던 네 보군 두령 이규, 번서, 항충, 이곤이 산 왼쪽 수풀 속에서 뛰쳐나왔다. 거기다가 전에 안 보이던 화화상 노지심, 행자 무송, 몰면목 초정, 적발귀 유당도 방패와 단도를 든 보군 오백 명을 거느리고 그들과 함께 뛰쳐나왔다.

적의 부선봉 상관의가 이천 군사를 거느리고 그들을 들이쳤다. 워낙 머릿수가 모자라 그런지 이규와 노지심은 적병과 몇 합 싸우기도 전에 못 당하겠다는 듯 방패를 내려 들고 두 길로 갈라져 숲속으로 도망쳐 버렸다. 적병들이 뒤쫓았으나 그들이 어찌나 빠르게 달아나는지 잠깐 사이에 사방으로 흩어져 찾을 길이 없었다.

"대왕께서는 쫓지 마십시오. 저건 적들이 우리를 꾀어들이려는 계책 같습니다. 진세를 벌여 적과 맞서는 게 좋겠습니다."

이조가 왕경에게 다가와 그렇게 말렸다. 왕경도 옳게 여겨 그대로 따랐다. 장대에 오른 이조는 곧 깃발과 북을 신호로 진세를 벌이기 시작했다. 그런데 미처 진을 다 치기도 전에 문득 산 뒤에서 굉천자모포가 울려 퍼지며 송나라 군사의 대병이 물밀듯이 쏟아져 나왔다. 송나라 군사가 들판 가운데를 차지하고 진세를 벌이는 것을 보자 왕경은 말들을 멈춰 세우게 하고 장대에 올라가 송나라 군사의 진세를 살펴보았다.

정남방에 줄지어 선 군사들은 붉은 기를 들고 붉은 갑옷, 붉은 전포 차림에 붉은 수술로 치장한 붉은 말들을 타고 있었다. 그들 앞에 휘날리는 금박 입힌 붉은 깃발 아래에 선 송나라 군사의 우두머리 장수는 벽력화 진명이었고 그의 왼쪽에는 성수장군 선정규, 오른쪽에는 신화장군 위정국이 말 위에 앉아 있었다. 세 장수가 타고 있는 말도 털이 새빨간 적토마였다.

동쪽에 줄지어 선 군사들은 모두 푸른 기를 들고 푸른 갑옷, 푸른 전포 차림에 푸른 수술로 장식한 털빛 푸른 말들을 탔다. 그들 앞에는 역시 금박 입힌 푸른 깃발이 나와 있었는데 그 아래 선 우두머리 장수는 대도 관승이요, 왼쪽에는 추군마 선찬, 오른쪽에는 정목안 학사문이었다. 그들이 탄 말은 하나같이 털빛이 푸른 청총마였다.

서쪽에 줄지어 선 군사들은 모두 흰 깃발을 들고 흰 갑옷, 흰 전포에 희게 치장한 백마들을 타고 있었다. 그들 앞에서 펄럭이는 금박 올린 흰 깃발 아래 나와선 장수는 표자두 임충이었다. 임충은 왼쪽으로 진산삼 황신, 오른쪽으로는 병울지 손립을 거느리고 말 위에 높이 앉아 있는데 그 세 장수가 탄 말은 모두가 털빛이 흰 눈 같은 백마였다.

뒤쪽으로 늘어선 군사들은 모두 검은 깃발을 들고 검은 갑옷, 검은 전포 차림에 검은 수술로 치장한 검정말들을 타고 있었다. 그들 앞에는 역시 금박 올린 검은 깃발이 휘날리고 있었는데 앞선 대장은 쌍편 호연작이요, 왼쪽에는 백승장 한도, 오른쪽에는 천목장 팽기가 나와 있었다. 그들이 탄 말 역시 검정말이었다.

동남방 문기 아래에 늘어선 인마는 푸른 깃발을 들고 붉은 갑옷을 걸치고 있었다. 그 앞에 세운 비단 깃발 아래 서 있는 장수는 쌍창장 동평이고, 그 왼쪽에는 마운금시 구붕, 오른쪽에는 화안산예 등비가 말 위에 높이 앉아 있었다.

서남쪽 문기 아래에 늘어선 인마들은 붉은 깃발에 흰 갑옷을 걸치고 있었다. 급선봉 삭초가 금모호 연순과 철적선 마린을 좌우로 거느리고 말 위에 높이 앉아 있었다.

동북쪽 문기 아래 늘어선 인마는 검은 깃발에 푸른 갑옷을 걸치고 있었다. 휘날리는 깃발 아래 앞장선 장수는 구문룡 사진이요, 왼쪽에는 도간호 진달, 오른쪽에는 백화사 양춘이 역시 말 위에 높이 앉아 있었다.

서북쪽 문기 아래 늘어선 인마는 흰 깃발에 검은 갑옷을 걸치고 있었다. 앞장선 대장은 청면수 양지요, 그 왼쪽에는 금표자 양림, 오른쪽에는 소패왕 주통이 각기 병장기를 들고 말 위에 앉아 있었다. 철통 같은 팔방의 배치였다. 진문 안에서 마군은 마군 부대를 따르고 보군은 보군 부대를 따르는데 모두 칼과 도끼, 창을 꼬나들고 있었다. 거기다 깃발이 가지런히 늘어서서 휘날리니 인마의 벌려 섬이 자못 위엄스러웠다.

여덟 진채의 중앙에는 누른 깃발이 수없이 휘날리는데 그 사이사이에는 예순네 폭의 높은 깃대가 걸려 금박으로 예순네 괘(卦)를 그린 깃발이 휘날렸다. 중군에도 문기 네 개가 있고 남문은 모두 마군이었다.

정남쪽의 누른 깃발 아래 있는 두 장수는 미염공 주동과 삽시호 뇌횡으로, 주동은 왼편에 서고 뇌횡은 오른편에 서 있었다. 군사들은 모두 누른 깃발을 들고 누른 전포, 누른 갑옷에 누른 수술로 장식한 누른 말을 탔다.

가운데 진채의 동문에는 금안표 시은이 서고 서문에는 백면낭군 정천수가 섰으며 남문에는 운리금강 송만, 북문에는 병대충 설영이 섰다.

　또 그 누른 기 뒤에는 화포들이 촘촘히 서 있는데 포수인 굉천뢰 능진은 이십여 명의 부포수를 거느리고 화포들을 둘러싸고 있었다. 화포 뒤에는 갈고리를 든 병사들과 올가미를 든 병사들이 서고 그들 뒤로는 온갖 색깔의 깃발들이 바람에 휘날렸다. 그 사방에 선 것은 이십팔수 성진(星辰)을 수놓은 깃발이었다.

　수자기(帥字旗)는 비단에 수를 놓고 가장자리에 구슬을 박았으며 밑에는 금방울을 달고 꼭대기에는 장끼의 꽁지깃을 꽂은 금빛 깃발이었다. 그 깃발을 지키는 장수는 어미관(魚尾冠)과 용의 비늘 같은 갑옷을 걸친 험도신 욱보사였다. 키가 한 길이 넘는데다 차림까지 호화로워 몹시 늠름해 보였다.

　그 곁에서 수자기를 지키는 두 장수는 똑같은 투구와 갑옷에 강철로 만든 창을 들고 전마(戰馬)를 탔는데, 그들은 모두성 공명과 독화성 공량 형제였다.

　그들이 탄 말 앞뒤에는 가시 방망이를 들고 갑옷을 입은 군사 스물네 명이 서고 그들 뒤에 세운 비단 군기 양편에는 스물네 명의 방천화극을 든 군사들이 섰다. 그 군사들 앞에 두 장수가 말을 타고 갈라서 있는데 왼쪽에 선 것은 소온후 여방이요, 오른쪽에 선 것은 새인귀 곽성이었다.

　방천화극을 든 군사들 속에 한 무리의 쇠 작살을 든 군사들이 섰는데, 그 가운데는 똑같은 차림을 한 두 명의 보군 장수가 서 있었다. 하나는 양두사 해진이고, 하나는 쌍미갈 해보였다. 그들은 각기 손에 세 갈래 난 창을 들고 중군을 지켰다.

그 뒤 비단 안장을 얹은 말 위에 두 사람이 앉아 있는데 왼쪽은 성수서생 소양이고 오른쪽은 철면공목 배선이었다. 그 뒤로 다시 자주색 옷을 입은 군사들이 큰 칼을 들고 숲을 이루고 가운데는 회자수(劊子手) 두 사람이 섰다. 위쪽으로는 철비박 채복이요, 아래쪽으로는 일지화 채경이었다. 금창수들은 서령이 거느렸고 은창수는 소이광 화영이 거느렸다.

그들 뒤로도 송나라 군사의 의장은 호화롭고 위세롭기 그지없었다. 붉고 푸른 장막에 갖가지 색깔의 깃발이며 번득이는 창칼이 마치 삼엄한 숲 같았다. 그 한가운데 일산 셋이 세워지고 그 아래 비단 안장 얹은 말에는 세 명의 영웅이 높이 앉아 있었다. 오른쪽은 성관(星冠)을 쓰고 학창의를 입은 입운룡 공손승이요, 왼쪽은 융건을 쓰고 깃털 부채를 든 지다성 오용이었다. 그리고 가운데는 금빛 안장을 얹은 흰말에 산동 급시우 호보의 송공명이 앉아 있었다.

장수의 차림을 갖추고 보검을 든 송강은 진중에서 군사들을 독려하며 중군을 거느렸다. 그 앞에는 신행태보 대종이 섰고 오른쪽에는 낭자 연청이 섰으며 뒤에는 서른다섯 명의 아장들이 긴 창과 활을 들고 서 있었다.

역적의 우두머리 왕경이 이조와 함께 장대에서 송강의 인마를 구경하는 사이 그들은 구궁팔괘진을 펼쳤다. 송강의 군사들은 용맹하고 장수들은 영걸스러웠으며 군명은 정숙하고 창칼은 서릿발이 친 듯하였다.

왕경은 절로 주눅이 들어 얼빠진 듯 중얼거렸다.

"저놈들이 저러니 우리 군사들이 싸울 때마다 졌구나……."

그때 갑자기 송나라 군사 쪽에서 북소리가 잇따라 울렸다. 왕경과 이조가 급히 장대에서 내려와 말에 오르자 좌우에 서 있던 호위 장졸들이 내시들과 함께 그를 둘러쌌다.

왕경이 명을 내려 전군 선봉에게 싸움을 재촉하자 곧 동서로 맞서 있던 양군은 싸움에 들어가게 되었다. 그날이 간지로 목(木)의 날이라 송나라 군사 쪽에서는 서방의 문기가 열리며 표자두 임충이 말을 달려 나왔다. 양쪽에서 일어나는 함성 속에 임충이 말을 멈춰 세우고 열여덟 자 장팔사모를 비껴든 채 소리쳤다.

"이 죽을지 살지도 모르는 역적 놈들아, 천병이 이미 여기까지 이르렀는데 항복하지 않고 무얼 더 기다리느냐? 고깃덩이로 짓이겨질 때는 후회해도 이미 늦을 것이다!"

적진의 이조는 원래가 점쟁이라 상생상극의 이치를 잘 알았다. 저희 편 오른편에 있던 유원과 반충에게 명을 내려 급히 홍기군을 거느리고 나가 싸우게 했다.

유원과 반충이 명을 받고 달려 나가자 다시 양쪽에서 함성이 일며 북이 일제히 울렸다.

오래잖아 임충과 유원이 싸움을 시작했다. 두 장수의 네 팔이 분주히 춤을 추고 여덟 개의 말발굽이 어지럽게 얽혔다. 두 장수는 뿌옇게 이는 먼지 속에 이리저리 돌며 치고받고 하기를 오십 합이나 하였으나 승부는 좀처럼 나지 않았다.

적장 유원은 저희들 중에는 용맹한 장수였으나 아무래도 임충에게는 힘이 달리는 기색을 보였다. 적장 반충이 칼을 휘두르며 달려나가 그런 유원을 도우려 했다. 임충이 두 적장을 맞아 싸우다가 한소리 큰 고함과 함께 한 창질로 유원을 말에서 떨어뜨렸다.

그때 임충의 부장인 황신과 손립이 말을 달려 나는 듯이 싸움터로 뛰어들었다. 황신이 먼저 상문검을 휘둘러 반충의 목을 후려치니 피가 튀기면서 반충의 머리가 담긴 금 투구가 말 아래로 떨어졌다. 반충이 어이없이 죽는 걸 보고 그를 따르던 적군들이 뿔뿔이 흩어지며 진세가 어지러워졌다.

그걸 본 적병이 급히 달려가 중군에게 알렸다. 왕경은 잠깐 사이에 두 장수를 잃은 터라 더 싸울 엄두를 내지 못하고 군사를 뒤로 물리게 했다. 그때 갑자기 송나라 군사 쪽에서 한소리 포향이 울리더니 인마가 어지럽게 움직이기 시작했다. 백기군 뒤로 흑기군이 서고 흑기군 뒤로 청기군이, 청기군 뒤에 홍기군이 늘어서서 한 마리 긴 뱀 같은 진세를 이루는 것이었다.

그 진세는 곧 삼태기 모양이 되었다가 다시 둥근 고리 모양이 되어 왕경의 군사를 에워쌌다. 왕경과 이조는 장졸을 보내 그 에움을 헤쳐 보려 했으나 송나라 군사의 진세가 워낙 철벽 같아 빠져나가기가 어려웠다.

그 바람에 관군과 반군 사이에는 한바탕 큰 싸움이 벌어졌다. 창칼이 서로 부딪고 인마가 이리저리 얽히며 죽고 죽이는데 그 광경은 처참하기 이를 데가 없었다. 하지만 처음부터 밀린 반군이라 결국은 싸움에 질 수밖에 없었다. 반군의 장졸이 여지없이 무너지고 쫓긴 왕경은 남풍의 궁궐로 돌아가 다시 궁리를 짜 보려고 군사를 물렸다. 그때 갑자기 후군 쪽에서 포향이 울리며 탐마가 나는 듯이 달려와 알렸다.

"대왕! 뒤쪽으로도 송나라 군사가 덤벼들고 있습니다."

왕경이 보니 과연 뒤쪽에서도 송나라 군사가 구름처럼 몰려오고 있었다. 앞장을 선 장수는 송나라 군사의 부선봉인 하북의 옥기린 노준의였다. 그의 왼편에는 칼을 치켜든 병관삭 양웅이 섰고 오른편에는 반명삼랑 석수가 서 있었다.

그들은 만 명이 넘는 굳센 군사를 거느리고 기세 좋게 적병의 뒤를 들이쳤다.

양웅이 적장 단오를 찍어 넘기고 석수는 적장 구상을 찔러 죽였다.

왕경이 놀라 어찌할 바를 몰라 하고 있는데 또 포향이 한 번 울리더니 왼쪽으로부터 노지심, 무송, 이규, 초정, 항충, 이곤, 번서, 유당 여덟 장수가 보군 일천을 거느리고 밀고 들었다. 그들은 선장, 계도, 도끼, 박도, 상문검, 표창, 방패를 휘두르며 달려들어 잠깐 사이에 적장 이웅과 필선을 죽여 버렸다. 그리고 호박을 자르듯 채소를 썰듯 적군을 쓸어눕히며 홍수처럼 밀고 들었다.

오른쪽으로는 몰우전 장청(張淸)과, 채원자 장청(張靑), 왕영, 손신, 경영, 손이랑, 호삼랑, 고대수 등 네 쌍의 부부가 마군 천기를 끌고 짓쳐 오는데 그들도 각기 자기들이 손에 익은 무기로 적의 좌군을 짚단 베듯 베어 넘겼다. 그 기세가 워낙 거세서 적군은 네 토막 다섯 토막으로 뿔뿔이 도망쳤다.

노준의, 양웅, 석수는 똑바로 적의 중군을 들이쳐 적장 방한과 마주치게 되었다. 노준의는 한 창에 방한을 찔러 죽이고 중군을 지키던 적의 호위병을 물리치면서 왕경을 사로잡으려 했다. 그런 노준의 앞에 금검선생 이조가 마주쳐 왔다. 이조는 칼을 쓸 줄 아는 자라 번개같이 칼을 휘두르며 노준의에게 덤볐다.

그때 장청과 경영은 이미 동문으로 들어가 손안에게 동문을 지키게 하고 자신들은 적병들과 함께 싸우는 중이었다. 송강이 장졸들을 이끌고 동문으로 밀어닥치니 남풍성은 더 이상 견뎌 내지 못했다. 곧 적병들은 성을 버리고 달아나고 사방 성문에는 송나라 군사 깃발이 꽂혔다.

범전을 비롯해 왕경 밑에서 엉터리 벼슬을 살던 성안의 여러 관원들은 모두 송나라 군사에게 잡혀 죽었다. 그러나 왕비 노릇을 하던 단삼랑은 달랐다. 힘도 세고 말도 잘 타는 단삼랑은 갑옷, 투구를 차려입은 뒤 싸움깨나 하는 내시 백여 명에게 창칼을 들리어 왕궁을 빠져나왔다. 그녀는 후원으로 나와 서문으로 빠져 운안군으로 갈 생각이었다.

그때 마침 경영의 인마가 후원에 이르러 길이 막혔다. 단삼랑은 보검을 빼 들고 말을 달려 경영의 인마를 헤치고 달아나려고 기를 썼다. 하지만 될 일이 아니었다. 경영의 돌팔매가 그녀의 이마를 맞혀 말에서 떨어뜨리자 군사들이 덤벼들어 꽁꽁 묶어 버렸다. 그녀를 따르던 내시들도 모두 송나라 군사에게 죽임을 당했다.

경영이 군사를 거느리고 후원 내궁으로 쳐들어가니 그야말로 아수라장이었다. 왕경의 궁궐에서 빌붙어 살던 여자들 중에는 송나라 군사가 입성한 걸 알자 목매 죽기도 하고 우물에 뛰어들기도 했으며 칼로 제 목을 찔러 죽은 자도 있고 섬돌에 머리를 부딪쳐 자결한 자들도 있었다. 어차피 살지 못할 목숨이라 여겨 그리한 모양인데 그 수가 태반을 넘겼다. 그러나 나머지는 모두 경영의 군사들에게 묶여 송강에게로 끌려갔다.

송강은 몹시 기뻐하며 단삼랑과 함께 사로잡힌 궁녀들을 따로이 가두어 두게 했다. 왕경을 사로잡으면 함께 동경으로 묶어 보낼 작정이었다. 이어 송강은 사방으로 군사를 풀어 어디론가 사라진 왕경을 잡아들이게 했다. 한편 왕경은 겨우 마군 수백 기만 거느리고 겹겹이 쳐진 포위를 벗어나 남풍성 동쪽으로 도망쳤다. 그러나 이미 성안에서 싸움이 벌어진 것을 알고 넋이 빠져 있는데 뒤에서 또 송의 대군이 쫓아오자 급히 북쪽을 향해 달아나기 시작했다.

왕경이 달아나면서 좌우를 돌아보니 뒤따른 자는 백여 기밖에 안 되었다. 나머지는 평소에 가까이 두고 부리던 심복들이었으나 대세가 기울어지자 모두 달아나 버린 탓이었다. 왕경은 그 백여 기 인마와 함께 운안군으로 달아나면서 이를 갈았다.

"과인에게는 아직 운안, 동천, 안덕 세 성이 있으니 강동이 비록 좁은 곳이기는 하나 왕 노릇을 하기에는 넉넉하다. 지금껏 나를 따르다가 방금 도망친 관원들은 모두 평소 과인의 봉록을 타 먹던 놈들이다. 그런데도 형세가 불리해지니 제각기 한목숨을 건지려고 달아나 버렸다. 이제 과인이 군사를 일으켜 송나라 군사를 물리치는 날에는 그 괘씸한 놈들을 잡아다 소금에 절일 것이다!"

그러고는 뒤따르는 자들과 함께 쉼 없이 달려 운안성으로 갔다. 날이 밝을 무렵 해서 보니 멀리 운안성이 보였다. 왕경이 기쁨을 감추지 못하고 중얼거렸다.

"성을 지키는 장졸들이 여간 기특하지 않구나. 저기 꽂힌 깃발과 창칼이 얼마나 가지런한가."

왕경은 그러면서 거느린 자들과 함께 성 가까이 다가갔다. 그때 뒤따르는 자들 중에서 놀란 소리를 내질렀다.

"대왕, 일이 잘못된 듯합니다. 저 성벽 위에 꽂힌 것은 모두 송나라 군사의 깃발들입니다!"

왕경이 그의 손가락질에 따라 찬찬히 살펴보니 멀리 동쪽 성문 위에 휘날리는 깃발에는 금박으로 '어서(御西) 송 선봉 휘하 수군정장(水軍正將) 혼강룡 이준'이라 쓰여 있었다.

깃발 뒤쪽의 석 자는 깃발이 바람에 나부끼는 바람에 잘 알아볼 수가 없었으나 적어도 자기편이 아님은 확실했다. 왕경은 너무 놀라 온몸이 굳어서 한참이나 움직이지 못했다. 곁에 있던 근시 하나가 꾀를 내어 말했다.

"전하, 더 머뭇거릴 수 없으니 어서 곤룡포를 벗으시고 동천으로 가시지요. 이러고 있다가 성안에서 알고 밀려 나올까 걱정입니다."

"경의 말이 매우 옳다."

그제야 정신을 차린 왕경이 그렇게 대답하고 임금의 차림을 벗어 던졌다. 금으로 된 머리장식이며 좋은 비단으로 된 곤룡포를 벗고 금과 구슬을 박은 푸른 옥띠를 끌렀다. 그러고는 일반 백성들이 입는 옷과 가죽신으로 차림을 바꾸었다. 근시들도 모두 옷을 갈아입었다.

왕경과 그 근시들은 상갓집의 개와도 같이, 그물에서 빠져나온 물고기와도 같이 오솔길로 급급히 달아났다. 운안성을 지나 동천을 향해 가는 도중 사람과 말은 지치고 목마름과 배고픔에 시달렸다.

오랫동안 반군의 피해를 본 백성들은 관군의 대병이 밀고 든다는 소문에 모두 피해 길옆에는 사람 하나 얼씬거리지 않고 닭이나 개 한 마리 보이지 않았다. 그 바람에 술과 밥은커녕 물 한 모금 얻어 마시기가 쉽지 않았다. 거기서 다시 왕경을 뒤따르던 자들 가운데 육칠십 명이 줄어들었다.

왕경은 서른 기 남짓한 인마를 거느리고 저녁 무렵이 되어서야 겨우 운안성 관하의 개주 땅에 들어섰다. 문득 그들 앞길에 한 줄기 강물이 가로막았다. 달주 만경지(萬頃池)에서 흘러나오는 그 강은 물이 맑아 청강(淸江)이라 불리었다.

"어디서 배를 얻어 이 강을 건너겠느냐?"

왕경이 그렇게 묻자 곁에 있던 졸개 하나가 손을 들어 한곳을 가리키며 말했다.

"전하, 저기 남쪽에 갈대가 드문드문 서 있고 기러기가 내리는 곳을 보십시오. 고기잡이배 몇 척이 있습니다."

왕경이 바라보니 정말로 그랬다. 왕경은 얼른 따르는 무리와 함께 그쪽 강변으로 달려갔다. 한겨울이지만 날씨가 따뜻해서 수십 척의 고기잡이배가 거기서 고기도 잡고 그물도 널어 말리고 있었다. 그중 강 한가운데 뜬 몇 척 배에서는 어부들이 손짓 발짓을 하며 큰 사발로 술을 마시고 있는 중이었다.

"저놈들은 저렇게 즐거운데 나는 이제 저놈들보다도 못하구나. 저놈들도 모두 나의 백성이건만 어찌하여 내가 이토록 곤핍한 줄 모른단 말인가."

왕경이 어부들을 보고 그렇게 탄식했다. 왕경을 따르던 무리 중의 하나가 어부들을 향해 큰 소리로 외쳤다.

"여봐라, 어서 이리로 배를 몇 척 갖다 대라. 강을 건네주면 뱃삯은 후하게 쳐줄 테다."

그 말을 들은 두 어부가 술 사발을 내려놓더니 삐걱삐걱 배를 저어 왔다. 뱃머리에 선 어부가 삿대를 집어 들고 배를 밀어 언덕에 갖다 대더니 왕경을 아래위로 찬찬히 훑어보다가 말했다.

"마침 잘됐습니다. 또 술값이 생기게 되었구려. 자 어서 배에 오르시오."

그 말에 근시들이 왕경을 부축해 배에 올랐다. 왕경이 그 어부를 살펴보니 키가 크고 몸집이 좋은 데다 얼굴도 예사내기가 아니었다. 커다란 두 눈에 철사를 꽂은 듯 뻣뻣한 수염이 돋은 붉은 낯짝에다 목소리는 구리종을 울리는 듯했다.

어부가 한 손으로 왕경의 손을 잡아 왕경을 배 위에 끌어올리더니 다른 한 손에 쥔 삿대로 슬쩍 언덕을 밀었다. 그러자 배는 왕경만 달랑 태운 채 여남은 자나 물속으로 미끄러져 들어갔다. 따라오던 근시들이 언덕에서 어쩔 줄 몰라 하며 입을 모아 소리쳤다.

"어서 배를 갖다 대시오. 우리도 강을 건너갈 사람들이오!"

그러자 어부가 눈을 부릅뜨고 소리쳤다.

"갖다 대라면 갖다 대지. 그런데 어디로 가기에 서두르는 것이오?"

하지만 하는 짓은 딴판이었다. 삿대를 놓은 어부가 왕경에게로 다가가더니 멱살을 거머쥐고 선창 바닥에 메다꽂았다. 왕경이 악을 쓰며 일어나려 하니 노를 젓던 어부도 노를 놓고 달려 나와 삿대잡이를 도왔다.

뿐만이 아니었다. 저쪽에서 그물을 널어놓고 말리던 어부들도 왕경이 붙잡힌 걸 보자 몸을 일으켰다. 한달음으로 언덕을 뛰어올라가 서른 명 남짓한 왕경의 근시들을 하나하나 묶어 버렸다.

삿대잡이는 다름 아닌 혼강룡 이준이었고 노를 젓던 사람은 출동교 동위였다. 그리고 나머지 어부로 꾸미고 있던 사람들은 모두가 다 송강의 수군들이었다.

이준은 송강의 명을 받들고 싸움배를 몰고 와서 적의 수군과 구당협(瞿塘峽)에서 싸웠는데 적의 수군 도독 문인세숭을 죽이고 부장 호준을 사로잡아 적병을 크게 이겼다. 이준은 적장 호준의 비범함을 보고 아까운 생각이 들어 그를 놓아주려고 했다. 감동한 호준이 이준을 도와 운안성의 수문을 열고 성을 빼앗은 다음 왕경의 유수관 노릇을 하던 시준을 죽였다.

이준은 운안성을 빼앗은 것으로 만족하지 않고 왕경을 사로잡을 그물을 쳤다. 왕경이 관군과 싸우다 패하면 자신의 소혈로 도망칠 것을 알고 장횡과 장순에게 성을 지키게 한 뒤 자신은 동위, 동맹과 수군들을 거느리고 그리로 와서 어부 차림으로 기다리고 있었다. 완씨 삼 형제도 역시 어부 차림을 하고 근처의 여러 포구에서 왕경을 노리고 있었다.

하지만 이준도 자기가 사로잡은 것이 바로 역적의 우두머리 왕경인 줄은 몰랐다. 왕경이 말을 타고 앞장선 데다 뒤에 여러 사람이 따르는 것으로 보아 그저 적의 장수쯤으로만 여긴 것이었다. 그러다 사로잡은 게 다름 아닌 왕경이라는 것을 알자 큰 횡재라도 한 기분이었다.

이준은 사람을 보내어 완씨네 삼 형제와 장씨네 형제들을 불러다 성을 지키게 하고 자신은 항복한 적장 호준과 함께 왕경 일행을 송강에게로 압송해 갔다. 가다가 들으니 송강은 이미 남풍을 깨뜨렸다고 했다. 이에 이준 등은 남풍성으로 들어가 왕경을 원수부 앞으로 끌고 갔다.

송강은 여러 장군들이 왕경을 사로잡지 못한 것을 보고 걱정하던 중이었다. 그런데 이준이 왕경을 잡아 온다는 소식을 듣자 몹시 기뻐했다. 원수부로 들어온 이준을 맞아 그를 칭찬했다.

"아우는 이번에 큰 공을 세웠소."

그러자 이준은 항복한 장수 호준을 데려다 송 선봉에게 보이며 말했다.

"공로는 다 이 사람이 세운 것입니다."

송강은 호준의 이름과 고향을 물은 뒤에 운안성을 이준에게서 빼앗게 된 일을 물었다. 이어 다시 동천과 안덕을 칠 일을 의논하는데 호준이 말했다.

"선봉께서는 조금도 걱정하지 마십시오. 제가 말씀드리는 대로만 하면 그 두 성을 깨뜨리기는 어렵지 않습니다."

"장군에게 어떤 계책이 있으시오?"

송강이 반가워하며 그렇게 묻자 호준이 대답했다.

"동천성을 지키는 장수는 저의 아우 호현입니다. 저는 이준 장군께서 살려 주신 은혜를 갚기 위해 동천으로 가 보겠습니다. 아우를 만나 보고 이곳으로 불러 항복하게 만들 작정입니다. 만약 그렇게만 되면 안덕은 도움을 받게 될 곳이 없기 때문에 싸우지 않고도 얻을 수 있을 것입니다."

송강은 몹시 기뻐하며 호준과 이준을 함께 보내고 다른 장졸들도 여러 곳으로 풀어 아직 되찾지 못한 고을들을 평정하게 했다. 한편 대종에게는 표문을 주어 조정에 가서 아뢰게 하고 숙태위한테도 편지를 올리게 했다.

그다음 송강은 장졸들을 왕경의 궁궐로 보내 거기 있던 금은보화와 비단을 거두게 한 다음 궁궐을 흉내 내어 지었던 화려한 누각들과 역시 임금 노릇을 하기 위해 꾸몄던 의장을 모두 불사르게 했다. 또 운안에도 사람을 보내 장횡으로 하여금 그곳 엉터리 궁궐의 의장과 병장기도 모두 태워 버리게 했다.

송강의 명을 받은 대종은 먼저 형남에 들러 진 안무에게 표문을 보냈다. 진 안무도 따로 표문을 써 주며 함께 조정에 올리게 했다. 동경에 이른 대종은 편지와 예물을 숙 태위에게 올리고 아울러 가지고 온 표문들도 전했다.

숙 태위가 조정으로 들어가 송강과 진 안무의 표문을 올리자 휘종 황제는 얼굴 가득 기쁜 빛을 띠면서 회서에 성지를 내렸다.

역적 왕경은 동경으로 압송하여 처결을 기다리게 하고 왕비니 상서니 하며 저희끼리 벼슬 놀음을 한 것들은 회서의 거리에서 목을 베어 여럿에게 보이도록 하라. 군량미를 풀어 왕경의 폭압에 시달린 회서의 가난한 백성들을 구제하고 항복한 적장으로 공을 세우고 전사한 자들에게는 높은 관작을 추증하게 하라. 회서의 각 고을에서 조정의 벼슬아치가 없는 곳에는 급히 벼슬아치를 보내 고을을 다스리게 하고 그곳 벼슬아치들 가운데 역적을 따르다가 다시 귀순해 온 자들은 진관에게 맡겨 그 죄의 경중에 따라 처리케 하라. 이번 싸움에서 공을 세운 장수들은 동경으로 돌아온 다음 그 공에 따라 상을 내릴 것이다.

그 같은 칙지를 받은 대종은 바삐 회서로 돌아가 송강에게 알렸다. 그때 진 안무 등은 이미 남풍성에 와 있었다. 호준은 벌써 아우 호현을 관군에게 항복하게 해서 동천의 장부와 곡식, 군량을 모두 송강에게 갖다 바치고 벌을 기다리게 했다. 안덕성의 역적들도 동천이 항복했다는 풍문을 듣고는 모두 관군에게 항복해 왔다.

운안, 동천, 안덕 세 고을의 농부들은 밭을 떠나지 않고 장사꾼들은 가게를 떠나지 않게 되었으니 그것은 다 이준의 공로 덕분이었다. 이렇게 되어 왕경이 차지했던 여덟 개 군의 여든여섯 개 고을이 모두 수복되었다.

대종이 동경에서 남풍으로 돌아온 지 열흘 남짓해 조서를 지닌 조정의 사신이 말을 달려왔다. 진 안무를 비롯한 여러 관원들은 천자의 뜻에 따라 일을 하나하나 처결하고 사신은 이튿날 아침 동경으로 돌아갔다.

진관은 단씨와 이조를 비롯한 역적의 무리를 옥에서 끌어내 참형의 판결을 내리고 남풍 저잣거리에서 목을 베게 했다. 그리고 그 목을 여러 성문에 내걸어 역적질의 끝이 어떤가를 널리 알리게 했다.

단삼랑은 어릴 적부터 함부로 굴며 제멋대로 남편을 얻더니 하늘에 사무친 죄를 지어 이제 머리와 몸뚱이가 나뉘고 그 식구들에게도 재앙을 입히게 되었다. 그의 아비 단 태공은 이미 방산채에서 숨을 거두어 새삼 목이 잘리는 욕은 면했다.

동경으로 돌아간 호걸들

　역적의 무리를 처결한 뒤 송강은 이준, 호준, 경영, 손안의 공을 장부에 올리게 하고 각처에 방문을 내붙여 백성들을 안심시켰다. 여든여섯 개의 고을은 이에 다시 하늘의 해를 보게 되었고 백성들은 양민으로 되돌아갔다. 비록 역적을 따르기는 했으나 사람을 해치지 않은 자들에게도 가산을 돌려주어 양민으로 돌아갈 수 있게 해 주었다.

　서경을 지키던 교도청과 마령은 조정에서 새로이 보낸 벼슬아치가 이르자 남풍으로 돌아왔다. 그 밖의 고을에도 조정의 벼슬아치들이 잇따라 이르러 이준, 장씨 형제, 완씨 형제, 동씨 형제도 다 고을을 넘겨주고 남풍으로 돌아왔다.

　진 안무는 송강을 비롯한 백여덟 명 두령과 하북에서 항복해 온 장수들이 모두 남풍으로 모여들자 크게 잔치를 베풀어 여러 장수들을 치하하고 삼군 장졸들도 잘 먹였다. 송강의 명에 따라 공손승과 교도청은 일곱 밤 일곱 낮 동안 큰 제사를 올려 싸움에서 죽은 장병들과 원통한 회서 귀신들의 명복을 빌게 했다.

제사를 막 끝낼 무렵 손안이 급한 병으로 영채에서 죽었다는 슬픈 소식이 들어왔다. 송강은 눈물을 감추지 못하며 예의 바르게 장례를 치르고 용문산 비탈에 그를 묻었다. 교도청은 손안이 죽자 큰 소리로 울며 송강에게 빌었다.

"손안은 저와 한고향 사람으로 특히 저와는 친한 사이였습니다. 그는 아버지의 원수를 갚느라 죄를 지어 도적의 무리에 뛰어들었으나 선봉께서 받아 주시어 이제 입신양명할 날만 기다리고 있었는데 뜻밖에 이렇게 요절하고 말았습니다. 제가 선봉 밑에서 일하게 된 것도 손안이 깨우쳐 준 덕택인데 그가 죽었으니 무엇으로 그 정을 갚겠습니까? 두 선봉께서 저에게 베푸신 은혜는 뼈에 새겨 잊을 수 없으나 바라건대 제가 전원으로 돌아감을 허락해 주십시오. 남은 삶은 흙 속에 묻혀 조용히 보낼까 합니다."

그러자 마령도 송강 앞으로 나와 절을 하며 빌었다.

"선봉께서는 저도 교(喬) 법사와 함께 놓아 보내 주십시오."

송강은 그들의 말을 듣자 서운함을 넘어 슬픔까지 일었으나 두 사람이 기어이 떠나려 하니 어쩔 수가 없었다. 더 붙들지 못하고 크게 잔치를 열어 그들과의 작별을 아쉬워했다.

공손승도 말 한마디 못하고 그들을 보내었다. 교도청과 마령은 공손승에게 하직을 고한 뒤 진 안무에게 가서도 작별을 하고 표연히 떠나갔다. 그 뒤 교도청과 마령은 나 진인(眞人)을 찾아가 스승으로 모시며 남은 평생을 보냈다.

진 안무는 군량과 재물을 풀어 다시 돌아온 회서 여러 고을의 백성들을 구제하였다. 당시 회서는 회하(淮河)와 독하(瀆河)의 서쪽에 있어 송나라 사람들은 완주와 남풍 등을 회서라고 불렀다.

진 안무는 송강 이하 여러 두령에게 도성으로 개선하라는 명을 내렸다. 송강은 중군 인마에게 진 안무, 후 참모, 나 무학유 등을 호위하여 먼저 떠나게 하는 한편 수군 두령들에게는 배를 타고 물길로 동경으로 가서 진을 치고 있으면서 명을 기다리게 했다.

남풍을 떠나기 전에 송강은 소양에게 왕경을 친 전적을 쓰게 하고 김대견에게는 그 글을 비석에 새겨 남풍성 동쪽 용문산 아래에 세우게 했다. 그 비석은 지금까지 전해지고 있다고 한다. 새로이 항복한 호준과 호현은 술자리를 벌여 송강을 전송했다. 뒷날 조정에 들어간 송강의 상주로 호준과 호현은 동천의 수군 단련사란 벼슬을 받았다.

송강은 인마를 다섯 갈래로 나누어 날을 정해 차례로 떠나게 하였다. 군사들 중에는 각 고을에 남아 성을 지키는 일을 맡은 자도 있고 전원으로 돌아가려는 자도 있어 그들을 빼니 동경으로 돌아가는 인마는 십만 남짓했다.

송강의 인마가 남풍을 떠나 돌아가는데 군기가 엄하여 가는 도중에 털끝 하나 백성을 다치는 일이 없으니 백성들도 향을 사르고 등불을 밝혀 그들을 배웅하였다. 며칠 안 돼 그들은 완주의 추림산(秋林山) 남쪽의 추림도(秋林渡)란 곳에 이르렀다.

산의 경치가 하도 아름다워 송강은 말 위에서 한참을 바라보다 고개를 드니 줄지어 남으로 날아가던 기러기들이 흩어지며 애처로운 울음을 내질렀다. 송강이 의아하게 여기고 있는 사이 앞서 가던 군사들 속에서 떠들썩한 박수 소리가 들려왔다. 송강은 사람을 보내어 까닭을 알아보게 하였다.

"낭자 연청이 처음 활쏘기를 배워 기러기를 쏘았더니 화살마다 들어맞아 잠깐 사이에 큰 기러기를 열 마리나 떨어뜨렸다고 합니다. 이에 여러 장군들이 놀라워 마지않고 있습니다."

잠시 후 이 같은 말을 들은 송강은 연청을 불러오게 했다. 연청이 활과 화살을 들고 말 뒤꽁무니에는 죽은 기러기를 여러 마리 달아맨 채 송강 앞으로 와서 섰다.

"방금 자네가 기러기를 쏘았나?"

송강이 확인하듯 물었다. 연청이 수줍어하며 대답했다.

"제가 방금 활쏘기를 배워 장난삼아 날아가는 기러기를 쏘아 보았습니다. 그런데 뜻밖에도 화살마다 잘 맞아 주더군요."

그러자 송강이 부드럽게 타이르듯 말했다.

"군인으로서 활쏘기를 배우는 것은 마땅히 해야 할 일이고 잘 맞힌 것은 자랑할 만한 재주라고 할 수 있네. 그런데 하필이면 기러기를 쏜 것이 마음에 걸리네. 내가 알기로 기러기는 추위를 피해 천산(天山)을 떠나면서 갈대를 물고 관을 넘어 따뜻한 강남으로 가서 먹이를 구하다가 봄이 되면 다시 돌아오는 새일세. 기러기들은 인의를 지키는 새들이라 수십 마리가 같이 날아가도 서로 사양하는데 그중 귀한 놈이 앞서고 천한 것이 뒤를 따라 차례로 날아간다 하네. 어떤 일이 있어도 무리를 떠나는 법이 없고 밤에 쉴 때는 꼭 잠자지 않고 지키는 망보기가 있다더군. 그리고 수컷이나 암컷이나 짝을 잃으면 다시 새로운 짝을 얻지 않으니 이 새들이야말로 다섯 가지 덕을 모두 갖춘 영물들이라 하겠네. 공중을 날아가다 죽는 것이 있으면 남은 뭇 기러기가 슬피 울고 짝을 잃은 기러기가 있더라도 절대 침범하지 않으니 이것이 인 (仁)이요, 암컷이나 수컷이나 짝을 잃고는 다시 짝을 정하는 법이 없으니 이는 의(義)라 할 수 있으며, 나는 차례가 어김이 없으니 이는 예(禮)를 지닌 것이고, 독수리를 막으려고 갈대를 물고 나는 것은 지(智)라 할 수 있을 것이네. 또 가을에 남쪽으로 갔다가 봄이 되면 어김없이 북쪽으로 돌아오니 이는 신(信)이라 할 수 있지 않겠는가? 그렇게 다섯 가지 덕을 두루 갖춘 새를 어찌 차마 해칠 수 있단 말인가? 서로 부르고 대답하며 하늘을 나는 기러기는 마치 우리 형제들과 같네. 자네가 여러 마리를 쏘아 떨어뜨렸으니 만약 그렇게 우리 형제들 중에서 몇 사람이 없어졌다면 우리 마음이 어떠하겠나. 이보게 아우, 다음부터는 이 같은 새를 해치지 않도록 하게."

들고 난 연청은 뉘우쳤으나 이미 소용없는 일이었다. 송강은 무엇에 마음이 움직였는지 말 위에서 시 한 수를 읊었다.

산마루 험하고 물은 넓은데
기러기 떼 줄지어 하늘을 나네
함께 날던 동무 갑자기 떨어지니

차가운 달빛 맑은 바람 속에 애간장 끊어지네

그뿐만이 아니었다. 그날 밤 대군은 추림도 어귀에서 쉬었는데 송강은 왠지 처연한 느낌을 이기지 못해 떨어진 기러기를 생각하며 길게 사(詞) 한 수까지 지었다.

송강이 그 사를 오용과 공손승에게 보이자 두 사람도 비감에 차 음울해했다. 그날 밤 송강은 오용, 공손승과 더불어 술상을 차려 놓고 취하도록 마시다가 헤어졌다.

다음 날 날이 밝자 대군은 다시 남쪽으로 움직였다. 겨울도 깊어 경치가 한층 쓸쓸하였다. 돌아오는 길 내내 송강은 마음속에 어리는 슬픈 감회를 떨쳐 버릴 수 없었다.

며칠 안 돼 도성으로 돌아온 송강은 인마를 진교역에 머무르게 하고 사람을 조정으로 보내 대군이 돌아왔음을 아뢰게 했다. 그리고 천자의 성지가 내릴 때까지 조용히 영채 안에서 기다렸다.

한편 진 안무와 후 참모의 중군은 먼저 도성으로 돌아와 송강을 비롯한 여러 장수들의 공로를 천자께 아뢰고 그들이 싸움에 이긴 뒤 도성 밖에 이르렀음을 알렸다. 진 안무에게서 송강을 비롯한 장수들이 이번 싸움에서 겪은 갖은 고생을 이야기 들은 천자는 그들을 치하해 마지않았다. 천자는 진관, 후몽, 나전의 벼슬을 올려 주고 은냥과 비단을 내렸으며 황문시랑에게 명하였다.

"송강을 비롯한 장수들은 갑옷, 투구를 갖춘 채 도성으로 들어와 나를 보게 하라 이르라."

칙지를 받은 백여덟 명의 장수들은 갑옷, 투구를 갖춘 뒤 천자에게서 받은 금은으로 된 패를 차고 동화문으로 들어갔다. 천자는 문덕전에서 기다리고 있었다. 송강을 비롯한 백여덟 명 장수는 그곳에 이르러 천자에게 절하며 뵙고 만세를 불렀다.

천자가 보니 송강을 비롯한 장수들은 갑옷, 투구를 받쳐 입었으나 오용, 공손승, 노지심, 무송만은 원래의 차림 그대로였다.

"짐은 경들이 역적을 치는 중에 고생이 많고 근심도 컸다고 들었다. 또한 싸움 중에 죽고 다친 자가 많다 하니 심히 염려되는 바다."

천자가 그렇게 말하자 송강이 두 번 절한 뒤에 아뢰었다.

"여러 장수들 가운데 다친 사람도 있기는 하오나 하늘같이 넓으신 폐하의 복을 입어 다 별일이 없습니다. 이제 극악한 역적의 우두머리를 사로잡고 회서를 평정하였으나 이는 다 폐하의 위엄과 덕이 미쳐 이루어진 것이지 저희들의 공로가 아닙니다."

이어 송강은 다시 감사의 절을 거듭 올린 뒤 아뢰었다.

"저희들이 성지를 받들고 왕경을 잡아 바치오니 폐하께서 처단하시옵소서."

이에 천자가 칙지를 내렸다.

"법사회(法司會)의 관원들에게 맡겨 왕경을 능지처참하게 하라."

송강은 이어 소가수가 뛰어난 계책으로 백성들의 목숨을 건지면서도 역적의 소굴이 된 성을 깨뜨린 걸 이야기한 뒤 아무런 공도 내세우지 않고 초연히 떠나간 일을 이야기했다. 듣고 난 천자가 말했다.

"그것은 모두가 그대들의 충성에 감동된 까닭이다."

그러고는 성원의 관원에게 명하여 소가수를 도성으로 불러 쓰게 하였다.

천자의 뜻은 어질고 밝기 그지없었으나 조정은 이미 썩을 대로 썩어 있었다. 나중에 알려진 일이지만 그 같은 천자의 명을 받고도 소가수를 찾아 나선 관원은 한 사람도 없었다.

그날 천자는 또 성원의 관원들에게 명을 내려 송강을 비롯해 공을 세운 장수들에게 벼슬 내릴 일을 의논하게 하였다. 태사 채경과 추밀 동관이 수군거리더니 나와서 천자께 아뢰었다.

"아직 천하가 다 평정되지 않아 벼슬을 크게 높일 수는 없겠습니다. 잠시 송강은 보의랑(保義郞) 대어기계(帶御器械)에 황성사(皇城使)를 더하시고 부선봉 노준의는 선무랑(宣武郞) 대어기계 행궁단련사(行宮團練使)를 삼도록 하십시오. 오용을 비롯한 서른네 명에게는 정장군(正將軍)을 내리시고 주무를 비롯한 일흔두 명에게는 편장군을 내리시며 삼군 인마에게는 금은으로 상을 주시는 게 좋겠습니다."

세운 공에 비해 보잘것없는 벼슬이었으나 천자는 채경과 동관의 말을 그대로 받아들였다. 성원의 관원들에게 송강을 비롯한 장수들의 벼슬을 그대로 내리고 상을 주게 했다. 그러나 송강은 머리를 조아리며 진심으로 성은을 고마워했다.

천자는 어명을 내려 광록시에게 큰 잔치를 베풀게 했다. 그리고 송강에게는 비단 전포 한 벌, 금으로 덮인 갑옷 한 벌, 좋은 말 한 필을 내리고 노준의를 비롯한 장군들에게도 후하게 상을 내렸다. 송강을 비롯한 여러 장수들은 성은에 감사하고 궁궐을 나와 서화문 밖에서 말에 오른 뒤 영채로 되돌아갔다. 그들은 거기서 쉬며 조정에서 자기들을 써 줄 때만 기다렸다.

어명을 받은 법사회의 관원들은 죄상을 적은 팻말을 쓰고 죄수 싣는 수레에서 왕경을 끌어내 과형(剮刑)의 판결을 내렸다. 왕경이 저잣바닥으로 끌려 나오자 빽빽이 모여 서서 구경하던 사람들은 침을 뱉고 욕을 했으며 더러는 탄식하기도 했다.

왕경의 아비 왕혁과 전처의 장인 등 여러 권속들은 왕경이 반란을 일으킨 초기에 벌써 잡혀 죽고 없었다. 따라서 그날 수풀처럼 늘어선 창칼 속에서 끌려 나온 것은 왕경 하나뿐이었다. 북소리가 두 번 울리고 징 소리 한 번이 나자 서릿발처럼 창과 칼들이 일어서고 검은 기가 검은 구름처럼 펼쳐졌다. 망나니들이 소름 끼치는 괴성을 지르며 흉악한 꼴로 몰려들었다.

오시 삼각이 되어 왕경은 네 갈래 난 거리로 끌려가 그 죄상을 높은 소리로 읽는 소리를 들으며 능지처참을 당했다. 감참관이 다시 그런 왕경의 목을 높이 내걸어 대역의 죄가 어떠한 것인지를 천하에 알렸다.

그런데 송강과 그 장수들이 궁궐에서 상을 받고 돌아온 그다음 날이었다. 줄곧 장막 안에 틀어박혀 있던 공손승이 나와 여럿에게 조용히 절을 한 뒤 송강을 보고 말했다.

"지난날 스승 나 진인께서는 저에게 형님을 도성으로 모셔다 드리고는 곧 산으로 돌아오라고 말씀하셨습니다. 오늘 형님께서는 큰 공을 세우고 이름을 떨쳤으니 저는 이만 형님과 여러 형제들을 작별하고 산으로 돌아가야겠습니다. 스승님을 따라 도를 닦고 늙으신 어머님을 모시며 남은 삶을 평온히 마칠까 합니다.”

그냥 해 보는 소리가 아니라 마디마디 진심이 담긴 간청이었다. 송강도 어쩔 수가 없어 눈물을 흘리며 말했다.

“돌이켜 보면 전에 형제들이 모여들 때는 마치 꽃이 피어나는 것 같더니, 오늘 형제들이 떠나려 하니 꽃잎이 시드는 것 같구려. 감히 말리기도 어렵지만 이대로 헤어지기도 차마 아쉽소.”

“만약 제가 중도에 형님을 버리고 떠났다면 인정도 의리도 없는 놈이라 할 수 있을 것입니다. 그러나 형님께서 공을 세우고 이름을 드날린 지금에 떠나는 거야 무슨 상관이 있겠습니까?”

공손승이 그렇게 받았다. 송강은 세 번 네 번 말렸으나 이미 정한 공손승의 뜻을 바꾸게 할 수는 없었다. 할 수 없이 그를 보내 주기로 하고 크게 잔치를 열어 여러 형제들과 함께 작별을 나누게 했다.

여럿은 술잔을 들고 눈물을 흘리며 공손승과 헤어지게 된 것을 슬퍼하였다. 그리고 저마다 금과 비단을 내놓았으나 공손승이 받으려 하지 않아 몰래 봇짐에다 싸 주었다.

이튿날 공손승은 여러 형제들과 절하여 작별하고 북쪽으로 길을 떠났다. 그가 떠난 뒤 송강은 며칠이나 울적한 날을 보냈다.

설날이 가까워 오자 조정의 여러 관원들은 정월 첫날의 조회를 준비하였다. 채 태사는 송강의 패거리가 모두 조회에 나오게 되면 천자가 그들을 다 무겁게 쓸 것 같아 걱정이 되었다. 곧 천자에게 아뢰어 관작이 있는 송강과 노준의만 반열에 따라 조회에 나오게 하고 그 밖의 두령들은 천자를 놀라게 할 것 같으니 조회에 나오지 못하도록 칙지를 내리게 했다.

설날 아침이 되어 조정의 모든 벼슬아치들이 조회를 올리는데 송강과 노준의도 예복을 입고 대루원에서 기다리다 반열에 끼여 예를 올렸다. 그날 황제는 자신전에서 조회를 받는데 송강과 노준의는 반열이 낮아 두 손을 모으고 서 있을 뿐 전상에 올라가지는 못하였다.

송강과 노준의가 눈을 들어 쳐다보니 옥비녀 꽂고 구슬 박은 신을 신고 수놓은 비단 관복을 걸친 사람들이 분주히 오가며 잔을 들어 축배를 올렸다. 날이 밝으면서 시작된 축연은 오시가 되어서야 끝나고 어주가 내려왔다. 이어 모든 벼슬아치들의 조회가 끝나자 자리에서 일어나 내전으로 돌아갔다.

송강과 노준의도 자신전에서 나와 예복을 벗고 말에 올랐다. 아무 말 없이 영채로 돌아왔으나 그때 송강의 낯빛은 쓸쓸하기 그지없었다.

영채에 있던 오용과 여러 장수들이 나가 어두운 얼굴로 돌아온 송강을 맞아들이고 세배를 올렸다. 백여 명 호걸들이 모두 세배를 올리고 양쪽으로 섰으나 송강은 여전히 고개를 떨군 채 말 한마디 없었다.

"형님께서는 오늘 천자께 조회를 다녀오셨습니다. 그런데 별로 안색이 밝지 못하시군요. 무슨 걱정거리라도 있으십니까?"

오용이 그렇게 묻자 송강은 한숨을 내쉬며 대답했다.

"내 팔자가 기구하고 명운이 사나운가 보오. 요나라를 물리치고 동서의 역적을 평정하며 숱한 고생을 하였건만 오늘 여러 형제들은 그 공을 보답받지 못했소. 그게 모두 내 박한 명운 때문인 것 같아 절로 걱정이 되는구려."

"형님께서 운수가 사나운 걸 잘 아시는데 걱정할 게 무엇 있겠습니까? 모든 일은 될 대로 되어 가기 마련이니 너무 마음 쓰지 마십시오."

오용이 그렇게 위로했다. 그때 흑선풍 이규가 큰 소리로 말했다.

"형님이 애시당초 잘못 생각했지. 양산박에 있을 때야 어디 한 번이나 이런 수모를 당한 적이 있소? 그런데도 매일 조정에서 불러준다, 불러 준다 어쩌고 하시더니 그래 정작 불려 와 보니 어땠소? 도리어 걱정거리만 생기게 되지 않았소. 내 생각에는 우리 형제들이 다 여기 있으니 다시 양산박으로 돌아가는 게 훨씬 속시원할 것 같소!"

송강이 그런 이규를 성내며 꾸짖었다.

"저 시커면 짐승 같은 놈이 또 헛소리를 함부로 내뱉는구나. 이제는 모두 나라의 신하가 되어 일하는 판에 아직도 그따위 반역의 마음을 버리지 못하였느냐?"

그러자 이규도 지지 않았다. 그대로 내처 말대꾸를 했다.

"형님이 만약 내 말을 듣지 않는다면 내일 아침부터 분한 꼴을 두고두고 보게 될 거요!"

그 말에 여러 사람이 모두 웃었다. 송강도 더는 성낼 수가 없어 입을 다물었다. 두령들은 술잔을 들어 송강에게 축배를 올리고 서로 술을 나눠 마시다가 이경이 되어서야 흩어졌다.

다음 날 송강은 인마 십여 기를 거느리고 도성 안으로 들어가 숙 태위와 조 추밀을 비롯한 성원의 여러 관원들에게 신년 하례를 드렸다. 오가는 도중에 그런 송강을 구경하는 사람들이 적지 않았다. 구경꾼 중에 하나가 채경에게 그 일을 알렸다. 그러자 채경이 다음 날로 천자에게 일러바쳐 성원에서 그 같은 일을 금하는 방문을 각 성문에다 써 붙이게 했다.

무릇 싸움에 나갔던 관원과 장수들은 성 밖에 머물러 분부를 기다려야 한다. 조정에서 글을 내려 부르기 전에는 함부로 성안에 들어와서는 아니 된다. 이를 어기는 자는 군령에 따라 엄히 벌할 것이다.

대강 그런 내용이었다. 간신들이 하는 짓이 그와 같았다.

그 방문을 본 사람이 달려와 송강에게 내용을 전하자 송강은 더욱 마음이 어두워졌다. 여러 장수들도 모두 울분에 차 다시 반심을 품게 되었다. 송강만이 그런 그들을 달래 함부로 움직이지 못하게 했다.

그러던 어느 날이었다. 수군 두령들이 일부러 와서 군사에 관한 일로 의논할 게 있다며 오용을 청하였다. 오용이 진채를 떠나 그들의 배에 오르자 이준, 장횡, 장순, 완씨 삼 형제가 입을 모아 말했다.

"조정에서는 신의를 저버렸습니다. 간신들이 권력을 잡고, 가운데서 장난을 치니 어진 사람들의 앞길이 어찌 막히지 않을 수 있겠습니까? 우리 형님은 요나라 오랑캐를 내쫓고 역적 전호를 토벌하였을 뿐만 아니라 이번에는 역적 왕경까지 잡아다 바쳤습니다. 그런데 우리 형님에게 내려진 것은 겨우 황성사란 벼슬뿐이고 우리들에겐 상마저 없었습니다. 게다가 이제는 또 그따위 방문을 내걸어 우리들이 성안으로 드나드는 것마저 막고 있습니다. 우리가 보기에 간신 놈들은 우리 형제들을 사방으로 흩어 놓으려는 것 같습니다. 그러나 우리가 이 일을 형님과 의논해서는 보나마나 들어주지 않을 것 같아 특히 군사께 부탁드립니다. 여기서 들고일어나 도성 안으로 쳐들어가는 게 어떻겠습니까? 몽땅 털어 가지고 다시 양산박으로 돌아가 숲속에 숨어 사는 것이 훨씬 나을 것 같습니다."

그 말을 들은 오용이 조용히 대답했다.

"송공명 형님은 결코 그렇게 하지 않을 거요. 따라서 쓸데없이 힘을 쓰다간 활도 못 쏘고 살대만 부러뜨리게 되는 꼴이 날 것이오. 예로부터 대가리 잃은 뱀은 길 수 없다고 하였는데 내가 어찌 감히 그런 일을 앞장서 주장할 수 있겠소? 이 일은 반드시 형님께서 응낙해야 할 것이오. 형님이 앞서지 않으면 이 일을 일으켜도 아무것도 얻을 수 없을 거외다!"

그 말을 들은 여섯 명의 수군 두령은 더 이상 자기들의 뜻을 내세우지 못했다. 그러나 오용은 달랐다. 중군의 영채로 돌아간 오용은 송강과 같이 한가로운 이야기를 나누다가 슬쩍 송강의 속을 떠보았다.

"옛날에는 형님도 자유롭게 사셨고 우리 여러 형제들도 모두 쾌활하게 지냈습니다. 하지만 나라의 부름을 받은 뒤로는 그렇지가 못합니다. 우리가 나라를 위해 힘을 다하고 신하로서의 충성을 아끼지 않았는데도 이렇듯 억눌려 쓰이지 못하게 될 줄은 정말 생각도 못했습니다. 그래서 형제들은 지금 모두 마음의 원망이 가득합니다."

그 말을 들은 송강이 놀라 물었다.

"누가 뭐라고 하던가?"

"사람의 마음이 원래 그러한데 굳이 누구라고 이를 게 있겠습니까? 옛사람들도 '부귀는 사람이 바라는 바고 빈천(貧賤)은 사람들이 싫어하는 바다.'라고 하지 않았습니까. 아무 말 안 해도 기색을 보면 그들의 속마음을 알 수 있을 것입니다."

오용의 그 같은 대답에 송강이 결연히 말하였다.

"군사, 형제들은 딴마음을 품고 있는지 모르나 이 송강은 다르오. 나는 이 자리에서 죽어 황천으로 간다 해도 나라에 대한 충성은 버리지 않을 것이오!"

뿐만이 아니었다. 다음 날 아침 송강은 군사에 관한 일을 의논할 게 있다 하여 여러 두령들을 불러 모았다. 그들이 모두 송강의 장막으로 모이자 송강이 무거운 어조로 입을 열었다.

"운성현의 하잘것없는 아전바치였던 나는 큰 죄를 지었다가여러 형제들의 도움을 받아 두령이 되고 오늘은 또 이 나라의 신하로 일하고 있소. 예로부터 이르기를 '사람이 되면 자유롭지 못하고 자유로우면 사람이 아니다.'라고 하였소. 요즘 조정에서 그런 방문을 붙여 우리가 도성 안으로 마음대로 드나들지 못하게한 것도 바로 그러한 이치요. 어찌 사람이 무엇이든 자유롭게 할 수가 있겠소. 이제 여러 형제들은 볼일이 없이는 함부로 도성 안으로 들락거리지 마시오. 우리는 산속에 있던 사람들이라 군사들 가운데는 꾀 없고 예절 모르는 자들도 있을 것이오. 그들이 혹시 좋지 않은 일을 벌이면 법의 다스림을 받게 될 것이고 그동안 우리가 이룩한 명성도 더럽혀지게 될 거요. 우리를 멋대로 성안으로 드나들지 못하게 한 것은 오히려 우리에게 다행일 수도 있소. 여러 형제들이 그 일을 조정이 우리를 억누르는 것으로 여겨 딴마음을 품고 있다면 그야말로 큰일이오. 먼저 내 목부터 자른 뒤에 마음대로 하시오. 설령 내 목을 자르지 않는다 해도 그리되면 나는 세상에서 얼굴을 들 수가 없으니 스스로 목숨을 끊고 말겠소!"

그 같은 송강의 말에 여러 두령들은 눈물을 흘리면서 다시는 딴마음을 먹지 않겠노라 맹세했다.

그날부터 송강을 비롯한 장수들은 볼일 없이는 성안으로 드나들지 않았다.

그사이에 어느덧 대보름이 닥쳐왔다. 동경성 안은 늘 하는 대로 등불을 걸어 놓고 대보름을 경축했다. 그 바람에 거리마다 대문마다 등불이 휘황하게 내걸렸다.

송강의 영채에서 그런 놀이에 밝은 악화와 연청은 몸이 근질거려 그 밤을 그냥 보낼 수가 없었다. 둘이 가만히 만나 의논했다.

"지금 동경성 안에는 등불 놀이로 풍년을 빌고 있는데 천자도 백성들도 함께 즐기고 있다네. 우리 두 사람 옷을 갈아입고 몰래 성안으로 들어가 그 등불 놀이를 구경하고 돌아오는 게 어떤가?"

그때 웬 사람이 끼어들며 불쑥 말했다.

"자네들이 등불 놀이 구경을 간다면 나도 데려가 주게."

연청이 놀라 돌아보니 그는 바로 흑선풍 이규였다. 이규가 쐐기를 박듯 말했다.

"자네들이 나 모르게 등불 놀이 구경을 가려고 쑥덕거리는 걸이미 다 들었네. 나를 떼어 놓고 갈 생각은 말게."

"형님을 모시고 가는 것은 어렵지 않소만, 형님 성미가 사나워 무슨 일을 낼까 봐 걱정입니다. 지금 관가에서는 방문을 내붙여 우리가 함부로 성안을 드나들지 못하게 하고 있지 않습니까? 그런데 형님과 함께 성안으로 들어가 등불 놀이를 구경하다가 일을 벌이면 간신들이 쳐 놓은 올가미에 걸려드는 꼴이 되고 말 겁니다."

연청이 난처한 듯 그렇게 말하자 이규가 다짐했다.

"이번에는 맹세코 아무 일 없도록 하겠네. 자네가 하라는 대로할 테니 데려가 주게."

이규가 그렇게 나오니 연청도 어쩔 수가 없었다.

"그럼 내일 옷과 두건을 바꾸어 뜨내기 차림을 하고 같이 성안으로 들어가도록 합시다."

그렇게 말하자 이규는 아이처럼 기뻐하였다.

다음 날 이규는 허름한 나그네 차림을 하고 성안으로 들어가기 위해 영채 밖에서 연청을 기다렸다. 하지만 악화는 이규와 같이 가는 것이 싫어 먼저 시천과 함께 성안으로 들어가고 연청만이 빠져나왔다.

연청은 이규를 떼어 놓을 수가 없어 싫은 대로 그와 함께 성안으로 들어갔다. 그러나 혹시라도 들킬까 봐 겁이 나 진교문으로는 들어가지 못하고 멀리 길을 돌아 봉구문(封丘門)으로 들어갔다.

연청이 이규를 데리고 상가와(桑家瓦) 앞에 이르자 안에서 징소리가 들려왔다. 그 소리를 들은 이규가 안으로 들어가 보자고 우겨댔다. 연청은 할 수 없이 이규에게 끌려 사람들을 비집고 안으로 들어가 보았다. 안에서는 이야기꾼이 『삼국지』를 엮고 있었다.

방금 한창 신나게 넘어가는 대목은 관운장의 뼈를 긁어 독을 없애는 광경이었다. 관운장은 독화살을 왼팔에 맞았는데, 그 독이 뼛속까지 스며 뼈를 긁어내야 할 판이었다. 화타가 관운장을 보고 말하였다.

"그 독화살을 뽑자면 구리 기둥을 세우고 거기 쇠고리를 단 다음 그 안에 팔을 들이밀고 밧줄로 단단히 비끄러매야 합니다. 그 뒤에 살을 째 독이 스민 뼈를 말끔히 긁어내고 기름에 절인 실로 살을 꿰맨 다음 약을 발라야 하며 또한 새살이 나오는 약을 먹어야 반달 안으로 회복될 수 있습니다. 그러자면 견디기가 여간 힘들지 않을 겁니다."

그 말에 관운장이 하늘을 쳐다보고 껄껄 웃으며 대답했다.

"대장부는 죽음도 겁내지 않는데 그까짓 팔 하나가 무엇 대단하다고 그러시오? 구리 기둥이고 쇠고리고 다 그만두고 이 자리에서 살을 째도록 하시오."

그러고는 바둑판을 가져오게 하여 손님과 함께 바둑을 두면서 왼팔을 내밀었다. 화타가 살을 째고 뼈를 긁어도 낯빛 한번 변하지 않고 태연하게 웃으며 이야기를 나누었다는 것이었다.

이야기꾼이 거기까지 이야기했을 때 사람들 속에 끼여 듣고 있던 이규가 갑자기 소리쳤다.

"그것참 대단한 호남아로구나."

그 소리에 모여 있던 사람들이 놀란 눈으로 모두 이규를 쳐다보았다. 연청이 황망히 이규를 막아서면서 말했다.

"형님, 어찌 이렇게도 분별이 없으시오? 이야기판에서 그렇게 큰 소리를 쳐서 되겠소."

이규가 뒤통수를 긁으며 대답했다.

"듣다 보니 그만 나도 모르게 그런 소리가 나갔네."

그래도 못 미더운 연청은 이규를 끌고 이야기판을 나왔다. 두 사람은 얼마 안 돼 어떤 골목길로 접어들게 되었다. 그런데 거기 어떤 사내가 한 집에다 벽돌과 기와 조각을 마구 집어 던지고 있었다.

"이 밝은 세상에 두 번이나 빚을 지고도 갚지는 않고 무슨 까닭으로 도리어 남의 집을 부수느냐!"

집 안에서 누군가가 그렇게 소리쳤다. 그 말을 들은 흑선풍이 그냥 지나갈 리 없었다. 다짜고짜로 그 못된 사내를 때리려고 덤벼들었다. 연청이 힘을 다해 그런 이규를 끌어안았다. 그래도 이규가 눈을 부라리며 덤벼들자 그 사내가 악을 썼다.

"내가 저놈하고 빚 다툼을 하는데 네가 무슨 상관이냐? 나는 이제 장 초토(招討)를 따라 강남의 싸움터로 나갈 몸이다. 그런데 네놈이 왜 끼어들어? 거기 가도 어차피 죽을 몸, 해볼 테면 해보자. 여기서 죽으면 그래도 관 속에나 들어갈 수 있겠지."

그 말에 이규가 사내에게 물었다.

"강남의 싸움터로 간다니 무슨 소리냐? 내 듣기로는 조정에서 군사를 일으킨 일도 없는데."

그때 연청이 억지로 이규를 잡아떼 골목을 빠져나왔다. 도중에 작은 찻집으로 들어가 자리를 잡은 그들은 차 한 잔을 시켜 마셨다. 맞은편에 웬 늙은이가 앉아 있는 걸 보고 연청이 차 한 잔을 따라 주며 지나가는 말로 물었다.

"어르신, 말 좀 묻겠습니다. 방금 저쪽 골목에서 한 군졸이 싸움을 하면서 장 초토를 따라 강남으로 출정한다, 어쩌고 하던데 그게 무슨 말입니까? 대관절 어디로 출정하는지 아십니까?"

"손님이 아직 잘 모르는구면. 지금 강남에선 방납(方臘)이란 도적이 반란을 일으켜 여덟 주와 스물다섯 고을을 차지하고 목주로부터 윤주까지 제 나라라고 우기고 있소. 오래잖아 양주까지 삼키려 하는 모양인데 그래서 조정에서는 장 초토와 유 도독을 보내 그들을 칠 모양이오."

그 말을 들은 연청과 이규는 얼른 찻값을 치르고 성을 빠져나왔다. 성 밖 영채로 돌아온 두 사람이 군사 오용에게 그 일을 알리자 오용도 듣고 대단히 기뻐했다. 곧 송강을 찾아보고 강남의 방납이 난을 일으켜 조정에서 장 초토에게 평정시키려 한다는 소식을 전했다.

"우리 여러 장수와 인마가 여기서 한가롭게 지내는 것은 여러

가지로 좋지 않소. 그러니 숙 태위를 찾아가 우리가 군사를 일으
켜 강남으로 가서 역적을 치겠다고 말합시다. 천자께 그대로 아
뢰게 해 윤허를 받아 내는 것이 좋겠소."

들고 난 송강이 대뜸 그렇게 말했다. 그리고 여러 장수들을 모
아 그 일을 이야기하니 장수들도 모두 기뻐하였다.

다음 날 송강은 옷을 갈아입고 연청과 함께 숙 태위를 찾아갔
다. 두 사람은 바로 성안으로 들어가 태위의 부중에 이르러 말에
서 내렸다. 태위는 마침 안에 있었다. 두 사람이 왔음을 알리자
안에서 곧 들어오라는 전갈이 왔다. 송강이 안으로 들어가 숙 태
위에게 절을 올렸다.

"장군은 무슨 일로 옷을 갈아입고 왔소?"

숙 태위가 송강을 보고 그렇게 말했다. 송강이 목소리를 가다
듬어 준비해 온 대로 대답했다.

방납을 치다

"요새 성원에서는 방문을 내붙여 출정했던 관군들은 부름을 받기 전에는 마음대로 성안 출입을 못하게 하고 있습니다. 그래서 감히 들어오지 못하다가 오늘 사사로이 들어와서 태위께 아룁니다. 소문에 듣자니 강남에서 방납이 난을 일으켜 여러 주와 고을들을 차지하고 있다고 합니다. 외람되게 연호를 고치고 윤주까지 쳐들어왔으며 오래잖아 강을 건너 양주로 밀고 들 것이란 말도 들었습니다. 제가 거느린 인마가 오랫동안 여기서 한가롭게 머물고 있는데, 어리석은 생각으로 좋은 일이 아닌 듯싶습니다. 저희들이 인마를 거느리고 가서 역적을 치고 충성으로 나라에 보답할까 하오니 상공께서 천자께 이 일을 아뢰어 주시기 바랍니다."

송강이 그렇게 말하자 숙 태위가 몹시 기뻐했다.

"내 생각도 그러하오. 반드시 천자께 그대의 뜻을 아뢰어 드릴 터이니 마음 놓고 돌아가시오. 내일 조회 때 폐하께 아뢰면 반드시 그대들을 무겁게 쓸 것이오."

숙 태위의 그 같은 다짐에 송강은 흐뭇한 마음으로 부중을 나섰다. 영채로 돌아와 여러 형제들에게 그 일을 알리자 모두 기뻐하였다.

이튿날 아침 숙 태위가 조회에 들어가니 천자는 마침 방납을 칠 일을 의논하고 있었다.

"강남의 방납이 날뛰고 있어 장 초토와 유 도독에게 칠 것을 명했는데 아직도 승패가 보이지 않는구나. 어찌하면 좋겠는가?"

천자가 그렇게 걱정스레 묻자 숙 태위가 반열에서 나가 아뢰었다.

"그 역적의 무리가 큰 걱정거리옵니다. 폐하께서 이미 장 총병과 유 도독을 보내기는 하였으나 다시 인마를 더 보내는 게 어떠할는지요? 회서의 역적을 치고 돌아온 송 선봉을 다시 보내시어 그들을 선봉으로 삼아 방납을 치게 하신다면 큰 공을 이룰 수 있을 것입니다."

그 말을 들은 천자는 몹시 기뻐하며 그대로 따랐다. 성원의 관원들을 불러 송강에게 성지를 내리는 한편 장 초토와 종(從), 경(耿) 두 참모에게도 송강의 인마를 전군 선봉으로 보낸다고 알리게 하였다.

성지를 받은 성원의 관원은 곧 송 선봉과 노 선봉을 피향전으로 불러와 천자를 뵈옵게 했다. 그들이 예를 마치자 천자는 송강을 평남도총관(平南都總官)에 방납 토벌의 선봉으로 삼고 노준의는 병마부총관(兵馬副總官)에 평남부선봉으로 삼았다. 또 그들에게는 각기 금대 하나, 비단 전포 한 벌, 금갑 한 벌, 좋은 말 한 필, 채색 비단 스물다섯 필을 내리고 그 밖의 장수들에게도 각기 비단과 은냥을 나누어 주며 공에 따라 벼슬을 더하기로 했다. 송강과 노준의가 그 같은 성지를 받고 어전을 나서려는데 천자가 다시 말했다.

"그대들 진중에서 옥과 돌에 글을 새기는 김대견과 좋은 말을 가려볼 줄 아는 황보단이 있다고 들었다. 그 두 사람을 남겨 대궐로 들여보내도록 하라."

송강과 노준의가 그 같은 분부를 받은 후 두 번 절해 은혜에 감사하고 어전을 나와 말에 올랐다.

두 사람이 기쁜 얼굴로 나란히 말을 타고 성을 나오는데 거리에서 웬 사내가 두 막대기 사이에 가는 줄을 매어 가지고 그 줄을 당겨 소리를 내고 있었다. 송강이 궁금히 여겨 그 사내를 불러 물었다.

"그게 무엇이냐?"

그 사내가 대답했다.

"이것은 호고(胡敲)라고 하는데 손으로 줄을 당기면 소리가 납니다."

그 말을 들은 송강은 말 위에서 노준의를 돌아보며 말하였다.

"호고가 마치 우리 두 사람의 신세 같구려. 제아무리 좋은 재주를 가지고 있다 한들 퉁겨 주는 사람이 없고서야 어떻게 세상에 알려질 수가 있겠소."

"형님께서는 어찌 그런 말씀을 하십니까? 우리가 가지고 있는 학식은 옛날 이름난 장수에 비해 못할 게 없습니다. 만약 재주가 없다면 퉁겨 주는 사람이 있다 한들 무슨 소용이 있겠습니까?"

노준의가 그렇게 받았다. 송강이 정색을 하며 노준의를 나무라듯 말하였다.

"그건 모르는 소리요. 만약 숙 태위가 우리를 천거해 주지 않았다면 우리가 어떻게 이토록 무겁게 쓰일 수 있겠소. 사람이란 근본을 잊어서는 아니 되오."

그 같은 송강의 말에 노준의는 잘못 말했음을 깨닫고 더는 대꾸하지 않았다. 영채로 돌아간 두 사람은 곧 여러 장수들을 불러들였다.

그때 여장 경영은 임신한 데다 몸이 성치 않았다. 그래서 경영은 동경에 남겨 두고 섭청 부부로 하여금 보살피게 하고 그 밖의 장수들은 모두 방납을 토벌하러 떠날 채비를 하게 했다.

나중에 경영은 병이 나았고 아들을 낳았는데 귀가 큼직하고 얼굴이 넓적한 귀동자였다.

경영은 그 아이의 이름을 장절(張節)이라 지었다. 뒷날 남편 장청이 독송관(獨松關)에서 적장 여천윤(厲天閏)에게 죽었다는 소식을 듣자 섭청 부부와 함께 가서 남편의 시신을 모셔다 고향인 창덕부에 묻었다. 다시 섭청이 병으로 죽은 뒤 경영은 섭청의 처 안씨와 함께 과부로 외아들을 기르며 지냈다.

그 뒤 장절은 커서 송나라 장수 오개(吳玠)와 함께 화상원이란 곳에서 금나라 군사를 크게 쳐부수었다. 그때 금나라의 대장 올출(兀朮)은 급한 나머지 거추장스러운 수염까지 잘라 버리고 도망쳤다고 한다. 그리하여 장절은 높은 벼슬을 받고 집으로 돌아와 어머니를 모셨는데, 그는 천자께 어머니의 정절을 상주하여 표창을 받게 하였다. 그러나 이는 모두 뒷날의 이야기다.

다음 날 송강은 조정의 창고에서 내려온 비단과 은냥을 장수들과 삼군의 우두머리에게 골고루 나누어 주고 김대견과 황보단은 대궐로 들여보냈다. 이어 군사를 낼 채비가 서둘러졌다.

송강은 수군 두령들에게 싸움배와 삿대와 노와 돛을 손질하여 대강(大江)을 향해 먼저 나아가게 했다. 또 마군 두령들에게도 명을 내려 활과 화살, 창칼, 전포, 갑옷을 갖추고 싸움배와 함께 물과 뭍으로 나란히 나아가게 하였다.

그런데 떠나기에 앞서 채 태사가 갑자기 심부름꾼을 영채로 보내 성수서생 소양을 대서인(代書人)으로 데려가겠다고 떼를 썼다. 이튿날에는 또 왕 도위가 직접 찾아와 철규자 악화가 노래를 잘 부른다니 도위부(都尉府)에 데려다가 쓰겠다고 나왔다. 송강은 들어주지 않을 수가 없어 곧바로 두 사람을 보냈다.

결국 이번 싸움에서는 김대견과 황보단, 경영, 소양, 악화 다섯 형제가 빠지게 된 것이었다.

송강은 그들 다섯이 나란히 떠나가자 마음이 허전하기 그지없었다. 그러나 남은 싸움이 중해 그 채비가 더욱 급했다.

한편 강남의 방납은 난을 일으킨 지 오래되어 그 세력이 생각

밖으로 컸다. 따라서 그동안 차지한 땅, 한 일도 꽤나 많았다.

방납은 원래 흡주 산중의 나무꾼이었다. 그런데 하루는 냇가에서 손을 씻다가 물에 비친 자신의 모습이 평천관(平天冠)을 쓰고 곤룡포를 입고 있는 것으로 비쳐진 것을 보았다. 이에 방납은 사람들을 보고 자기는 천자의 복을 타고났다고 말하며 그들을 자기 주위로 끌어들였다.

그러던 어느 날이었다. 주헌(朱勔)이란 못된 관리가 오나라 땅에서 화석강(花石綱)을 수탈해 백성들의 원망을 사고 있었다. 사람마다 틈만 있으면 들고일어날 마음이 있는 것을 보고 방납은 마침내 난을 일으켰다.

그 뒤 방납은 청계현의 방원동에다 대궐을 짓고 목주와 흡주에는 각각 행궁(行宮)을 지어 왕 노릇을 시작했다. 문무의 벼슬아치를 두어 성원과 대신, 장수로 삼으니 그 모양이 제법 그럴듯했다.

목주는 오늘날의 건덕으로 송나라는 엄주로 이름을 바꾸었고 흡주는 오늘날의 무원인데 역시 송나라가 나중에 휘주로 이름을 바꾸었다. 방납은 그 목주와 흡주에서부터 오늘날 진강(鎭江)이라고 불리는 곳까지 차지했는데, 그 지역이 여덟 주 스물다섯 고을에 이르렀다. 그 여덟 주는 흡주, 목주, 항주, 소주, 상주, 호주, 선주, 윤주였다.

방납은 스스로 왕이라 칭하고 한 지역을 차지한 인물이기에 만만치 않은 데가 있었다. 위로는 천서(天書)에 이른 대로 하였다고 하는데 그중 하나인 「추배도(推背圖)」에는 이런 말이 있었다.

열 천에 점을 하나 더하고 겨울이 다하면 존귀하게 된다. 거침없이 절수를 넘어 오나라 땅에서 일어나고 뚜렷한 자취를 남기리라.

천이 열이면 만(万)이요, 만에 점을 하나 더 찍으면 방(方)이 된다. 또 겨울이 지나면 섣달인 납(臘)이니, 곧 방납(方臘)이 존귀하게 된다는 뜻이었다. 그가 차지한 강남의 여덟 주는 장강을 사이에 두고 중원과는 갈라져 있는 땅이라 왕경이 난을 일으켰던 회서와는 아주 달랐다.

송강이 장졸과 더불어 강남으로 떠나려고 성원의 여러 벼슬아치들에게 하직을 하니 숙 태위와 조 추밀은 친히 전송하러 나와 삼군을 위로하였다. 수군 두령들은 이미 배를 타고 사수(泗水)로 내려가 회하를 통해 양주에 모여 있었다.

송강과 노준의는 조 추밀에게 감사드리고 인마를 다섯 길로 나누어 양주로 떠났다. 전군이 회안현에 이르러 진을 치자 그곳 관원들이 술자리를 벌여 놓고 기다리다가 송 선봉을 맞아들여 대접했다.

"역적 방납의 졸개들은 엄청나 가볍게 대해서는 아니 됩니다. 앞에는 강남에서도 첫손 꼽히는 험한 양자강이고 강 건너는 윤주인데, 지금 방납 밑에 있는 추밀 여사낭(呂師囊)이 열두 명의 통제관과 함께 지키고 있습니다. 윤주를 빼앗아 발판으로 삼지 않고서는 적을 막아내기 어려울 것입니다."

그곳 관원들이 송강에게 그렇게 아는 대로 일러 주었다. 송강은 오용과 더불어 의논 끝에 수군의 배를 타고 나아가려 했다. 그때 오용이 조심스레 말했다.

"양자강에 있는 금산과 초산이 윤주의 성곽과 이어져 있으니 형제들을 몇 사람 보내 길도 알아볼 겸 강 건너 소식도 탐지해 보는 게 좋겠습니다. 강을 건넌다 해도 어떤 곳으로 건너야 하는지 알아야 되지 않겠습니까?"

그 말을 들은 송강은 곧 수군 두령들을 불러 놓고 물었다.

"여러 형제들 가운데 누가 길을 살피고 강 건너 소식을 알아보겠소?"

그러자 소선풍 시진, 낭리백조 장순, 반명삼랑 석수, 활염라 완소칠이 가겠다고 나섰다.

그런데 이야기를 이어가기에 앞서 그들을 가로막고 있는 지세와 역적들의 세력부터 살펴보자.

양자대강(揚子大江)은 길이가 구천삼백 리에 이른다. 멀리에서 한양강, 심양강, 양자강의 세 강을 아울러 사천을 지나 곧바로 바다에 이르는데, 가운데 지나는 곳이 또 수없이 많아 흔히 만리장강(萬里長江)이라 이른다. 오(吳) 땅 초(楚) 땅을 갈라놓은 그 강 가운데는 두 개의 산이 있으니 하나는 금산(金山)이요, 하나는 초산(焦山)이라고 한다. 금산 위에는 한 절이 있어 산을 에두르듯 세워져 있기에 그 산을 사리산(寺裏山)이라 부르고, 초산 위에는 눈에 보이지 않는 깊숙한 곳에 절이 있어 그 절을 산리사(山裏寺)라고 한다. 강 한가운데 있는 이 두 산은 초 땅의 꼬리, 오 땅의 머리가 되는 부분으로서 그 이켠은 회수 동쪽의 양주이고 저켠은 절수 서쪽의 윤주, 곧 오늘날의 진강이다.

윤주성 안에는 방납 밑에서 동청(東廳) 추밀사 노릇을 하는 여사낭이란 자가 강 언덕 쪽을 지키고 있었다. 그는 원래 흡주의 부호로서 방납에게 많은 돈과 곡식을 바치고 동청 추밀사라는 관직을 얻어걸린 자였다. 하지만 어릴 때부터 병서를 읽어 어느 정도 병법을 알았고 또 열여덟 자 사모창을 잘 써 무예도 뛰어난 편이었다.

그 여사낭 밑에는 강남십이신(江南十二神)이라고 불리는 열두 명의 통제관이 있어 함께 윤주의 강 언덕을 지켰다.

경천신(擎天神) 복주 심강(沈剛), 유혁신(遊弈神) 흡주 반문득(潘文得), 둔갑신(遁甲神) 목주 응명(應明), 육정신(六丁神) 명주 서통(徐統), 벽력신(霹靂神) 월주 장근인(張近仁), 거령신(巨靈神) 항주 심택(沈澤), 태백신(太白神) 호주 조의(趙毅), 태세신(太歲神) 선주 고가립(高可立), 조객신(弔客神) 상주 범주(范疇), 황번신(黃旛神) 윤주 탁만리(卓萬里), 표미신(豹尾神) 강주 화동(和潼), 상문신(喪門神) 소주 심림(沈林)이 이른바 십이신이었다.

추밀사 여사낭은 그들과 함께 남군(南軍) 오만을 거느리고 강가에 진채를 세웠는데 따로이 감로정(甘露亭) 아래에는 삼천 척이 넘는 싸움배를 늘어놓고 있었다. 강 북쪽의 과주 나루는 그런 그들 앞에 아무런 장애도 없이 그대로 드러나 있는 셈이었다.

송강은 네 사람이 강 건너 소식을 알아 오겠다고 나서자 그들에게 일렀다.

"자네들은 두 길로 나누어 장순과 시진이 같이 가고 완소칠과 석수가 같이 가도록 하게. 금산과 초산으로 가서 그곳에 몸을 숨기고 윤주에 있는 역적들의 허실을 알아본 뒤 양주로 돌아와 내게 들려주게."

송강이 그렇게 말하자 네 사람은 각기 졸개 둘씩을 데리고 나그네 차림으로 양주를 향해 떠났다. 그때 길가에 살던 백성들은 나라의 대군이 방납을 토벌하러 온다는 소문을 듣고 가족들과 함께 시골로 피난을 떠나 길은 조용하기만 했다.

그들 네 사람은 양주성에서 헤어진 뒤 각기 돈과 양식을 마련해 길을 떠났다. 석수와 완소칠은 졸개 둘과 함께 초산으로 달려갔고 시진과 장순은 역시 졸개 둘과 함께 채비를 갖춘 뒤 과주로 갔다.

때는 마침 이른 봄이라 날은 따뜻하고 꽃향기가 그윽했다. 양자강 가에 이르러 높은 곳에 올라 보니 흰 물결이 힘차게 흐르고 물안개가 피어올라 경치가 더할 나위 없이 아름다웠다.

시진과 장순은 북고산(北固山)에 올라 내려다보았는데 아래는 푸른색과 흰색의 깃발들이 늘어서고 강가에는 헤아릴 수 없는 배들이 한 줄로 늘어서 있었다. 그러나 강 북쪽 기슭에는 나무 한 그루 보이지 않았다.

"과주로 오는 길에 보니 집들은 있지만 사람은 하나도 볼 수 없었고 강가에도 배 한 척 없구려. 어떻게 강을 건너 저편 소식을 알아낼 수 있겠소?"

시진이 막막한 듯 그렇게 묻자 장순이 대답했다.

"우선 아무 데나 빈집에 들어가 쉬고 계십시오. 내가 금산으로 헤엄쳐 건너가서 그쪽의 허실을 알아보겠습니다."

"그렇게 합시다."

시진도 별수가 없어 그렇게 말하고 강가로 내려갔다. 시진, 장순과 졸개 둘이 근방에 있는 여러 채의 초가집을 두드려 보았으나 모두 문을 꼭꼭 잠가 놓아서 밀어도 문이 열리지 않았다. 장순이 어느 집 모퉁이로 돌아가 한쪽 벽을 허물고 들어가 보니 하얀 머리칼을 덮어쓴 할머니가 부엌 쪽에서 걸어 나왔다.

"이봐요, 할머니. 어째서 사람이 문을 두드리는데도 열어 주지 않소?"

그러자 그 할머니가 대답했다.

"요즘 조정에서 대군을 일으켜 방납을 치러 온다는 말을 듣고 겁을 먹었다우. 여기가 길목이라 식구들은 모두 딴 곳으로 피난을 가고 이 늙은것만 남아 집을 지키고 있우."

"이 집의 남정네들은 다 어디로 갔소?"

장순이 다시 묻자 할머니가 대답했다.

"식구들을 돌보려고 시골로 갔우."

"우리 네 사람이 강을 건너려고 하는데 어디서 배를 구할 수는 없겠소?"

장순이 그렇게 당장 필요한 것을 묻자 할머니가 겁먹은 눈길로 대답했다.

"요새 같은 때 어디서 배를 구하려고 그러시우? 여 추밀은 관군이 온다는 소문을 듣고 배들을 모두 윤주로 끌고 가 버렸다우."

이에 장순이 다시 목소리를 부드럽게 해서 말했다.

"할머니, 우리가 양식은 가지고 왔으니 방만 하루 이틀 빌려주십시오. 시끄럽게 굴지도 않고 방세도 은자로 치르겠소."

"집 안에서 쉴 수야 있겠지만 잠자리는 없우."

할멈이 별로 반갑잖은 눈치로 그렇게 대답했다.

"잠자리는 우리가 어떻게 만들어 볼 테니 염려 마십시오."

장순이 그렇게 말하자 노파가 다시 걱정스러운 얼굴로 말했다.

"하지만 대군이 곧 밀려들 텐데 어쩌시려구……."

할멈은 장순을 방납 쪽의 사람으로 본 것 같았다. 장순이 아무런 내색 않고 할멈을 안심시켰다.

"대군이 오면 우리가 알아서 피할 테니 너무 걱정하지 마십시오."

그러고는 문을 열어 시진과 졸개들을 불러들였다. 집 안으로 들어온 그들은 박도를 벽에 기대 놓고 봇짐을 풀어 구운 떡을 꺼내 먹었다.

장순이 다시 강가로 나가 풍경을 살피니 금산사는 바로 물 한가운데 있는데 들어 온 바대로 운치가 있었다. 강물 위에 우뚝 솟은 산은 비늘 돋친 용의 기세요, 그 위의 금산사는 구름을 허리에 두르고 우뚝 솟아 있었다. 금산사를 한 바퀴 둘러본 장순은 속으로 말했다.

'윤주에 있다던 여사낭이란 자는 틀림없이 저 산을 왔다 갔다 할 것이다. 내가 오늘 저녁에 건너가 보면 그것들의 형편을 알 수 있겠지.'

그리고 돌아가서 시진과 함께 의논했다.

"지금 이곳에는 조각배 한 척이 없으니 우리가 함께 건너가 저편 소식을 알아볼 방도는 없습니다. 오늘 밤에 나 혼자 헤엄쳐 강을 건너가 보도록 하지요. 은 몇 덩이를 보따리 속에 넣어 머리에 이고 강을 건넌 뒤에 중들에게 나눠 주고 달래 보겠습니다. 그렇게 해서 윤주의 허실을 알게 되면 송공명 형님에게 알리도록 합시다. 그러니 형님은 여기서 기다리고 계십시오."

장순이 그렇게 말하자 헤엄을 잘 치지 못하는 시진은 고개를 끄덕이는 수밖에 없었다.

"그럼 아우 혼자 가서 알아보고 얼른 돌아오시오."

그렇게 당부할 뿐이었다.

그날 밤은 달이 매우 밝고 바람 한 점 없었다. 강물이 잔잔하니 하늘과 물이 같은 색이었다. 날이 어두워지자 장순은 겉옷을 벗고 흰 비단 잠방이만 입었다. 두건과 겉옷으로는 은덩이 두 개를 싸서 머리에 이고 비수 한 자루를 허리에 꽂으니 그대로 강을 건널 채비가 끝났다.

과주에서 물에 뛰어든 장순은 곧바로 강 가운데를 향해 헤엄쳐 나갔다. 물은 그의 가슴께밖에 차지 않아 마치 평지를 걷는 것만 같았다.

장순이 금산 아래에 이르러 보니 물가의 바위에 작은 배 한 척이 매어져 있었다. 가만히 그 배로 기어올라간 그는 머리 위에서 보따리를 풀어 내리고 젖은 옷을 벗어 몸의 물기를 닦았다. 그런 다음 다시 겉옷을 입고 배 안에 들어가 앉는데 마침 윤주에서 삼경을 알리는 경쇠 소리가 들려왔다.

장순은 배에 가만히 엎드려 사방을 살폈다. 강 위쪽에서 조각배 한 척이 내려오고 있는 게 보였다.

'저 배가 머뭇거리며 오는 모습이 몹시 수상쩍구나. 틀림없이 첩자가 탄 배 같다.'

장순은 그렇게 중얼거리면서 자신이 타고 있는 배를 풀어 타려고 했다. 그런데 뜻밖에도 배는 굵은 밧줄로 단단히 묶여 있을 뿐만 아니라 노마저 없었다. 장순은 하는 수 없이 다시 옷을 벗고 비수를 뽑아 문 채 강으로 뛰어들었다. 그가 조각배 있는 데로 헤엄쳐 가자 곧 배에 앉은 두 사람이 어렴풋하게 눈에 들어왔다. 그 두 사람은 남쪽은 살피지 않고 북쪽만 바라보며 노를 젓는 데만 정신을 뺏기고 있었다.

장순이 물속에서 갑자기 솟구쳐 뱃전을 잡고 칼을 빼 들자 노를 젓던 두 사람은 노를 던지고 물속으로 뛰어들었다. 장순이 배위로 기어오르자 선창에서 다시 두 사람이 나왔다. 장순이 칼을 들어 그중에 하나를 찔렀다. 하나가 칼에 찔려 물속에 처박히자 다른 하나가 겁에 질려 선창 안으로 되쫓겨 들어갔다.

"너는 웬 놈이며 어디서 오는 길이냐? 바른대로 말하면 목숨만은 붙여 주겠다!"

장순이 그렇게 큰 소리로 겁을 주자 선창으로 쫓겨 들어갔던 사내가 떨리는 목소리로 대답했다.

"호걸께서는 부디 한마디만 들어주십시오. 저는 이곳 양주성 밖 정포촌(定浦村)에 사는 진 장사네 일꾼입니다. 저희 주인께서 윤주성의 여 추밀께 가서 양식을 바치겠노란 기별을 전하라기에 저는 그대로 따랐을 뿐입니다. 제가 윤주에 가니 여 추밀은 우후한 사람을 저에게 딸려 보내면서 관작을 얻는 대신에 쌀 오만 섬과 배 삼백 척을 바치라고 저희 주인께 이르게 했습니다."

"그 우후의 이름은 무엇이고 그자는 지금 어디에 있느냐?"

장순이 다시 그렇게 다그쳤다.

"그 이름은 섭귀(葉貴)인데 방금 호걸께서 칼로 찍어 강물에 처넣은 사람이 바로 그올시다."

장순은 무슨 생각을 했는지 다시 그 사내에게 캐묻기 시작했다.

"네 이름이 무엇이냐? 여 추밀이 원한 쌀과 배는 언제 가느냐. 그리고 이 배는 무엇을 싣고 있느냐."

"저는 오성(吳成)이라 하며 금년 정월 초이렛날 강을 건넜습니다. 그러자 여 추밀은 저를 소주로 보내더군요. 그래서 소주로 간 저는 황제의 아우 되는 삼대왕(三大王) 방모(方貌)를 찾아가 깃발 삼백 개와 저희 주인 진 장사를 양주 부윤에 중명대부(中明大夫)로 삼는다는 문서를 받았습니다. 또 군복 천 벌과 여 추밀에게 보내는 편지도 받아 가지고 오는 길입니다."

"네 주인의 이름은 무엇이며 거느리고 있는 인마는 얼마나 되느냐?"

장순이 다시 그렇게 묻자 오성이 남김없이 대답했다.

"저희 주인의 이름은 진관(陳觀)이라 하며 그에게는 또 진익(陳益)과 진태(陳泰)라고 하는 아들이 있는데 하나같이 호락호락한 사람들이 아닙니다. 그리고 저희 주인이 거느린 사람은 수천 명이 되며 말도 백 필이 넘습니다."

그만하면 알 것은 다 알아낸 셈이었다. 장순은 갑자기 칼을 들어 오성을 찔러 넘긴 뒤 물속에 처박아 버렸다. 그런 다음 빼앗은 배를 저어 곧바로 과주로 돌아갔다.

노 젓는 소리를 듣고 시진이 바삐 달려 나왔다. 시진은 장순에게 일이 어떻게 되었는가를 물었다. 장순은 물 건너 금산에서 있었던 일을 자세히 이야기해 주었다. 시진도 몹시 기뻐했다. 오성에게서 들은 걸로 계책을 짜낼 만하다고 본 것이었다. 시진은 선창으로 들어가 문서 꾸러미와 붉은 비단 깃발 삼백 폭, 저희끼리 알아보게 만든 옷 천 벌을 들고 나와 짐을 꾸렸다.

"나는 가서 옷을 가져오겠습니다."

장순이 그렇게 말하고 배를 저어 금산으로 되돌아갔다. 장순이 옷과 두건, 은덩이를 찾아 과주로 돌아왔을 때는 날이 훤히 밝아오고 있었다. 장순은 배 밑바닥에 구멍을 내어 강에 가라앉혀 버리고 시진이 있는 곳으로 돌아갔다. 장순과 시진은 은 두세 냥을 할멈에게 주어 그동안의 신세에 사례하고 꾸려 둔 짐은 두 졸개에게 지워 곧장 양주로 돌아갔다.

그 무렵 송 선봉의 인마는 양주성 밖에 머물고 있었다. 양주의 관원들이 송강을 성안으로 청하여 역관에다 모시고 매일 잔치를 열어 대접하는 한편 이끌고 온 군사들도 잘 먹였다.

시진과 장순은 잔치가 끝나기를 기다렸다가 역관에서 송강을 만나 그동안에 알아 온 것을 들려주었다. 진관 부자가 방납과 내통한 일이며 오래잖아 역적들을 이끌고 강을 건너와 양주를 칠 것이라는 내용이었다. 송강도 그 같은 정보의 값어치를 알았다.

아주 기뻐하며 군사 오용을 불러 계책을 의논하였다.

"잘되었습니다. 이제 윤주성을 얻기는 손바닥을 뒤집는 것보다 쉬운 일이 되었습니다. 우선 진관을 잡으면 일은 벌써 다 된 거나 마찬가지지요."

오용이 그렇게 말하고 무어라 귓속말로 계책을 들려주었다. 듣고 난 송강은 낭자 연청과 해진, 해보를 불러들이게 했다. 그런 다음 연청은 방납의 우후로 가장하게 하고 해진과 해보는 그 밑에 있는 졸개로 꾸몄다.

해진과 해보는 먼저 정포촌으로 가는 길을 알아낸 뒤 시진과 장순이 얻어 온 짐을 메고 나섰다. 연청은 그들에게 해야 할 바를 자세히 일러 주고 함께 양주성을 떠나 정포촌으로 갔다.

사십 리 남짓 걷자 정포촌의 진 장사네 장원이 나왔다. 장원 문 앞에는 힘깨나 써 보이는 머슴들이 수십 명이나 늘어서서 파수를 보고 있었다.

"장사께서는 집에 계시는지요?"

연청이 그렇게 절강 지방의 말투로 머슴들에게 공손히 물었다.

"묻는 손님은 어디서 오셨소?"

머슴이 대답은 않고 오히려 그렇게 되물어 왔다. 연청이 천연덕스럽게 대답했다.

"윤주에서 오는 길입니다. 강을 건넌 뒤에 길이 헷갈려서 한나절이나 헤맨 끝에 겨우 여기까지 찾아올 수 있었습니다."

그러자 머슴은 연청과 해진, 해보를 객실로 안내해 짐을 내려놓게 했다. 그리고 연청만을 데리고 진 장사가 있는 뒤채로 갔다.

진 장사를 보자 연청이 엎드려 절하면서 공손하게 말했다.

"섭귀가 이렇게 와서 나리를 뵙습니다."

그러자 진 장사가 답례한 뒤 물었다.

"어디서 오셨소?"

"나리께 조용히 말씀드릴 일이 있습니다."

연청이 좌우를 둘러보며 조심스레 말했다. 진 장사가 그러는 연청을 안심시켰다.

"이 사람들은 내가 마음으로 믿는 사람들이니 그대로 말해도 좋소."

그제야 연청이 준비해 온 말을 천연스레 쏟아 냈다.

"저는 섭귀라 하오며 여 추밀 아래서 일 보는 우후입니다. 추밀께서는 지난 정월 초이렛날 오성이 가져온 밀서를 받고 몹시 기뻐하셨습니다. 그리고 저더러 오성과 함께 소주로 가서 황제 폐하의 아우인 삼대왕을 만나 나리의 뜻을 자세히 전하게 하였습니다. 저희들의 말을 들은 삼대왕은 황제께 사람을 보내 나리에 대한 처분을 상주하셨습니다. 황제께서는 상공을 양주 부윤으로 삼으시겠다는 칙지를 내리셨고 두 자제분은 뒷날 여 추밀에게 만나 보게 하신 뒤에 벼슬을 내리시겠다고 합니다."

그렇게 주워섬긴 연청은 이어 오성이 없어진 이유를 꾸며 댔다.

"원래 저는 오늘 오성과 함께 돌아오려 했으나 오성이 감기에 들어 움직일 수 없는 바람에 혼자 오게 되었습니다. 추밀께서는 제게 칙서와 추밀 문서, 관인 등에다 깃발 삼백 폭, 군복 천 벌을 가져다 드리고 나리께 약정한 날에 곡식 실은 배를 윤주로 보내 달라는 말씀을 전하게 하셨습니다."

연청은 그 말과 함께 칙서와 문서를 올렸다. 진 장사는 몹시 기뻐하며 얼른 향탁을 차려 놓고 방납이 있는 남쪽을 향해 절을 한 뒤 아들 진익과 진태를 불러 냈다. 연청은 해진과 해보를 시켜 깃발과 군복을 뒤채로 나르게 했다. 진 장사가 그런 연청에게 자리를 내주며 앉으라 권했다.

"한낱 졸개에 지나지 않는 제가 어찌 나리와 자리를 함께하겠습니까?"

연청이 그렇게 사양하자 진 장사가 다시 권했다.

"그쪽은 말하자면 여 추밀께서 내게 칙서를 전하라고 보낸 사람인데 어찌 함부로 대접할 수 있겠소? 같이 앉아도 괜찮으니 어서 자리에 앉도록 하시오."

이에 연청은 두 번 세 번 사양하다가 멀찌감치 앉았다. 진 장사가 술을 가져오게 해 연청에게 권했다.

"저는 원래가 술을 마시지 못합니다."

연청이 이번에도 그렇게 사양했다. 그러나 진 장사가 다시 권해 마지못한 듯 받아 마셨다. 진 장사의 두 아들이 아버지의 일을 축하하며 술을 따라 올렸다. 차츰 술자리가 무르익는 걸 보고 연청이 해진과 해보에게 가만히 눈짓했다. 뜻을 알아들은 해보가 독약을 꺼내 진 장사네 부자들이 못 보는 사이에 몰래 술 주전자에 탔다. 술에 독약을 푼 것을 안 연청이 일어나 큰 술잔에 술을 가득 부어 권하면서 말했다.

"이 섭귀가 비록 술을 가지고 강을 건너오지는 못했으나 나리의 술을 빌려서라도 축하의 뜻을 표했으면 합니다."

그러고는 진 장사가 가득 부은 잔을 들이켜기를 기다려 그 아들 진익과 진태에게도 술을 권했다. 이어 연청은 그 방 안에 함께 있던 진 장사네 심복 일꾼들에게도 모두 한 잔씩 돌렸다.

모두가 독이 든 술을 마신 뒤에 연청은 눈짓으로 해진과 해보 형제에게 신호를 보냈다. 해진은 밖으로 나가 불씨를 얻은 뒤에 가져간 깃발을 장원 앞에 세워 놓고 호포에 불을 당겼다. 좌우 양쪽에서 기다리고 있던 두령들은 호포 소리를 듣자 미리 짜 논 계책에 따라 움직이기 시작했다.

뒤채에 남아 있던 연청은 진 장사 부자를 비롯해 그 심복들이 하나하나 쓰러지는 것을 보자 칼을 뽑아 들었다. 그리고 함께 있던 해보와 더불어 그들 모두를 목 베었다. 그때쯤 해서는 열 명의 호걸이 장원의 대문으로 짓쳐들고 있었다. 화화상 노지심, 행자 무송, 구문룡 사진, 병관삭 양웅, 흑선풍 이규, 팔비나타 항충, 비천대성 이곤, 상문신 포욱, 금표자 양림, 병대충 설영이었다.

장원 대문께에는 진 장사네 일꾼들이 지키고 있었으나 범 같은 그들 열 명을 막아 낼 길이 없었다. 그런 차에 다시 안에 있던 연청과 해진, 해보가 진 장사네 삼부자의 목을 잘라 들고 나왔다. 거기다가 장원 문밖에서는 또 미염공 주동, 급선봉 삭초, 몰우전 장청, 혼세마왕 번서, 타호장 이충, 소패왕 주통 여섯 장수가 일천의 인마를 거느리고 달려와 장원을 물샐틈없이 에워쌌다.

진 장사가 비록 적지 않은 사람과 병기를 마련해 두었다 하나 그렇게 되자 장원은 싸움다운 싸움도 없이 양산박 호걸들 손에 떨어지고 말았다. 호걸들은 진 장사네 가족을 모조리 죽여 버린 뒤 일꾼들을 사로잡아 앞세우고 나루터로 갔다. 나루터에는 삼사백 척의 배에 쌀이 가득 실려 있었다. 여러 장수들은 그 쌀가마를 헤아려 그대로 송강에게 알렸다.

송강은 호걸들이 진 장사를 없애고 장원을 차지했다는 소식을 듣자 오용과 더불어 다음 계책을 의논해 결정했다. 그리고 장졸들에게 떠날 채비를 하게 한 뒤 총독(總督)인 장 초토와 작별했다.

진 장사네 장원에 이른 송강은 장졸들을 배에 태워 미리 짜 놓은 계책대로 움직이게 하는 한편 자기편의 싸움배도 뒤따라 내보냈다. 오용이 그들에게 영을 내렸다.

"빠른 배 삼백 척을 골라 방납이 보낸 깃발을 꽂게 하라. 그리고 군사 천 명에게는 방납이 보낸 군복을 입히고 그 밖의 삼사천 명에게는 같지 않은 옷을 입혀 뱃전에 세우라."

이어 오용은 그 삼백 척 배 안에다 이만 명이 넘는 군사들을 숨게 하고 목홍과 이준을 진익과 진태로 가장해 큰 배에 타게 했다. 이어 장수들도 각기 나누어 배에 올랐다.

삼백 척의 배는 크게 세 패로 나뉘어 나아갔다. 첫째 패의 배는 목홍과 이준이 이끌기로 되었는데 목홍의 주변에는 열 명의 편장이 배치되었다. 항충, 이곤, 포욱, 설영, 양림, 두천, 송만, 추연, 추윤, 석용이었다. 이준 주변에도 동위, 동맹, 공명, 공량, 정천수, 이립, 이운, 시은, 백승, 도종왕 해서 열 명이 배치되었다.

둘째 패의 배는 장횡과 장순이 이끌기로 되었는데 장횡이 탄 배에는 조정, 두흥, 공왕, 정득손이 함께 자리했고 장순이 탄 배에는 맹강, 후건, 탕륭, 초정이 함께 자리하고 있었다.

셋째 패의 배는 정장(正將) 열 명이 이끌게 하였는데 그들은 다시 두 갈래로 나누어 나아갔다. 사진, 뇌횡, 양웅, 유당, 채경이 그 한 갈래를 이끌었고 장청, 이규, 해진, 해보, 시진이 또 다른 갈래를 이끌었다.

그들 마흔두 명의 정장 편장들이 삼백 척의 배에 나누어 타고 강을 건너간 뒤 송강도 천천히 움직이기 시작했다. 싸움배에는 말을 싣게 하고 날렵한 배 일천 척에는 배마다 '송조선봉사(宋朝 先鋒使) 송강'이라는 깃발을 꽂은 설영 마보군의 장수들을 태웠다. 그리고 수군 두령 완소이와 완소오를 앞세워 일제히 강을 건너게 했다.

한편 윤주의 북고산 위에 진을 치고 있던 반군의 망보기들은 강 건너에서 삼백여 척의 배가 한꺼번에 밀려드는 것을 보고 그 배들에 꽂힌 깃발을 자세히 살폈다. '호송의량선봉(護送衣糧先鋒)' 이란 글씨가 붉은 깃발 위에 쓰여 있었다. 망보기들은 급히 저희 관리에게 그 사실을 알렸다.

여 추밀은 그 배들에 꽂힌 깃발이 비록 저희 편임을 나타내고 있었으나 마음을 놓지 않았다. 열두 명 통제관을 불러들여 모두 갑옷을 단단히 여미게 한 뒤 정병을 거느리고 강가로 나아갔다. 여 추밀이 바라보고 있는 사이에 앞선 배 백 척이 먼저 강 언덕에 와 닿았다. 두 우두머리를 몸집이 우람한 사내들이 에워싸고 있는데 모두 금 고리가 달린 자기편 복색을 입고 있었다.

여 추밀은 말에서 내린 뒤 준비된 의자에 앉았다. 열두 명의 통제관들도 말에서 내린 뒤 두 줄로 늘어서서 여 추밀을 지켰다.

목홍과 이준은 여 추밀이 강가에 나와 앉은 것을 보고 배 위에서 공손히 예를 표했다. 그때 여 추밀 좌우에 있던 우후들이 배를 멈추라고 소리쳤다. 목홍이 이끈 배 일백 척은 그 명에 따라 한 줄로 나란히 멈춰 서며 닻을 내렸다. 뒤따라오던 배 이백 척도 절반으로 나뉘어 먼저 온 백 척 배들의 좌우에 늘어섰다.

"어디서 오는 배들이오?"

반군의 객장사(客帳司)가 배에 올라 목홍에게 물었다.

"저는 진익이라 불리며 저의 동생은 진태라고 합니다. 아버님께서는 저희 형제를 시켜 쌀 오만 섬, 배 삼백 척, 정병 오천 명을 추밀 상공께 바치라 하셨습니다. 아버님을 황제께 상주해 벼슬을 얻게 해 주신 은혜에 대한 작은 보답의 뜻입니다."

목홍이 그렇게 태연스레 대답했다.

그래도 객장사는 얼른 믿어 주지 않고 다시 캐물었다.

"전날 추밀 상공께서 섭 우후를 보내셨는데 어찌하여 그는 보이지 않소?"

"우후와 오성은 요새 한창 도는 감기에 걸려 오지 못하고 저희 장원에서 조리하는 중입니다. 대신 이 관인과 문서를 가져왔습니다."

목홍이 그러면서 관인과 문서를 내놓았다. 객장사가 그걸 받아 들고 강기슭으로 돌아가 여 추밀에게 전했다.

양주 정포촌 진 부윤(府尹)의 아들 진익과 진태가 양식과 군

사를 바치러 왔습니다. 전번에 보냈던 관인과 문서를 이렇게
가져왔으니 한번 보아 주십시오.

여 추밀이 살펴보니 틀림없이 자기네의 공문이었다. 이에 여
추밀은 믿는 마음이 생겨 그들 형제를 언덕에 오르도록 했다. 객
장사는 곧 진익과 진태에게로 가서 배에서 내려 여 추밀을 뵙도
록 하라 일렀다. 진익과 진태로 꾸민 목홍과 이준이 뭍에 오르는
데 주위에 둘러섰던 편장 스무 명이 모두 그를 따라왔다.

"상공께서 여기 계시니 잡인들은 가까이 오지 마라!"

여 추밀 주위에 있던 졸개들이 그렇게 소리쳤다. 그 바람에 편
장 스무 명은 그 자리에 멈춰 서고 목홍과 이준만이 멀찌감치 두
손을 모은 채 여 추밀을 바라보았다. 얼마 뒤 객장사가 두 사람
중 하나만을 데리고 여 추밀 앞으로 데려가 절을 시킨 뒤 무릎을
꿇게 했다.

"어찌하여 너희 부친 진관이 몸소 오지 않았느냐?"

여 추밀이 다가온 목홍에게 그렇게 물었다.

"아버님께서는 양산박의 송강과 그 졸개들이 무리 지어 왔다
는 소문을 들으시고 그것들이 마을로 쳐들어올까 걱정이 되어
오지 못하셨습니다."

목홍이 그렇게 대답하자 여 추밀이 다시 물었다.

"너희 둘 중에 누가 형이냐?"

"이 진익이 형이 됩니다."

"너희 형제는 무예를 아느냐?"

"상공께 보탬이 될지는 모르겠습니다만 조금은 배웠습니다."

"쌀은 어디에 싣고 왔느냐?"

"큰 배에는 삼백 섬씩을 싣고 작은 배에는 이백 섬씩 실었습니다."

그러나 여 추밀은 아직도 마음이 놓이지 않는 눈치였다. 갑자기 얼굴빛을 엄하게 해 물었다.

"너희들이 딴마음을 품고 온 것은 아니냐?"

"저희 부자는 오직 공경하고 따르는 마음으로 왔을 뿐입니다. 어찌 털끝만큼이라도 딴마음을 품을 수 있겠습니까?"

목홍이 얼른 그렇게 받았으나 여 추밀은 여전히 의심을 풀지 않았다.

"네가 말로는 좋은 마음으로 왔다고 하지만 내가 보기에는 너희들 배에 앉은 군사들 모양들이 심상치 않다. 아무래도 마음 놓을 수 없으니 너희들은 여기서 기다려라. 내가 통제관 네 사람을 시켜 군사 백 명을 데리고 배에 올라가 살펴보게 하겠다. 만약 배에서 곡식 이외의 다른 물건이 나오게 되면 그때는 용서치 않을 것이다."

"저희는 상공께 무겁게 쓰이려고 찾아온 자들입니다. 그런데 어찌 의심하십니까?"

목홍이 그렇게 대꾸했으나 여사낭은 그대로 네 통제관을 불러 배를 살피게 하려 했다. 그때 탐마가 달려와 알렸다.

"폐하께서 보내신 사신이 성지를 받들고 남문 밖에 이르렀습니다. 상공께서는 말을 타고 나아가 폐하의 사신을 맞이하도록 하십시오."

그 말을 들은 여 추밀은 하려던 일을 멈추고 급히 말에 올랐다.

"장졸들은 그대로 강 언덕을 굳게 지키도록 하라. 그리고 진익과 진태는 나를 따라오라."

여 추밀이 그같이 명을 내리자 목홍은 이준에게 가만히 눈짓을 했다. 여 추밀이 급히 그 자리를 뜨자 목홍과 이준은 편장 스무 명을 불러 함께 성문 쪽으로 갔다.

"추밀 상공께서는 우두머리 둘만 들어오라고 하셨다. 그 밖에 사람들은 들어오지 마라."

문을 지키던 장수가 소리치며 목홍과 이준만 들여보냈다. 그 바람에 편장 스무 명은 모두 성문 밖에 멈춰 설 수밖에 없었다.

한편 남문 밖으로 나아간 여 추밀은 방납이 보낸 사신을 보고 물었다.

"무슨 일로 이렇게 갑자기 오셨습니까?"

그 사신은 방납 곁에서 일하고 있는 인진사(引進使) 풍희(馮喜)였다. 풍희가 가만히 여 추밀에게 말해 주었다.

"며칠 전 사천태감(司天太監) 포문영(浦文英)이 폐하께 이르기를 천상이 불길하다 하셨소. 수많은 강성(罡星)들이 오(吳) 땅에 떨어졌는데 그 절반이 빛을 잃은 것으로 보아 큰 재앙이 생길 징조라는 것이었소. 폐하께서는 그 말을 들으시고 추밀사에게 강을 굳게 지키라는 성지를 내리셨습니다. 북쪽에서 오는 사람이 있으면 반드시 그 실상을 세밀히 알아볼 것이며 만약 조금이라도 의심스러울 때는 곧 그 목을 베라고 하셨소이다."

그 말을 들은 여 추밀은 몹시 놀라워하며 말했다.

"방금 한 무리가 북쪽에서 강을 건너왔소. 그러잖아도 매우 의심스럽다 여겼는데 이제 또 이런 말을 듣게 되었구려. 빨리 성안으로 들어가 성지를 읽어 봐야겠소."

그러고는 풍희와 함께 성안 관부로 돌아가 방납이 보낸 글을 읽었다. 그때 다시 탐마가 달려와 알렸다.

"소주에서 삼대왕이 보낸 사절이 신표를 가지고 왔습니다."

여 추밀은 그 사절을 불러들여 삼대왕의 명을 알아보았다.

얼마 전 양주의 진 장사가 우리에게 항복해 오겠다고 한 적이 있다. 그러나 그것이 거짓일 수 있으니 턱없이 믿지는 마라. 오늘 성지를 받아 본즉 근래에 사천태감이 오 땅에 강성이 떨어지는 것을 보았다 한다. 따라서 추밀은 강 이쪽을 굳게 지키도록 하라. 이제 곧 사람을 보내어 살펴보게 하리라.

삼대왕이 보낸 글의 내용은 그러했다. 그것까지 다 읽은 여 추밀은 방납이 보낸 사신을 돌아보며 말했다.

"삼대왕께서도 이 일로 이토록 걱정하고 계시니 제가 어찌 소홀히 하겠습니까? 반드시 성지를 받들도록 하겠소."

그러고는 곧 사람을 강가로 보내어 명을 전하게 했다.

"물가를 굳게 지키고 배를 타고 온 자들은 하나도 언덕에 올라오지 못하게 하라!"

그러자 강가에 있던 통제관들은 여 추밀이 시킨 대로 했다. 한편 삼백 척의 배에 나누어 탄 사람들은 한나절이나 기다려도 여추밀로부터 아무런 소식도 들을 수가 없었다. 이에 장수들은 일이 심상찮음을 느끼고 바로 움직였다. 먼저 왼쪽 배에 있던 장횡과 장순이 편장 여덟 명을 거느리고 창칼을 든 채 강 언덕으로 올랐다. 오른쪽 배에 탔던 장수 열 명도 모두 창칼을 들고 언덕으로 뛰어올라 밀고 들었다. 반군들이 그들을 막아 보려 했으나 될 일이 아니었다.

흑선풍 이규와 해진, 해보 형제가 앞장서 성안으로 뛰어들었다. 문을 지키던 군관이 다급히 나가 앞을 막았으나 이규의 상대는 못 되었다. 이규가 양손에 도끼를 휘둘러 한 도끼에 둘을 찍어 눕혔다. 성벽 아래에서 고함 소리가 나자 해진과 해보가 쇠작살을 비껴들고 뛰어들었다. 그 기세가 얼마나 사나운지 반군들은 미처 성문을 닫을 사이가 없었다.

이규가 성문 앞에서 닥치는 대로 적병을 찍어 넘기는 사이 그곳에 이른 스무 명의 편장들도 각기 창칼을 들어 적병들을 죽이기 시작했다. 그리하여 여 추밀이 보낸 사람이 명을 전하러 왔을 때는 송강의 장수들이 이미 성안으로 뛰어든 뒤였다.

여 추밀 밑에 있던 열두 명의 통제관이 성 밑에서 고함 소리가 나는 것을 듣고 인마를 휘몰아 달려가려 했다. 그러나 그때는 시천과 사진이 삼백 척의 배에 탔던 군사들을 불러내려 언덕으로 오르고 있었다. 반군의 복색을 하고 있던 군사들이 먼저 그 복색을 벗어 던지고 앞장을 섰다. 뒤이어 선창에 숨어 있던 군사들도 함성과 함께 언덕에 올랐다.

통제관들의 우두머리인 심강과 반문득이 인마를 두 갈래로 나누어 달려가 성문을 지켜 보려 했다. 하지만 심강은 사진의 칼에 찍혀 말에서 굴러떨어지고 반문득은 옆에서 내지르는 장횡의 창에 쓰러지고 말았다.

기세를 잃은 통제관 쪽의 장졸들은 송강의 군사들이 들이치니 견뎌 낼 수가 없었다. 남은 통제관 열 명도 성안에 있는 가족들이 걱정돼 더 싸워 보지도 않고 성안으로 쫓겨 들어갔다.

성안에 있던 목홍과 이준은 강가의 소식을 듣자 거기에 호응했다. 술집에서 불씨를 얻어 성안 여기저기 불을 질렀다. 놀란 여 추밀이 급히 말에 오르자 통제관 셋이 달려와 그를 호위했다.

곧 성안에서 솟는 불길은 하늘 높이 치솟았다. 과주에서 그 불길을 보고 한 떼의 인마를 보내 윤주성을 구원하려 했다. 네 성문에서도 오랫동안 어지러운 싸움이 이어졌으나 성 위에는 이미 송 선봉의 깃발이 휘날리고 있었다.

뒤따라와서 강 북쪽 기슭에 닿은 송강 편의 백오십 척 싸움배에서는 갑옷 투구를 갖춘 장수 열 명이 앞장서서 말을 끌고 언덕에 올랐다. 관승, 호연작, 화영, 진명, 학사문, 선찬, 선정규, 한도, 팽기, 위정국이 그들이었다. 그들까지 합세하자 여 추밀은 더 견뎌 내지 못했다. 싸움에 진 인마를 끌어모아 성을 버리고 단도현으로 달아났다.

송강의 대군은 윤주를 되찾고 나자 불을 끄고 군사를 나누어 네 성문을 지키게 했다. 그런 다음 송강을 맞으러 강가로 나아가니 마침 송강이 탄 배가 순풍을 타고 남쪽 기슭에 와 닿았다. 크고 작은 두령들은 그런 송강을 맞아 성안으로 모셔 들였다.

송강은 우선 방문을 내걸어 백성들을 안심시키고 장졸들을 점고했다. 이어 공을 세운 장수들이 중군으로 찾아와 각기 그 공을 아뢰었다. 사진은 심강의 목을 갖다 바치고 장횡은 반문득의 목을 갖다 바쳤다. 유당은 또 다른 통제관 심택의 목을 갖다 바쳤으며 공명과 공량은 탁만리를 사로잡고 항충과 이곤은 화동을 사로잡았다. 또 학사문이 활로 서통을 쏴 죽여 윤주를 빼앗는 동안 죽은 적의 통제관이 넷이요, 사로잡은 게 둘이었다. 그 밖에 죽은 적의 아장과 군사들은 그 수를 헤아릴 수 없을 만큼 많았다.

송강 쪽도 피해가 전혀 없는 것은 아니었다. 송강이 장수들을 점고해 보니 편장 셋을 잃었는데 모두가 적의 화살에 맞았거나 말에 밟혀 변을 당한 것이었다. 그 세 편장은 운리금강 송만과 몰면목 초정 그리고 구미구 도종왕이었다. 송강은 형제처럼 지내던 세 장수를 잃자 마음이 괴롭고 울적하였다. 이를 보고 오용이 위로했다.

"사람이 죽고 사는 것은 정해진 일입니다. 비록 세 형제를 잃었지만 강남에서 가장 험한 고을을 쳐부수었는데 그렇게 슬퍼하시며 귀한 몸을 괴롭히셔야 되겠습니까? 나라를 위하여 공을 이루자면 언제나 큰일에 마음을 쓰셔야 합니다."

그러나 송강의 얼굴은 조금도 밝아지지 않았다.

"우리 백여덟 명은 하늘이 내리신 책에 그 이름이 올라 있고 별들의 운세에 상응하여 태어난 사람들이오. 일찍이 양산박에서 함께 몸을 일으키고 오대산에서 죽고 살기를 같이할 맹세를 했었소. 그런데 동경에서는 먼저 공손승이 떠나가고 김대견과 황보단은 어전에 남게 되었으며 소양은 채 태사가 데려가고 또 악화는 왕 도위가 데려가 버렸소. 거기다가 오늘은 강을 건너자마자 이렇게 세 형제를 다시 잃었구려. 특히 송만은 비록 우뚝한 공을 세운 적이 없으나 양산박에서 시작할 때부터 여러 가지로 애를 많이 쓴 사람이외다. 그런데 이제 그만 다시 돌아올 수 없는 황천객이 되었구려."

그리고 군사들을 시켜 송만이 죽은 곳에 제사를 차리게 했다. 검은 돼지와 흰 양을 잡게 하고 손수 술을 따라 놓은 다음 사로잡은 적의 통제관 탁만리와 화동을 끌어내다 목을 베었다. 그리고 피가 떨어지는 그 목을 제상에 올려 불행하게 죽은 세 영웅의 영혼을 달랬다.

원수부로 돌아온 송강은 공에 따라 상을 내리는 한편 사자를 보내 조정에 첩보를 올리게 했다. 그리고 강 건너에 남아 있던 장 초토를 윤주로 불러들였다. 또 거리 바닥에 널린 시체는 모두 성 밖에 내어 불살라 버리고 세 호걸의 시신은 윤주성 동문 밖에다 정성 들여 장사 지냈다.

한편 여 추밀은 태반의 인마를 잃고 여섯 통제관과 함께 달아나 겨우 단도현에 이르렀다. 그러나 기세가 꺾인 데다 인마가 모자라 다시 싸우러 갈 엄두도 못 내고 그저 소주에 있는 삼대왕 방모에게 급한 전갈을 보내 구원을 청할 뿐이었다.

오래잖아 탐마가 달려와 소주에서 보낸 원수 형정(邢政)이 군사를 이끌고 왔다고 알렸다. 여 추밀은 반갑게 형정을 맞아들였다. 서로 인사를 나눈 뒤 현청으로 들어간 여 추밀은 진 장사가 거짓 투항을 하는 바람에 송강의 인마가 강을 건너게 된 일을 자세히 말한 뒤 힘을 내어 덧붙였다.

"이제 원수께서 오셨으니 함께 힘을 합쳐 윤주를 되찾도록 합시다."

형정이 기세 좋게 그 말을 받았다.

"삼대왕께서는 강성이 오 땅을 범한 걸 아시고 제게 군대를 내주시며 가서 강을 지키라고 하셨습니다. 그런데 추밀사께서 뜻밖에 패전하였으니 실로 걱정입니다. 하나 이제부터라도 힘을 아끼지 않고 저를 도와주신다면 저 또한 힘을 다해 추밀사의 원수를 갚아드리겠습니다."

그러고는 다음 날로 군사를 거느리고 윤주로 달려갔다. 그때 송강은 윤주 동헌에 머무르고 있었다. 한바탕 싸움으로 윤주를 차지하기는 했지만 그전에 보낸 석수와 완소칠이 걱정이었다. 이에 오용과 의논하여 동위와 동맹에게 백여 명의 군사를 주고 초산으로 가서 석수와 완소칠을 찾아오게 했다.

단도현으로 달아난 적장 여 추밀도 그대로 둘 수가 없었다. 송강은 관승, 임충, 진명, 호연작, 동평, 화영, 서령, 주동, 삭초, 양지에게 정병 오천을 주며 단도현을 빼앗게 했다.

그들 열 명의 장수들은 군사 오천을 거느리고 윤주성을 떠나 단도현을 향했다. 그러나 도중에서 윤주를 되찾으러 오는 적장 형정의 인마와 마주치게 되니 거기서 한바탕 크게 싸움이 벌어졌다.

양군은 먼저 활을 쏘아 상대편의 기세를 누르며 진세를 펼쳤다. 이어 반군 쪽에서도 형정이 창을 꼬나들고 말을 박차 달려 나왔다. 여섯 통제관이 그런 형정의 양편에 갈라서 있었다. 그러자 송나라 군사 쪽에서는 관승이 청룡언월도를 휘두르며 달려 나왔다.

곧 반군의 원수 형정과 관승 사이에 한바탕 싸움이 벌어졌다. 그러나 형정은 관승의 적수가 되지 못했다. 싸운 지 열서너 합이 안 되어 관승의 칼이 번쩍하더니 형정이 말에서 굴러떨어졌다. 호연작이 그때를 놓치지 않고 인마를 휘몰아치고 나가니 적의 여섯 통제관은 한번 맞서 볼 생각도 않고 남쪽을 향해 달아났다.

그렇게 되니 여 추밀도 어찌해 볼 수가 없었다. 그때껏 의지하고 있던 단도현을 버리고 남은 인마와 더불어 상주부(常州府)를 향해 달아났다.

비릉군의 싸움

　어렵잖게 단도현을 빼앗은 송나라 군사의 대장 열 명은 곧 송강에게 이긴 소식을 알렸다. 송강은 대군을 거느리고 단도현 성으로 옮겨 그곳에 진을 친 뒤 삼군을 배불리 먹였다. 그리고 윤주성은 장 초토로 하여금 군사들을 거느리고 와서 지키도록 했다.

　이튿날 종(從), 경(耿) 두 참모가 조정에서 내리는 상을 보내왔다. 송강은 그것을 받아 여러 장수들에게 골고루 나누어 준 뒤 노준의를 불러 다시 군사를 낼 일을 의논하였다.

　"지금 선주와 호주는 아직도 역적 방납이 차지하고 있으니 우리는 장졸을 갈라 두 길로 가서 쳐 없애야 하겠소. 군사를 가르는 것은 제비를 뽑아 정합시다. 우리 두 사람이 하늘 앞에서 제비를 뽑아 그 제비에 쓰인 대로 군사를 거느리고 가는 것이 어떻소?"

노준의가 고개를 끄덕여 둘은 곧 제비를 마련하게 했다. 제비를 뽑은 결과 송강은 상주와 소주를 치게 되었고 노준의는 선주와 호주를 치게 되었다. 송강은 곧 철면공목 배선을 시켜 장군들을 고루 나누게 했다. 병으로 움직일 수 없게 된 양지를 단도현에 남겨 둔 것 외에는 모든 장수들이 두 패로 나뉘었다.

　　송강을 따라 상주와 소주로 가게 된 정장과 편장은 합쳐 마흔둘이었다. 그중 정장은 열세 명인데 선봉사 호보의 송강 외에 군사 지다성 오용, 박천조 이응, 대도 관승, 소이광 화영, 벽력화 진명, 금창수 서령, 미염공 주동, 화화상 노지심, 행자 무송, 구문룡 사진, 흑선풍 이규, 신행태보 대종이 그들이었다. 또 편장은 진삼산 황신, 병울지 손립, 정목안 학사문, 추군마 선찬, 백승장 한도, 천목장 팽기, 혼세마왕 번서, 철적선 마린, 금모호 연순, 팔비나타 항충, 비천대성 이곤, 상문신 포욱, 왜각호 왕영, 일장청 호삼랑, 금표자 양림, 금안표 시은, 귀검아 두흥, 모두성 공명, 독화성 공량, 굉천뢰 능진, 철비박 채복, 일지화 채경, 금모견 단경주, 통비원 후건, 신산자 장경, 신의 안도전, 험도신 욱보사, 철선자 송청, 철면공목 배선을 합쳐 스물아홉이었다. 그들 장수 외에 또 골라 뽑은 군사 삼만이 그들을 뒤따르고 있었다.

　　부선봉 노준의를 따라 선주와 호주로 가게 된 정장과 편장은 합쳐 마흔일곱 명이었다. 그중에 정장이 열네 명이고 편장이 서른세 명인데 군사는 편장의 우두머리인 신기(神機) 주무가 되었다. 정장은 소선풍 시진, 표자두 임충, 쌍창장 동평, 쌍편 호연작, 급선봉 삭초, 몰차란 목홍, 병관삭 양웅, 삽시호 뇌횡, 양두사 해진, 쌍미갈 해보, 몰우전 장청, 적발귀 유당, 낭자 연청이었고 편장은 성수장군 선정규, 신화장군 위정국, 소온후 여방, 새인귀 곽성, 마운금시 구붕, 화안산예 등비, 타호장 이충, 소패왕 주통, 도간호 진달, 백화사 양춘, 병대충 설영, 모착천 두천, 소차란 목춘, 출림룡 추연, 독각룡 추윤, 최명판관 이립, 청안호 이운, 석장군 석용, 한지홀률 주귀, 소면호 주부, 소울지 손신, 모대충 고대수, 채원자 장청, 모야차 손이랑, 백면낭군 정천수, 금전표자 탕륭, 조도귀 조정, 백일서 백승, 화항호 공왕, 중전호 정득손, 활섬파 왕정륙, 고상조 시천이었다. 그리고 그들 사십칠 명의 장수에게도 날랜 군사 삼만이 뒤따랐다.

수군 두령들은 따로 한 개의 대오를 이루었다. 석수와 완소칠을 찾아 초산으로 갔던 동위와 동맹이 돌아와 전한 소식 때문이었다.

"석수와 완소칠은 강가에 이르러 어떤 외딴집의 가족들을 모두 죽이고 빠른 배 한 척을 빼앗아 초산사로 건너갔다고 합니다. 그런데 그곳 주지가 그들이 양산박의 호걸들임을 알아보고 절에서 먹고 자게 해 주었다는 것입니다. 그 뒤 석수와 완소칠은 장순이 공을 세운 것을 알고 그들도 일을 벌였습니다. 초산에서 배를 타고 내려가 묘항을 빼앗았으며 지금은 강음, 태창과 물가에 있는 여러 고을들을 치려 하고 있습니다. 그러나 거느린 군사가 적어 특히 선봉께 청하는 바는 수군 두령들에게 병장기와 싸움배를 주어서 보내 달라는 것입니다."

그 말을 들은 송강은 곧 이준을 비롯한 여덟 명의 수군 두령에게 군사 오천 명을 거느리고 가 석수와 완소칠을 돕게 했다. 그리로 간 장수는 합쳐 열 명인데 정장이 일곱 명이요, 편장이 세명이었다. 반명삼랑 석수, 혼강룡 이준, 선화아 장횡, 낭리백조 장순, 입지태세 완소이, 단명이랑 완소오, 활염라 완소칠, 출동교 동위, 번강신 동맹, 옥번간 맹강이 그들이었다. 싸움배들도 그때 나뉘었는데 큰 배는 수군 두령들에게 주어 강음과 태창을 치게 하고 작은 배는 단도현 나루에 머물러 상주를 치는 싸움에 쓰이게 하였다.

그때 여사낭은 살아남은 통제관 여섯 명을 거느리고 쫓겨 가 상주 비릉군을 지키고 있었다. 그 상주성을 지키는 통제관은 전진붕(錢振鵬)이란 자였다. 그는 두 명의 부장을 거느리고 있었는데 하나는 진능현 상호(上濠) 사람 김절(金節), 다른 하나는 심복인 허정(許定)이었다.

전진붕은 원래 청계현의 도두였으나 방납을 도와 여러 성을 빼앗고 그 공으로 상주의 제치사(制置使)가 된 자였다. 여 추밀이 싸움에 져 윤주를 잃고 상주로 쫓겨 온다는 소식을 듣자 김절과 허정을 데리고 나가 그를 맞아들였다.

"추밀께서는 안심하십시오. 제가 비록 재주 없으나 힘을 다해 송강의 무리들을 크게 쳐부수어 강북으로 쫓아 버리겠습니다."

여사낭을 주아로 모셔 들여 잘 대접한 전진붕이 그렇게 큰소리를 쳤다. 여 추밀이 그런 전진붕을 추어올렸다.

"장군께서 그렇게 마음을 써 주시니 이 나라에 걱정할 일이 무어 있겠소? 공을 이루면 이 여 아무개가 황제께 힘껏 청해 장군을 무겁게 쓰도록 하겠소."

그러고는 밤늦도록 술잔을 나누었다. 오래잖아 송강이 대군을 거느리고 상주와 소주를 치기 위해 비릉군으로 밀고 들어왔다. 앞장을 선 장수는 관승으로 그는 진명, 서령, 황신, 손립, 학사문, 선찬, 한도, 팽기, 마린, 연순을 함께 거느리고 있었다. 그들 열한 명의 정장과 편장들은 마군 삼천 기를 거느리고 상주성 밑에 이르자 깃발을 휘두르고 북을 울리면서 싸움을 걸었다.

"누가 나가서 적을 물리치겠는가?"

성 위에서 송나라 군사를 살펴보고 있던 여 추밀이 좌우를 돌아보며 물었다. 전진붕이 싸움말을 끌고 나오며 소리쳤다.

"이 전 아무개가 나가 싸워 보겠습니다."

그 말에 여 추밀은 곧 여섯 통제관을 불러 그런 전진붕을 돕게 하였다. 그때껏 남아 있는 여섯 통제관은 응명, 장근인, 조의, 심림, 고가립, 범주였다. 그들에다 전진붕을 합친 일곱 적장은 오천의 인마를 뒤딸린 채 성문을 열고 뛰쳐나갔다.

전진붕이 발풍도(潑風刀)를 들고 털이 곱슬곱슬한 적토마에 올라앉아 성을 나오는 걸 보고 관승은 잠시 인마를 뒤로 물렸다. 전진붕이 이끈 장졸들로 하여금 진세를 벌일 여유를 주기 위함이었다. 전진붕은 그 틈을 타 군사를 벌여 세우고 여섯 통제관도 양쪽으로 갈라섰다.

관승이 큰 칼을 비껴들고 진 앞에 서서 반군들을 향해 벽력같은 소리를 질렀다.

"나라의 은혜를 저버린 역적들은 들어라. 너희들은 한낱 되잖은 놈을 도와 모반을 일으키고 숱한 목숨을 해쳤으니 사람과 귀신이 함께 노하고 있다. 이제 천병이 여기까지 이르렀거늘 죽을지 살지도 알지 못하고 감히 우리에게 맞서려 하느냐? 우리는 네 놈들을 모조리 죽여 없애지 않고는 결코 군사를 되돌리지 않을 것이다."

그러자 전진붕이 성난 목소리로 욕을 퍼부었다.

"생각하면 너희 무리도 양산박의 도둑 떼가 아니었더냐. 하늘이 내리신 때도 모르고 패업을 도모하기는커녕 오히려 어리석고 어두운 임금에게 항복하여 우리 대국과 맞서려 하느냐? 내 오늘 너희들을 쳐부수어 갑옷 한 조각 제대로 못 찾고 돌아가게 하리라!"

그 말에 몹시 화가 난 관승이 청룡언월도를 휘두르며 달려 나갔다. 전진붕 또한 발풍도를 휘두르며 마주쳐 나와 곧 한바탕 요란한 싸움이 벌어졌다. 그런데 두 장수가 얽혔다 떨어지기를 서른 번쯤 했을 때였다. 전진붕이 차차 힘이 달리는 기색을 보이자 반군 쪽의 문기 아래에서 두 통제관이 창을 들고 달려 나왔다. 관승의 왼쪽으로는 조의가 덤벼들고 오른쪽으로는 범주가 치고 나왔다.

그러자 송나라 군사의 문기 아래서도 화가 잔뜩 난 두 편장이 상문검(喪門劍)과 호안편(虎眼鞭)을 휘두르며 말을 몰아나왔다. 진삼산 황신과 병울지 손립이었다.

그 바람에 싸움은 세 쌍이 맞붙은 형국으로 변했다. 보고 있던 여 추밀이 아무래도 불안했던지 허정과 김절을 급히 성 밖으로 내보내 저희 편을 돕게 했다. 명을 받은 두 장수가 성을 나와 보니 조의는 황신과 싸우고 범주는 손립과 싸우는데 서로 해볼 만한 상대 같았다. 하지만 오래잖아 조의와 범주의 기세가 점점 시들해 가자 허정과 김절은 그대로 보고만 있을 수가 없었다. 각기 큰 칼을 뽑아 휘두르며 싸움터로 뛰어들었다.

송나라 군사 쪽에서도 가만히 보고만 있지는 않았다. 한도와 팽기가 달려 나와 그들을 받아쳤다. 김절은 한도가 맡고 허정은 팽기가 맡으니 진 앞에서 싸우는 패는 다섯으로 늘어났다.

그런데 그 무렵 하여 갑작스러운 변화가 일었다. 적장 김절은 원래 송나라 조정에 항복할 마음을 품고 있던 자였다. 그가 자기 편을 어지럽게 만들 작정으로 몇 합 싸우다가 짐짓 힘이 모자란 듯 말 머리를 돌려 달아나기 시작했다. 기세가 오른 한도는 멋모르고 그런 김절을 뒤쫓았다.

반군의 통제관 고가립은 김절이 한도에게 쫓기어 위급한 것을 보고 활을 꺼내 시위에 화살을 메겼다. 고가립이 힘껏 시위를 당겼다 놓자 화살은 바로 한도의 얼굴에 가 꽂혀 한도는 그대로 말에서 굴러떨어지고 말았다.

그걸 본 진명이 가시 방망이를 들고 급히 말을 몰아 한도를 구하려 했으나 반군 쪽에서 달려 나온 장근인이 창으로 목을 찌르는 바람에 한도는 그대로 숨을 거두었다.

팽기는 양산박에 들기 전부터 한도와 함께 싸워 온 장수였다. 한도가 죽는 것을 보자 그 원수를 갚으려고 허정을 떼 버린 채 고가립을 찾아 곧장 적진으로 뛰어들었다. 허정이 그런 팽기를 뒤쫓으려 했지만 진명이 막아서서 그럴 수가 없었다. 고가립은 팽기가 덤벼드는 것을 보고 창을 들어 맞섰다. 그때 장근인이 옆에서 달려 나오며 팽기를 찔러 말에서 떨어뜨렸다.

관승은 잇따라 두 장수를 잃자 화가 치민 데다 단번에 상주를 떨어뜨릴 생각으로 조급해졌다. 온 힘을 다해 위엄을 떨치니 전진붕은 그의 한칼을 맞고 말에서 떨어졌다. 그런데 문제는 그다음이었다. 관승은 전진붕이 타고 있던 적토마를 빼앗으려다 일을 그르치고 말았다. 지나치게 서두르다 자신이 탄 적토마가 발을 헛디디는 바람에 말 등에서 굴러떨어져 버린 것이었다.

그러자 반군 쪽에서 고가립과 장근인이 달려 나와 관승에게 덤벼 들었다. 송나라 군사 쪽에서 서령이 선찬과 학사문을 데리고 급히 뛰어나가 가까스로 관승을 구해 냈다. 그러나 그사이 대세는 기울어져 송나라 군사 쪽은 어느새 몰리는 형국이 되었다. 그때를 놓치지 않고 여 추밀이 대군을 휘몰아 성 밖으로 뛰쳐나왔다. 관승을 비롯한 송의 장졸들은 그 기세를 당해 내지 못해 마침내 북으로 쫓기고 말았다. 반군은 이십 리가 넘도록 그 뒤를 쫓으며 기세를 올렸다.

그 바람에 관승은 두 장수뿐만 아니라 적지 않은 인마까지 잃고 본진으로 돌아갔다. 관승이 송강을 만나 싸움에 진 것과 아울러 한도와 팽기를 잃은 이야기를 하자 송강이 목 놓아 울며 말하였다.

"강을 건너온 뒤로 우리는 형제를 다섯이나 잃었소. 아마도 하늘이 노하시어 내가 방납을 치는 것을 허락하지 않는 모양이오.

그렇지 않고서야 어찌 이렇게 많은 장졸들을 잃게 하겠소!"

오용이 그런 송강을 위로했다.

"그건 원수께서 틀리신 말씀입니다. 싸움에 이기고 지는 것은 군사를 부리는 이에게는 매양 있는 일이오니 괴이쩍게 여길 건 하나도 없습니다. 그 두 장수는 하늘로부터 받은 목숨이 다한 것이라 그렇게 되었을 뿐입니다. 바라건대 선봉께서는 슬픔을 거두시고 큰일부터 살펴 처리하도록 하십시오."

그때 이규가 문득 장막 앞에 나타나 소리소리 질러 댔다.

"두 형님을 죽인 놈들의 얼굴을 아는 이를 내게 딸려 주시오. 그러면 그 역적 놈들을 잡아 두 형님의 원수를 갚겠소!"

송강도 굳은 얼굴로 자르듯 말했다.

"내일은 내가 직접 여러 장군들을 거느리고 성 밑으로 쳐들어가겠소. 흰 깃발을 앞세우고 그 역적 놈들과 결판을 내리다."

이튿날 송강은 자신의 다짐대로 진채를 거두고 대군을 일으켜 상주성으로 향했다. 보군뿐만 아니라 수군까지 움직여 배와 말이 아울러 상주성을 향해 휩쓸고 내려갔다. 흑선풍 이규는 포욱, 항충, 이곤에다 날래고 용맹한 보군 오백 명을 거느리고 앞장을 섰다. 한편 여 추밀은 비록 한 싸움은 이겼으나 전진붕을 잃어 걱정에 잠겨 있었다. 소주에 있는 삼대왕 방모에게 세 번이나 급한 전갈을 보내 구원을 청했고 저희 조정에도 표문을 올려 어려움을 알렸다. 그러는데 다시 급한 전갈이 들어왔다.

"적의 보군 오백 명이 성으로 쳐들어오는데 앞세운 깃발에는 우두머리인 흑선풍 이규의 이름이 쓰여 있습니다."

여 추밀도 흑선풍 이규의 소문은 듣고 있었다.

"그놈은 양산박에서도 가장 사납고 사람 잘 죽이기로 소문난 놈이다. 누가 앞장서 나가 그놈을 잡아 오겠느냐?"

여 추밀이 그렇게 말하자 앞서 싸움에서 공을 세운 통제관 고가립과 장근인이 나섰다. 여 추밀이 좋은 말로 그들의 기세를 복돋워주었다.

"자네들이 그 도적을 잡으면 나도 가만히 있지 않을 것이네. 힘을 다해 천자께 아뢰어 자네들의 벼슬이 오르고 큰 상을 받도록 해주겠네."

그 말에 힘이 난 두 통제관은 각기 창을 들고 말에 오른 뒤 마보군 천 명을 이끌고 성을 나갔다.

흑선풍 이규는 그들을 보자 보군 오백 명을 한 줄로 늘여 세우더니 도끼 두 자루를 거머쥐고 진 앞에 버텨 섰다. 상문신 포욱이 큰칼을 비껴들고 그 곁에 섰으며 항충과 이곤은 각기 왼손에 방패를 들고 오른손으로는 표창과 단검을 들어 싸움 채비를 갖췄다. 네 사람 모두 앞뒤에 호심경이 달린 쇠갑옷을 입고 있었다.

고가립과 장근인 두 통제관은 전날의 싸움에서 이긴 뒤라 기가 한껏 살아 있었다. 살쾡이가 범을 얕보듯, 까마귀가 독수리를 무서워 않듯 거들먹거리며 인마를 이끌고 나오더니 성 밑에 늘여 세웠다. 송나라 군사 가운데 그들의 얼굴을 알아보는 이가 있어 흑선풍 이규에게 귀띔했다.

"군사들을 거느린 저 두 놈이 바로 한도와 팽기 두 장군을 죽인 놈들입니다."

그 말을 들은 이규는 그대로 두 눈이 뒤집혔다. 한마디 말을 거는 법도 없이 두 자루 도끼를 휘두르며 곧장 적진을 향해 달려 나갔다. 포욱은 이규가 적진을 덮치는 걸 보고 얼른 항충과 이곤을 불러 함께 나가 이규를 도왔다.

그들 넷이 고함을 지르며 적진으로 치고 나가자 고가립과 장근인은 그 기세에 눌려 버렸다. 놀라 어쩔 바를 모르다가 급히 말 머리를 돌리려는데 어느덧 방패를 든 장수가 말의 턱밑으로 다가들었다. 고가립과 장근인은 말 위에서 창을 들어 항충과 이곤을 찔렀다. 두 사람이 방패를 들어 창을 막는 사이 이규가 도끼로 고가립의 말 다리를 찍었다.

"저놈을 사로잡아라."

고가립이 말에서 굴러떨어지는 것을 보고 항충이 그렇게 소리쳤으나 헛일이었다. 이규가 원체 사람 죽이기를 좋아하는 사내라 그 소리를 듣고도 참지 못하고 도끼로 고가립의 머리를 찍어 버렸다. 장근인도 고가립보다 그리 오래 살지는 못했다. 포욱이 말에 뛰어올라 그를 움켜쥐며 한칼로 목을 베어 버린 까닭이었다.

이어 네 장수는 미친 듯 적진을 휘젓고 뛰어다니며 닥치는 대로 적병을 죽였다. 특히 이규는 그대로 한 살인귀였다. 고가립의 목을 허리에 꿰차고 닥치는 대로 쌍도끼를 휘둘러 적의 일천 보군들을 성안으로 되쫓았는데 적교 근방까지 쳐들어가는 동안 죽인 적병이 삼사백 명이나 되었다. 그래도 이규는 멈추려 하지 않고 포욱과 더불어 곧장 성안으로 밀고 들려 했다. 항충과 이곤이 겨우 그런 이규를 말려 돌려세우는데 성벽 위에서 통나무가 굴러떨어지고 돌이 날아왔다.

그들 네 장수가 본진으로 돌아가 보니 데리고 왔던 오백 명 군사는 아직도 움직이지 않고 한 줄로 늘어서 있었다. 실은 그들도 싸움에 끼어들고 싶었으나 흑선풍이 워낙 눈이 뒤집혀 보이는 사람마다 마구 찍어 넘기는 바람에 감히 그 부근에 얼씬거리지 못한 것이었다.

오래잖아 부우연 먼지를 일으키며 송강이 이끄는 본대가 그곳에 이르렀다. 이규와 포욱이 각기 얻은 적장의 목을 바치자 여러 장수들은 그것이 고가립과 장근인의 목인 것을 알아보고 몹시 놀라며 물었다.

"어떻게 원수 놈들의 목을 베었소?"

"이놈들만은 산 채로 잡으려 했는데 손이 참지 못해 그만 죽여 버렸습니다. 원체 많은 도적을 죽이던 참이라……."

이규가 그렇게 대답하며 머리를 긁적였다. 송강이 여러 장수들을 돌아보며 말했다.

"원수의 목을 베었으니 저 흰 깃발 아래 그 목들을 놓고 한도, 팽기 두 장군의 영전에 제사를 지내도록 하세."

그러고는 제사를 지낸 뒤 또 한바탕 울고 나서야 흰 깃발을 눕혔다. 그다음 이규와 포욱, 항충, 이곤에게 상을 내리고 대군을 상주성 밑으로 몰아 나갔다. 성안에 있던 여 추밀은 놀라 어쩔 줄 몰라 하며 김절과 허정 및 네 통제관을 모아 놓고 송강을 물리칠 계책을 의논했다. 적장들은 이규의 패거리가 싸우는 것을 성벽 위에서 구경한 뒤라 간이 오그라들어 누구도 감히 나가 싸울 엄두를 내지 못했다.

답답해진 여 추밀은 거듭 누가 나가 싸우겠는가를 물었으나 그들은 마치 화살을 맞은 기러기처럼, 낚시에 걸린 물고기처럼 아무도 입을 열지 않았다. 사람을 성벽 위로 보내 알아보니 상주 성 사방을 에워싼 송강의 인마가 성 밑에서 깃발을 휘두르고 북을 울리며 싸움을 걸어오고 있다는 소식이 들어왔다.

할 수 없이 여 추밀은 장수들을 성 위로 보내 다만 지키게만 하라 일렀다. 장수들이 마지못해 물러간 뒤 여 추밀은 뒤채로 들어가 송강을 물리칠 궁리에 몰두했다. 하지만 뾰족한 수가 있을 리 없었다. 믿는 부하들과 의논한 끝에 그저 성을 버리고 달아날 작정을 했을 뿐이었다.

한편 상주성을 지키는 장수 김절은 집으로 돌아가 그 아내 진옥란(秦玉蘭)과 더불어 의논했다.

"지금 송 선봉은 성을 에워싸고 삼면으로 들이치고 있소. 우리 성안에는 식량이 모자라 오래 견디지 못할 것이오. 만약 성이 깨지는 날은 우리 모두 칼날 아래 죽은 귀신이 될 것인즉 이를 어찌하면 좋겠소?"

그러자 진옥란이 대답했다.

"당신은 평소부터 충효를 귀하게 여기고 조정에 항복할 뜻이 있는 분이셨습니다. 게다가 원래 당신이 송조에 벼슬을 살 때에도 조정에서 당신을 저버린 적이 없지 않습니까? 나쁜 것을 버리고 바른길로 돌아가는 게 어떨는지요? 여사낭을 사로잡아 송 선봉께 바친다면 다시 입신하는 데는 더할 나위 없는 계책이 될 거예요."

"지금 여사낭 밑에 있는 네 통제관은 저마다 군사를 거느리고 있소. 또 허정이란 놈은 나와 그리 화목하지 못한 사이니 여사낭의 심복이나 다름없소. 따라서 일이 뜻대로 되지 못하면 도리어 내가 화를 입을 것이니 그게 걱정이외다."

김절이 어두운 얼굴로 그렇게 받았다. 그 아내가 꾀를 빌려주었다.

"깊은 밤 남몰래 한 통의 글을 써서 화살에 매달아 성 밖으로 쏘아 보내세요. 송 선봉에게 당신의 뜻을 알리고 안팎에서 호응하자고 하면 안 될 게 없지요. 그런 다음 내일 싸움에서 거짓으로 패한 척하며 송나라 군사를 성안으로 끌어들인다면 모든 것은 당신의 공이 되지 않겠어요?"

아내의 말을 듣고 보니 아주 그럴듯했다.

"당신의 말이 옳소. 그대로 따르도록 하리다."

김절은 그렇게 대꾸하고 의논을 마쳤다.

다음 날이었다. 송강이 군사를 휘몰아 성을 급히 들이치니 여 추밀이 여러 사람을 모아 놓고 걱정했다. 그때 김절이 나가서 말했다.

"상주는 성벽이 높고 해자가 넓으니 지키기만 하고 나가 싸워서는 아니 됩니다. 소주에서 구원병이 오기를 기다려 싸우도록 해야 합니다."

"그 말이 매우 옳소."

여 추밀도 다른 수가 없어 고개를 끄덕이며 나가 싸우는 대신

성을 굳게 지키는 데만 힘을 쏟았다. 응명과 조의에게는 동문을 지키게 하고 심림과 범주에게는 북문을 지키게 했다. 장수들은 그 같은 명을 받자 각기 병사를 거느리고 지정된 곳에 가서 성문을 굳게 지켰다.

그날 밤이었다. 김절은 몰래 편지를 써서 화살에 묶은 뒤 밤 깊고 인적 없는 때를 기다려 성벽 위에서 서문 밖으로 쏘아붙였다. 송나라 군사의 정탐병이 어른거리는 곳을 향해서였다.

성벽 가까이에서 성안의 움직임을 살피던 송나라 군사의 군교 하나가 그 화살을 주워 들고 급히 영채로 돌아가 알렸다. 서쪽 영채를 지키고 있던 화화상 노지심과 행자 무송은 그 편지를 보자 곧 편장 두흥에게 주어 동북문 밖에 있는 대채로 가져가게 했다.

그때 송강은 오용과 더불어 장막 안에서 등촉을 밝혀 놓고 성을 깨뜨릴 계책을 의논하고 있었다. 두흥이 김절의 밀서를 갖다 바치자 두 사람 모두 기뻐하며 다른 영채에도 그 소식을 알리게 했다.

다음 날 세 영채의 두령들은 삼면에서 상주성을 들이쳤다. 여 추밀이 성벽 위의 누각에서 내려다보니 송강 쪽의 편장 굉천뢰 능진이 포가를 세워 놓고 풍화포를 쏘아 대고 있었다. 포탄은 성벽 위 누각에 맞아 굉장한 폭음과 함께 그 귀퉁이가 절반이나 풀썩 무너져 내렸다. 마침 거기 있다가 겨우 목숨을 건진 여 추밀은 바삐 성벽에서 내려와 네 문을 지키는 장수들에게 나가 싸우기를 재촉했다.

북소리가 크게 세 번 울리자 성문이 열리고 적교가 내려지더니 먼저 북문으로부터 심림과 범주가 군사를 거느리고 쏟아져 나왔다. 송강 편에서는 대도 관승이 전진붕의 적토마를 뺏어 타고 진 앞으로 나가 범주와 맞섰다.

그때 다시 서쪽 성문이 열리며 김절이 한 떼의 인마를 거느리고 싸우러 나왔다. 송강 편에서는 병울지 손립이 말을 박차 달려 나갔다. 곧 김절과 손립의 병장기가 부딪치고 말과 말이 얽혔다.

그런데 그들이 어울린 지 세 합도 되기 전에 김절이 짐짓 싸움에 진 척하며 말 머리를 돌려 달아나기 시작했다. 그러자 손립이 앞장서고 그 뒤를 연순과 마린이 뒤따랐다. 또 그 뒤에는 노지심, 무송, 공명, 공량, 시은, 두흥이 한 덩이가 되어 한꺼번에 밀고 들었다.

김절이 성안으로 들어섰을 때 뒤따르던 손립은 어느새 성문까지 따라와 서문을 차지해 버렸다. 성안에서는 송나라 군사가 서문으로 해서 성안으로 들어왔다는 것을 알자 큰 소동이 벌어졌다. 방납에게서 몹쓸 박대를 받아 오던 백성들은 그 소식에 모두 뛰어나와 송나라 군사를 도왔다. 그 바람에 성벽 위에는 금세 송선봉의 깃발이 꽂혔다.

성 밖에 나와서 싸우던 적장 범주와 심림은 송나라 군사의 깃발이 성벽 위에 꽂힌 것을 보고서야 심상찮은 일이 벌어진 걸 알았다. 성안에 남아 있는 가족들을 구하려고 급히 돌아가려는데 왼편으로부터는 왕왜호와 일장청이 뛰어나왔고 오른편으로는 선찬과 학사문이 덤벼들었다. 그 바람에 범주는 손발조차 제대로 놀려 보지 못한 채 왕왜호와 일장청에게 사로잡히고 심림은 선찬과 학사문의 창에 찔려 말에서 떨어졌다가 군사들에게 사로잡혔다.

송강과 오용은 때를 놓치지 않고 인마를 휘몰아 성안으로 밀고 들었다. 어질다는 소리를 듣던 송강이었으나 한도와 팽기를 잃은 뒤끝이라 이번에는 용서가 없었다. 장졸들이 반군들을 보이는 대로, 잡히는 대로 모조리 죽여도 말리지 않았다.

여 추밀은 그 소란 중에도 허정과 함께 남문으로 달려가 죽기로 길을 열고 달아났다. 많은 송나라 군사가 그 뒤를 쫓았으나 마침내는 놓치고 말았다. 민가에 숨었던 조의는 백성들에게 붙잡혀 나왔고 웅명은 송나라 군사에게 잡혀 목을 잃었다.

성을 차지한 송강은 동헌에 자리 잡고 방을 붙여 백성들을 안심시켰다. 백성들은 늙은이를 부축하고 어린아이를 업은 채 모두 동헌 앞에 몰려들어 송강에게 감사를 올렸다. 송강은 그들을 위로하며 양민으로 돌아가게 했다.

이어 여러 장수들이 와서 각기 세운 공을 알려 왔다. 김절도 송강을 찾아왔다. 송강은 계단 아래까지 내려가 그를 맞이한 뒤 대청 위로 이끌었다. 김절은 감격해 마지않으며 다시 송나라의 신하로 돌아갔다. 그가 그렇게 된 데에는 어진 아내의 도움이 컸음은 더 말할 나위가 없다.

송강은 범주와 심림, 조의를 죄인 신는 수레에 신게 하고 공문을 써 김절에게 주며 윤주에 있는 장 초토의 장막으로 끌어다 바치게 했다. 김절은 명을 받자 세 장수를 압송하여 윤주로 떠났다. 그가 떠날 무렵 송강은 신행태보 대종에게 글을 주어 먼저 윤주로 달려가 김절을 천거하게 했다.

장 초토는 송강이 보낸 글을 보고 김절의 충의를 먼저 알게 되었다. 김절이 윤주에 이르자 크게 기뻐하며 금은, 비단과 좋은 말을 상으로 내리고 잔치를 열어 그를 대접했다. 부도독 유광세(劉光世)는 김절을 중군에 두고 행군도통사로 삼았다.

뒷날 김절은 유광세를 따라 금나라의 넷째 태자 올출(兀朮)을 쳐부수고 크게 공을 세워 벼슬이 친군지휘사(親軍指揮使)에 이르렀다. 그러다가 중산(中山) 싸움에서 전사하여 충의로운 귀신이 되니 방납을 위해 죽은 것과는 비교가 될 수 없었다.

그날 장 초토와 유 도독은 김절에게 상을 내림과 아울러 사로잡혀 온 세 역적은 능지처참하여 그 목을 높이 내걸게 했다. 그리고 상주에 사람을 보내 송 선봉의 인마를 위로하고 격려했다.

송강은 대군을 상주에 머무르게 하고 대종을 선주와 호주에 있는 노 선봉의 진채로 보내 싸움의 경과를 살펴본 뒤 급히 돌아와 알리게 했다. 그런데 대종이 돌아오기도 전에 탐마가 달려와 급한 소식을 전했다. 도망쳐 간 여 추밀이 무석현(無錫縣)에서 소주의 구원병과 만나 다시 싸우러 돌아오고 있다는 내용이었다.

송강은 곧 열 명의 두령을 정장과 편장으로 삼고 마보군 일만을 딸려 남쪽으로 보냈다. 되돌아오고 있는 여 추밀과 소주의 구원병을 쳐부수기 위함이었다. 그때 간 열 명의 장수는 관승, 진명, 주동, 이응, 노지심, 무송, 이규, 포욱, 항충, 이곤이었다.

대종이 선주와 호주의 사정을 알아 가지고 시진과 함께 돌아온 것은 관승이 여러 장졸들과 함께 송강과 작별하고 떠난 뒤 얼마 안 되어서였다. 송강은 대종이 돌아온 데다 부선봉 노준의가 선주를 빼앗고 이긴 소식을 전하려고 시진을 보내왔다는 말에 몹시 기뻐했다. 시진이 찾아와 예를 올리자 송강은 술상을 차려 노독을 풀어준 뒤 함께 뒤채로 들어가 자리를 정하고 앉았다.

"그래, 노선봉은 선주를 어떻게 얻었소? 좀 자세하게 말해 주시오."

송강이 그렇게 묻자 시진은 노준의의 편지를 꺼내 송강에게 전하고 그 싸움의 경과를 자세히 일러 주었다.

"방납의 졸개로서 선주를 지키고 있는 것은 경략사 가여경(家餘慶)이란 자였고 그 아래에는 흡주와 목주 출신의 통제관 여섯 명이 있었습니다. 이소(李韶), 한명(韓明), 두경신(杜敬臣), 노안(魯安), 반준(潘濬), 정승조(程勝祖)가 그자들입니다. 그날 가여경이 통제관 여섯 명을 세 길로 나누어 성 밖에 나와 진을 치자 노 선봉도 군사를 세 길로 나누어 맞서게 했습니다. 가운데 길은 호연작과 동평이 앞장을 섰는데 적의 장수는 이소와 한명이었습니다.

싸움이 벌어지자 호연작은 이소와 맞붙고 동평은 한명과 맞붙게 되었는데 적장은 둘 다 우리 형제들의 적수가 되지 못했습니다. 싸운 지 열 합을 넘기기 바쁘게 한명은 동평의 창에 찔려 죽고 이소는 도망쳐 가운데 길로 오던 적의 인마는 그대로 뭉그러지고 말았습니다.

왼편에서는 임충이 적장 두경신과 맞서고 삭초가 노안과 맞서게 되었으나 그쪽도 우리 편을 당해 내지 못했습니다. 임충은 사모창으로 두경신을 찔러 죽이고 삭초는 도끼로 노안을 찍어 죽였습니다. 오른편에서도 마찬가지였습니다. 장청이 반준과 대적하고 목홍은 정승조와 맞섰는데 장청이 팔매로 반준을 말에서 떨어뜨리자 타호장 이충이 달려 나가 그를 죽여 버리니 겁먹은 정승조는 말을 버리고 달아나 버렸습니다.

그렇게 잇따라 네 장수가 죽자 역적의 군사들은 더 싸울 마음이 없어 저마다 성안으로 도망쳐 들어갔습니다. 노 선봉은 급히 여러 장수들을 휘몰아 성문을 들이치기 시작했습니다……."

시진의 이야기가 거기까지 갔을 때도 좋았다. 송강은 흐뭇한 웃음과 함께 싸움 이야기를 듣고 있었다. 그런데 그다음부터가 문제였다.

"그러자 성벽 위에서 통나무와 바윗돌이 굴러떨어져 편장 한 사람이 죽고 또 독 바른 화살이 비 오듯 쏟아져 그 화살에 맞은 편장 두 사람이 영채로 돌아와 죽어 버렸습니다. 하지만 동문을 지키는 적장들이 허술한 틈을 타서 노 선봉께서는 가까스로 선주를 깨뜨릴 수 있었습니다. 그 판에 적장 이소는 우리 군사들에게 죽고 가여경은 패잔병들을 모아 호주로 달아났습니다. 우리 편에서는 노지심이 어지러운 싸움 중에 어디로 갔는지 자취를 알 수 없게 되었구요."

시진이 그렇게 이어가자 송강이 급하게 물었다.

"죽은 장수들은 누구누구인가?"

"통나무에 깔려 죽은 것은 백면낭군 정천수이고 독화살에 맞아 죽은 것은 조도귀 조정과 활섬과 왕정륙입니다."

시진이 그렇게 세 두령을 잃었다는 말을 하자 듣고 난 송강은 목을 놓아 울다 정신을 잃고 쓰러졌다.

곁에 있던 여러 두령들이 정성을 다해 돌봤으나 송강은 한참만에야 정신을 차렸다.

"아마도 우리가 이번에 방납을 쳐 없애기는 틀린 일인가 보오. 강을 건넌 뒤로 형제 여덟을 잇따라 잃었으니 이게 불길한 운수가 아니고 뭐요?"

송강이 울먹이며 오용을 비롯한 여러 두령들을 돌아보고 말했다. 오용이 그런 송강에게 간곡히 권했다.

"원수께서는 군사들의 기가 꺾일 말씀은 마십시오. 요나라를 깨뜨리고 크고 작은 두령들이 빠짐없이 동경으로 돌아가게 해 준 것이 하늘이 정해 준 운수라면 이번에 형제 몇을 잃게 된 것 또한 그들의 타고난 팔자라 할 수 있습니다. 더구나 강을 건너온 뒤로 벌써 윤주, 상주, 선주 세 군이나 되찾지 않았습니까. 이것은 천자의 홍복이자 원수의 범 같은 위엄이 있었기 때문입니다. 어찌하여 운세가 불길하다 하시고 스스로 의기를 상하게 하십니까."

그래도 송강은 슬픔을 거두지 못했다.

"비록 하늘이 정한 운수가 다했다 해도 우리 백여덟 명은 별의 운세를 타고났고 천서에도 이름이 올라 있는 사람들이오. 살아 있을 때 서로간 손발같이 지냈는데 오늘 이런 슬픈 소식을 듣고 어찌 괴롭지 않을 수 있겠소."

"그렇게 상심하다가는 옥체를 해치게 될 것이니 부디 너무 슬퍼하지 마십시오. 빨리 군사를 일으켜 무석현을 칠 계책이나 세우는 게 좋을 듯합니다."

오용이 다시 그렇게 송강을 깨우쳤다. 그제야 송강은 겨우 눈물을 거두었다.

"시 대관인은 나와 함께 지내도록 남겨 두고 대종에게는 글을 써주어 노 선봉에게 알리게 하시오. 어서 호주를 깨뜨리고 항주에서 양군이 만나도록 하자고 전해 주시오."

이윽고 송강이 그렇게 명을 내리자 오용은 배선을 시켜 노준의에게 보낼 글을 쓴 뒤 대종에게 주어 선주로 가게 했다.

한편 여사낭은 허정을 데리고 무석현으로 도망치다가 때마침 소주의 삼대왕이 보낸 구원병을 만나게 되었다. 그 구원병의 우두머리는 육군지휘사(六軍指揮使) 위충(衛忠)이었다. 위충은 열 명이 넘는 아장에 만 명의 군사를 거느리고 상주로 가다가 여사낭을 만나 군사를 합친 뒤 무석현을 지키고 있었다.

여 추밀은 위충에게 김절이 배신하여 성을 송나라 군사에게 바친 일을 자세히 말하였다. 듣고 난 위충이 여 추밀을 위로했다.

"추밀께서는 너무 걱정하지 마십시오. 제가 기어이 상주를 되찾아 내겠습니다."

그때 탐마가 와서 알렸다.

"송나라 군사가 가까이 오니 어서 싸울 채비를 해야 합니다."

그 말을 들은 위충은 얼른 말에 올라 군사를 이끌고 북문 밖으로 나갔다. 다가오는 송나라 군사의 기세는 사납기 짝이 없었다. 흑선풍 이규가 포욱, 항충, 이곤을 데리고 앞장서서 치고 드는데 그 형상이 야차와도 같았다.

그 바람에 겁을 먹은 위충은 진세도 벌여 보지 못하고 그대로 뭉그러져 달아났다. 그들이 허둥지둥 성안으로 쫓겨 들어갈 때 뒤를 쫓던 양산박의 네 호걸도 어느새 성안으로 뛰어들어가 있었다. 여러 번 송나라 군사에게 쫓겨 본 여 추밀은 일이 또 글렀다고 보았다. 그 역시 한번 싸워 보지도 않고 남문으로 해서 성을 버리고 달아났다.

관승이 때를 놓치지 않고 인마를 휘몰아 무석현을 빼앗았다. 위충과 허정도 여 추밀을 따라 남문으로 빠져나간 뒤 소주로 달아나 관승은 큰 힘 들이지 않고 성을 빼앗을 수 있었다.

소주도 떨어지고

관승이 이겼다는 소식을 들은 송강은 여러 두령들과 함께 무석현으로 옮겨 앉았다. 성안으로 들어온 송강은 방문을 붙여 백성들을 안심시키고 거느린 대군을 모두 무석현에 머무르게 하였다. 그리고 장 초토와 유 도독에게 사람을 보내 상주를 지켜 달라고 청하였다.

그 무렵 여 추밀은 위충, 허정과 함께 싸움에 져 쫓기는 인마를 거느리고 가까스로 소주성에 이르렀다. 삼대왕을 찾아본 세 사람은 구원을 청하는 한편 송나라 군사의 기세가 너무 엄청나 당해 내지 못하고 성을 잃었음을 알렸다. 듣고 난 삼대왕은 몹시 성이 나 무사들로 하여금 여 추밀을 끌어내 목 베게 하였다. 그때 위충과 허정이 말렸다.

"송강이 거느린 장졸들은 하나같이 싸움에 이골이 난 놈들입니다. 그중에는 용맹한 호걸들도 있고 군졸까지도 양산박의 졸개들이라 싸움에는 당해 낼 수가 없습니다. 우리가 진 것은 결코 여 추밀의 죄가 아닙니다."

그러자 방모가 여사낭을 보고 을러댔다.

"좋다, 잠시 네 목숨을 붙여 둘 테니 오천 인마를 거느리고 나가 앞장을 서라. 나도 대장들을 보내 너를 돕게 하겠다."

목이 떨어질 뻔했던 여사낭은 삼대왕 방모에게 감사하고 갑옷 투구를 갖춘 뒤 말에 올랐다. 열여덟 자 사모창을 비껴들고 오천 군사를 거느린 채 성을 나서니 그 모습이 자못 씩씩했다. 삼대왕 밑에는 여덟 명의 장수가 있었는데 사람들은 그들을 팔표기(八驃騎)라 불렀다. 모두가 하나같이 키가 크고 몸집이 우람하며 무예에 뛰어난 사람들이었다.

그 여덟 명은 비룡대장군(飛龍大將軍) 유빈(劉贇), 비호대장군(飛虎大將軍) 장위(張威), 비웅대장군(飛熊大將軍) 서방(徐方), 비표대장군(飛豹大將軍) 곽세광(郭世廣), 비천대장군(飛天大將軍) 오복(鄔福), 비운대장군(飛雲大將軍) 구정(苟正), 비산대장군(飛山大將軍) 진성(甄誠), 비수대장군(飛水大將軍) 창성(昌盛)이었다.

삼대왕 방모도 몸소 갑옷을 입고 말에 올랐다. 방천화극을 비껴들고 싸움터에 나서 직접 중군 인마를 감독하는 품이 제법 대왕다운 데가 있었다. 그의 말 앞에는 여덟 대장이 늘어서고 뒤로는 스무 명이 넘는 부장들이 나란히 줄지어 섰다. 방모는 그들과 함께 오만의 군사를 거느리고 창합문으로 나와 송강의 군사들과 대치했다.

그때 선봉을 맡은 여사낭은 위충, 허정과 함께 이미 한산사(寒山寺)를 지나고 있었다. 송강의 대군이 머물러 있는 무석현을 향해서였다. 미리 사람을 풀어 그 일을 탐지하고 있던 송강도 대군을 움직였다. 모든 장졸들을 휘몰아 무석현에서 십 리 남짓한 곳까지 나와 적을 기다리고 있었다.

양편 군사는 깃발과 북이 서로 알아볼 수 있는 곳에 이르러 각기 진세를 벌였다. 여사낭은 그동안 송나라 군사에게 이리저리 몰리기만 해 제풀에 화가 나 있었다. 진세를 벌이자마자 말을 채찍질해 달려 나오더니 곧장 송강에게 덤비려 했다. 문기 아래서 그걸 본 송강은 좌우를 돌아보며 물었다.

"누가 나가서 저 역적 놈을 잡아 오겠느냐?"

그러자 말이 끝나기 바쁘게 금창수 서령이 금창을 비껴들고 말을 달려 나갔다. 여사낭과 서령이 어울리자 양편 진에서는 함성이 일었다. 하지만 그때껏 잘 견디어 온 여사낭의 목숨도 드디어는 끝이었다. 둘이 맞붙었다 떨어지기를 스무 번쯤 했을 때 창법이 모자라는 여사낭은 서령의 창에 옆구리를 찔려 말에서 굴러떨어졌다.

그걸 본 양쪽 진영에서는 또 한차례 서로 내용을 달리하는 함성이 일었다. 그때 흑선풍 이규가 쌍도끼를 휘두르고 상문신 포욱이 비도(飛刀)를 비껴들고 항충과 이곤은 각각 창과 방패를 휘두르며 앞으로 뛰쳐나갔다. 그러잖아도 저희 편 장수가 찔려 죽는 것을 보고 기가 죽어 있던 반군은 이내 어지러워졌다. 송강도 기세를 타고 대군을 앞으로 휘몰았다. 그때 방모가 이끈 적의 대군이 이르러 싸움은 갑자기 판이 커졌다. 양편에서는 각기 활을 쏘아 상대의 기세를 누르며 진세를 벌였다.

반군 쪽에서는 여덟 장수를 한 줄로 늘어세운 가운데 방모가 진 앞으로 나왔다.

방모는 여 추밀이 죽었다는 말을 듣자 길길이 성을 내며 화극을 비껴들고 달려 나오더니 송강에게 욕설을 퍼부었다.

"네놈들은 양산박에서 무리를 지어 백성들의 집이나 털던 좀도둑들이다. 송이 망하려고 하니 너 같은 놈을 선봉으로 앞세워 내 땅을 침범하게 하는구나. 내 오늘 네놈들을 모조리 죽여 버리기 전에는 결코 군사를 물리지 않으리라!"

말 위에 높이 앉은 송강이 손가락으로 방모를 가리키며 꾸짖었다.

"네놈들이야말로 목주 한구석에 처박혀 있던 촌놈들 아니냐. 너 같은 놈들이 무슨 하늘의 봉록을 받았다고 왕 노릇까지 해 처먹으려고 허망된 꿈을 꾸느냐. 내 보기엔 어서 항복하여 더러운 목숨이라도 건지는 게 좋으리라. 천병이 이미 여기까지 이르렀는데도 언제까지 요사스러운 말로 버티려 하느냐? 나야말로 네놈들을 다 죽이기 전에는 결코 군사를 물리지 않으리라!"

그러자 방모가 분을 참지 못해 씨근거리다가 소리쳤다.

"이러니저러니 떠들 것 없다. 내게 용맹한 장수 여덟 명이 있으니 너도 여덟 명을 내보내 맞서 보겠느냐?"

"만약 우리 장수 둘이 너의 장수 하나와 싸우게 된다면 결코 우리를 호걸이라 할 수 없을 것이다. 네가 여덟 명을 내보낸다면 나도 여덟 장수를 내보내 무예로 결판을 짓게 하겠다. 다만 어느 쪽이 다쳐서 말에서 떨어지든 몰래 활을 쏘는 일이 없게 하고 자기편 쪽으로 떠메어 가게 할 것이며 죽더라도 시체를 빼앗는 일은 없도록 하자. 또 이기고 지는 것이 가려지지 않더라도 마구잡이 싸움으로 들어가지 말고 내일 다시 겨뤄 보기로 하자."

송강이 껄껄 웃으며 그렇게 말했다. 방모는 그 말을 듣고 곧 거느리고 있던 여덟 장수를 내보냈다.

"다른 사람들은 물러나고 마군 장수들을 내보내도록 하라."

송강이 그렇게 말하자 장수 여덟 명이 한꺼번에 나섰다. 관승, 화영, 서령, 진명, 주동, 황신, 손립, 학사문이었다. 송강이 허락해 문기가 열리자 좌우로 여덟 장수가 일제히 말을 달려 나갔다.

양편 진에서는 징 소리, 북소리가 요란하고 울긋불긋한 깃발이 휘날리는데 각기 한 발의 포향이 터졌다. 그 소리를 신호로 뛰쳐나온 열여섯 기의 장수들은 각기 맞수를 찾아 한 쌍씩 어울렸다. 관승은 적장 유빈과 어울렸고, 진명은 장위와, 화영은 서방과, 서령은 우복과, 주동은 구정과, 황신은 곽세광과, 손립은 진성과, 학사문은 창성과 맞붙었다.

그들의 싸움은 참으로 볼만했다. 자욱한 먼지와 살기 속에 저마다 신장(神將) 같은 장수들이 치고받는데 서른두 개의 팔뚝은 베틀의 실북같이 들고나며 예순네 개 말발굽은 쏟아지는 우박 소리를 냈다. 깃발은 뒤섞여 붉은지 푸른지 가리기 어려웠고 뒤엉킨 병장기도 창칼을 구별하기 어려웠다.

열여섯이 저마다 용맹한 장수들이라 쉽게 승패가 가려지지 않다가 서른 합이 넘어서야 그중 한 장수가 말에서 굴러떨어졌다. 사람들이 놀라 자세히 살펴보니 미염공 주동이 적장 구정을 한 창에 찔러 말 아래로 떨어뜨린 것이었다. 양편에서 각기 징을 울려 군사를 거두고 싸우던 일곱 쌍의 장수들은 서로 갈라져 자기편 진채로 돌아갔다.

삼대왕 방모는 장수 하나를 잃자 기세가 꺾였다. 그날은 싸움을 그만두고 군사를 물려 소주성 안으로 돌아갔다. 송강도 인마를 거두어 한산사에다 진채를 내렸다. 공을 세운 주동에게는 무거운 상이 내려지고 그날 싸움의 경과는 배선으로 하여금 장 초토에게 글로 알리게 했다.

삼대왕 방모는 성으로 들어가자 더는 나와 싸울 생각을 않고 굳게 지키기만 했다. 여러 장수들로 하여금 나누어 성문을 지키게 하고 성안에는 녹각을 세웠으며 성벽 위에는 쇠뇌와 활에 통나무, 바윗덩이를 재어 두었다. 또 대장간에서는 쇳물을 끓이게 하고 성벽 위 가장자리에는 잿더미를 쌓아 두어 성을 지키기 위한 채비를 단단히 하였다.

이튿날 송강은 화영, 서령, 손립과 함께 마군 서른 기를 거느리고 가서 성을 둘러보았다. 반군이 꼼짝 않는 걸 보고 성안에서 지킬 속셈임을 알아차린 까닭이었다. 소주의 성벽 주위에는 깊고 넓은 해자가 둘러 있고 성벽은 든든하기 짝이 없었다.

'급히 이 성을 깨뜨리기는 어렵겠구나.'

송강은 그렇게 생각하며 영채로 돌아와 오용과 함께 성을 칠 계책을 의논했다. 그때 누군가가 들어와 알렸다.

"강음에서 수군 두령 이준이 찾아와 송 선봉을 뵙겠다고 합니다."

송강은 얼른 이준을 장막 안으로 불러들이고 수군 쪽의 소식을 물었다. 이준이 그동안에 있었던 일을 대강 추려 들려주었다.

"제가 수군을 거느리고 석수를 비롯한 여러 수군 두령들과 함께 강음과 태창 쪽으로 쳐들어가니 적의 수군 장수 엄용(嚴勇)과 그 부장 이옥(李玉)이 저희 수군을 거느리고 와 우리와 맞섰습니다. 그러나 적장 엄용은 배 위에서 완소이의 창에 찔려 물속으로 떨어지고 이옥은 어지러이 쏘아붙인 화살에 맞아 죽어 강음과 태창은 쉽게 떨어졌습니다. 지금 석수, 장횡, 장순은 가정(嘉定)을 치러 가고 완씨 삼 형제는 상숙(常熟)을 빼앗으러 갔습니다."

수군이 이긴 소식을 듣자 송강은 몹시 기뻐하며 이준에게 상을 주고 다시 상주로 가서 장 초토와 유 도독에게도 그 소식을 전하게 했다.

이준은 상주로 가서 장 초토와 유 도독에게도 적장들을 죽이고 강음과 태창을 되찾은 일을 알렸다. 장 초토는 이준에게 상을 내린 뒤 송강에게로 가서 명을 받게 했다. 이준이 한산사에 있는 영채로 돌아가자 송강은 이준을 그곳에 남겨 배를 마련하게 했다. 소주성 밖의 해자가 넓어 수군으로 쳐들어가야 했기 때문이었다. 명을 받은 이준이 말했다.

"제가 가서 해자 물의 깊이와 넓이를 보고 온 뒤에 군사를 움직일 계책을 세우도록 하십시오."

그리고 송강이 허락하자 소주성으로 간 이준은 이틀 만에 돌아와 말했다.

"성 남쪽이 태호(太湖)와 가까우니 제가 조각배 한 척을 타고 의흥 쪽의 작은 나루로 가 보겠습니다. 거기서 몰래 태호를 돌아 오강(吳江)으로 나가면 저놈들의 소식을 탐지할 수 있을 것입니다. 그 뒤에 군사를 내어 사방에서 들이치면 소주성을 깨뜨리기는 어렵지 않을 듯합니다."

그 말을 들은 송강은 고개를 끄덕였다.

"아우의 말이 아주 옳지만 따라가 도와줄 사람이 없는 게 매우 걱정스럽소."

그리고는 이응에게 공명, 공량, 시은, 두흥을 데리고 강음, 태창, 곤산, 상숙, 가정 등으로 가서 수군을 도와 물가에 있는 고을들을 되찾게 하는 한편 동위와 동맹을 한산사 쪽으로 보내 이준을 돕게 하라고 일렀다.

명을 받은 이응은 편장 네 명을 데리고 강음으로 갔다. 이틀도 안 돼 동위와 동맹이 한산사로 와 송강을 찾았다. 송강은 그들 형제를 잘 대접한 다음 이준을 따라 작은 배를 타고 가서 반군의 소식을 알아 오게 했다.

이준은 동위와 동맹을 데리고 한 척의 조각배에 오른 뒤 두 수군에게 노를 젓게 해 의흥의 작은 나루터로 갔다. 그리고 뱃길을 둘러 태호로 들어가니 이내 그들 다섯 앞에는 태호의 경관이 활짝 펼쳐졌다. 말 그대로 푸른 하늘과 푸른 물이 맞닿아 있는 듯한 넓디넓은 호수였다.

이준은 동위, 동맹과 두 수군을 데리고 조각배를 저어 그런 태호를 건넜다. 오강이 가까워 올 무렵 해서 멀리 고깃배 사오십 척이 바라보였다.

"고기 사러 온 장사치인 척하고 저기 가서 한번 물어보세."

이준은 그렇게 말하고 그 고깃배들을 향해 노를 젓게 했다. 서로 이야기를 나눌 만한 거리에 이르자 이준이 고깃배 쪽을 향해 큰 소리로 물었다.

"사공 어른, 큰 잉어가 있소?"

그러자 늙은 어부가 대답했다.

"큰 잉어를 사려면 나를 따라 우리 집으로 갑시다."

이에 이준은 그 몇 척의 고깃배를 따라 배를 몰았다. 한참을 가니 꾸불꾸불한 나무들로 둘러싸인 울타리 안에 스무남은 채의 인가가 있었다. 물가에 배를 묶은 그 어부는 이준과 동위, 동맹을 데리고 언덕으로 오르더니 한 커다란 집 앞으로 갔다.

어부가 대문으로 들어서면서 신호인 듯한 기침을 한 번 하자 양쪽에서 힘센 장정 일고여덟 명이 뛰어나와 느닷없이 갈고리로 이준과 동위, 동맹을 걸어 안으로 끌고 들어가더니 다짜고짜 말뚝에다 묶어 버렸다. 이준이 정신을 차려 사방을 살펴보니 대청에 네 명의 호걸이 앉아 있었다. 우두머리 같아 보이는 자는 붉은 수염 누른 머리털에 푸른 비단옷을 걸치고 있었으며 그다음 사람은 여윈 얼굴 짧은 수염에 짙은 녹색 깃을 댄 무명 적삼을 입고 있었다. 세 번째 사람은 검은 얼굴에 긴 수염을 길렀으며 네 번째 사람은 광대뼈가 나온 넓은 얼굴에 구레나룻을 길렀는데 그 둘은 모두 푸른 옷을 걸치고 있었다. 네 사람 모두 머리에는 각기 검은 벙거지 같은 것을 쓰고 있었고 그들 곁에는 창칼이 세워져 있었다. 그중에서 우두머리인 듯한 자가 이준을 보고 소리쳐 물었다.

"너희들은 어디서 온 놈들이냐? 이 태호에는 뭘 하러 왔느냐?"

"저희는 양주 사람들로서 장사를 하기 위해 물고기를 사러 왔습니다."

이준이 그렇게 둘러대자 광대뼈가 튀어나온 자가 말했다.

"형님, 물어볼 것도 없소. 한눈에도 첩자임에 분명하오. 저놈들 염통을 꺼내 술안주나 합시다."

그 말을 들은 이준은 속으로 생각했다.

'나는 심양강에서 여러 해 장사를 했고 양산박에서도 여러 해 호걸 노릇을 해 왔다. 그런데 오늘 여기서 목숨을 잃을 줄 어떻게 알았으랴. 틀렸구나, 틀렸어.'

그리고 한숨을 내쉬다가 동위와 동맹을 보고 말하였다.

"오늘 아우들 두 사람은 나 때문에 죽게 되었구려. 하는 수 있소. 귀신이라도 한곳으로 갑시다."

동위와 동맹이 태연한 얼굴로 받았다.

"형님 그런 소리 마시오. 우리가 여기서 죽는 것은 아무렇지도 않소. 다만 여기서 이렇게 개죽음을 당하면 형님의 큰 이름이 더럽혀질까 걱정이오."

그러나 어쩔 수 없기는 그들 형제도 마찬가지였다. 셋이 서로 바라보며 가슴을 펴고 죽기를 기다리는데 마루에 앉아 있던 네 호걸이 그들의 말을 듣고 지껄였다.

"저 우두머리 되는 자가 예사 인물이 아닌 것 같군."

그러다가 그들의 우두머리인 듯한 호걸이 다시 한번 물었다.

"너희 세 놈은 대관절 어떤 놈들이냐? 우리에게 이름이나 밝혀 다오."

"죽이려면 어서 죽여라. 죽더라도 우리는 결코 이름을 밝힐 수 없다. 공연히 천하의 호걸들에게 비웃음이나 사려고 이름을 대겠느냐!"

이준이 그렇게 큰 소리로 꾸짖듯 말했다. 그 말을 들은 우두머리가 벌떡 몸을 일으키더니 세 사람을 묶은 밧줄을 툭툭 끊어 버렸다. 그리고 그들 넷이 함께 이준과 동위, 동맹을 부축하여 집 안으로 데려가 앉혔다.

"한평생 강도질로 살아왔지만 당신들같이 의기 넘치는 사람들은 처음 봅니다. 세 분 호걸들께서는 대체 어디서 오셨습니까? 바라건대 부디 크신 이름이라도 들려주십시오."

우두머리가 세 사람 앞에 머리를 숙여 절을 하며 공손하게 말했다. 이준도 이번에는 예의를 갖춰 대답했다.

"보아하니 네 분 형께서도 틀림없이 알려지지 않은 호걸들 같소이다. 우리를 어디로 끌고 가도 좋으니 물으신 것은 알려 드리겠소. 우리 세 사람은 모두 양산박 송공명 밑에 있는 장수들이오. 나는 혼강룡 이준이고 저 두 형제는 출동교 동위와 번강신 동맹이외다. 우리는 조정의 부르심을 받아 요나라를 치고 동경으로 돌아갔다가 이번에 다시 칙명을 받고 방납을 치러 왔소. 만약 당신들이 방납 밑에 있는 사람들이라면 어서 우리를 끌고 가 상을 청하시오. 우리는 눈도 깜짝 않겠소."

그 말을 들은 네 사람은 일제히 머리를 조아려 절을 하고 그들 앞에 꿇어앉으며 말했다.

"저희들이 눈이 있으면서도 태산을 알아보지 못했습니다. 이제까지 무엄하게 군 것을 너무 괴이쩍게 생각하지 마십시오. 우리 네 형제는 방납의 졸개가 아닙니다. 원래는 숲속에서 나그네를 털어 살아오다가 근래에 이곳에다 거처를 정하게 되었는데 사람들은 이곳을 유류장(楡柳莊)이라 합니다. 사방이 모두 깊은 물이어서 배가 아니고는 들어올 수 없는 곳이지요. 우리들은 어부들을 앞세워 이 태호에서 노략질을 하며 지내 왔으나 한 해 겨울 동안 이곳의 수세(水勢)를 잘 살펴 깊이 익혀 둔 까닭에 아무도 함부로 이곳을 쳐들어오지 못합니다. 우리도 양산박의 송공명이 천하의 호걸들을 모은다는 소문을 들었고 형님의 크신 이름도 들어 안 지 오래됩니다. 그 속에는 낭리백조 장순도 있다고 들었습니다. 그런데 오늘 이렇게 형님을 뵙게 되니 실로 뜻밖입니다."

"장순은 내 아우로서 수군 두령이 되어 지금은 강음에서 역적들을 치고 있소. 뒷날 그 사람을 데리고 와서 여러분을 만나 뵙도록 하겠소이다. 그런데 참 네 분의 성함이 어떻게 되시오?"

이준이 그렇게 묻자 우두머리 되는 자가 멋쩍은 듯 알려 주었다.

"저희들은 숲속에서 도적질하며 살아 각기 별호를 가지고 있습니다. 형님께서 들으시고 너무 웃지 마십시오. 저는 적수룡(赤鬚龍) 비보(費保)라 하고 저 사람은 권모호(捲毛虎) 예운(倪雲)이며 나머지 둘은 태호교(太湖蛟) 복청(卜靑)과 수검웅(瘦臉熊) 적성(狄成)입니다."

그들의 이름을 듣고 난 이준이 몹시 기뻐하며 말했다.

"잘됐소. 그렇다면 우리 서로 의심할 필요가 없소. 모두가 집안 사람이나 마찬가지외다. 우리 형님 송공명은 지금 방납을 치는데 선봉이 되어 곧 소주를 빼앗으려 하고 있소. 그러나 이곳 형편을 알지 못해 특히 우리 세 사람을 보내어 길을 정탐하게 한 것이오. 오늘 다행히 이렇게 만났으니 네 분께서는 저를 따라가 선봉을 뵙도록 하시오. 그러면 모두 벼슬을 얻고 방납을 쳐부순 뒤에는 조정에서 높이 쓸 것이오."

그런데 비보의 대답은 좀 뜻밖이었다.

"용서하십시오. 만약 우리 네 사람이 벼슬을 살고자 했다면 방납 밑에서 통제관 노릇을 한 지 벌써 오래되었을 것입니다. 저희들이 원하는 바는 벼슬이 아니라 그저 편안하고 즐겁게 사는 것입니다. 형님께서 우리 네 사람에게 도와달라시면 도와드리지요. 물속으로 들라면 물속으로 뛰어들고 불속으로 뛰어들라면 불속으로 뛰어들겠습니다. 하지만 우리에게 벼슬이 내리는 것은 결코 바라지 않습니다."

"그렇다면 우리가 형제의 의를 맺는 게 어떻겠소?"

이준은 그들이 그저 해 보는 소리가 아님을 알고 그렇게 말을 바꾸었다. 그들 네 호걸은 대단히 기뻐하며 그 같은 이준의 말을 받아들였다. 곧 돼지와 양을 한 마리씩 잡고 술을 가져와 잔치를 벌이면서 이준을 형님으로 받아들였다. 이준은 동위와 동맹도 그들과 형제의 의를 맺게 했다.

형제가 된 그들 일곱은 유류장에 모여 앉아 급한 일부터 의논을 시작했다. 이준이 그들 네 사람에게 말했다.

"송공명 형님은 소주를 치고 싶어 하시나 방모가 나와 싸우지 않고 성은 사방 물로 둘러싸여 있어 들이칠 길이 없소. 또 배를 써보려 해도 나루가 좁아 건너기 어려우니 어떻게 하면 그 성을 깨뜨릴 수 있겠소?"

비보가 그 말에 대답했다.

"형님께서는 마음 놓으시고 이틀만 여기서 기다려 주십시오. 방납의 아랫것들이 항주에서 소주로 왔다 갔다 하며 서로 도와 일하고 있습니다. 그걸 틈타 꾀로 소주성을 빼앗을 수도 있을 것 같습니다. 아우가 몇 사람 고기잡이를 풀어 이것저것 알아보게 하지요. 그 사람들이 돌아오게 되면 그때 얼른 계책을 짜 봅시다."

"그것참 좋은 생각이오."

이준이 그렇게 찬동하자 비보는 곧 몇 사람의 고기잡이를 불러 정탐을 내보냈다. 그리고 이준과 함께 날마다 술을 마시면서 유류장에 앉아 그들이 돌아오기만을 기다렸다. 사흘도 안 돼 고기잡이들이 돌아와 알렸다.

"평망진(平望鎭)에 여남은 척 짐배가 있는데 고물에는 모두 누른 깃발이 걸려 있고 그 깃발에는 '승조왕부의갑(承造王府衣甲)'이란 글자가 쓰여 있습니다. 보건대 항주에서 온 배 같아 보였습니다. 배마다 사람이 예닐곱씩 타고 있더군요."

그 말을 들은 이준은 무슨 생각이 났던지 네 사람을 보고 말했다.

"아주 좋은 기회인 것 같습니다. 부디 아우들도 힘을 빌려주시오."

"그럼 지금 곧 떠나시죠."

비보가 이준의 뜻을 알고 앞장서 서둘렀다. 이준이 그런 비보에게 다짐을 받듯 말했다.

"만약 그 배에서 한 놈이라도 살아서 빠져나가게 되면 일은 그르치고 말 것이오."

"형님 마음 턱 놓으시고 모두 우리 형제들에게 맡겨 주십시오."

비보가 그렇게 말하고는 곧 작은 고깃배 육칠십 척을 끌어모았다.

그들 일곱 명이 각기 배 한 척씩을 차지하고 나머지 고기잡이들은 무기를 감춘 채 좁은 물길로 해서 큰 강으로 나아갔다. 그날 밤은 달이 밝아 천지가 환한데 그 열 척 방납 편의 배들은 강의 동쪽 용왕묘 앞에 머물고 있었다. 먼저 그쪽에 이른 비보가 한소리 휘파람을 불자 육칠십 척의 배가 한꺼번에 밀고 나가 각기 방납의 배들에 들러붙었다.

비보가 불러낸 고기잡이들의 솜씨는 볼만했다. 방납 편의 배에서 뛰어나오는 놈들은 갈고리로 걸어 네댓 명씩 한데 묶어 놓고 물로 뛰어든 놈은 모두 갈고리를 던져 배 위로 끌어올렸다. 방납 편의 배들에서 빠져나간 사람은 하나도 없었다.

고기잡이배들이 방납 편의 관선 열 척을 에워싼 채 태호의 깊은 물길을 지나 유류장에 이른 때는 새벽이었다. 그들 일곱 호걸은 배에 타고 있던 졸개들을 모두 한데 묶고 큰 돌을 달아 태호에 처넣어 죽였다. 그리고 우두머리 두 놈만 남겨 이것저것 캐물었다. 알아보니 그들은 항주 방납의 태자 남안왕(南安王) 방천정(方天定) 밑에 있는 자들인데 이번에 명을 받고 새로 만든 갑옷 삼천 벌을 소주의 삼대왕 방모에게 바치러 가는 길이었다. 이준은 그들의 이름을 물어 알아낸 뒤 지니고 있던 공문까지 빼앗고는 모두 죽여 버렸다.

"아무래도 내가 직접 가서 송공명 형님과 의논해 봐야겠소. 그래야만 이번 일이 될 것이오."

마음속으로 계책을 정한 이준이 여럿을 둘러보며 그렇게 말했다. 비보가 한마디 보탰다.

"제가 사람을 시켜 배로 모셔 드리지요. 작은 나루로 가면 길이 아주 가깝습니다."

그러고는 두 사람을 불러 빠른 배로 이준을 모셔 가게 했다. 이준이 떠나기에 앞서 동위, 동맹 및 비보 형제들에게 말했다.

"빼앗은 배와 갑옷들은 남의 눈에 띄지 않게 장원 뒤쪽 나루에 감춰 두도록 하시오."

"염려 마십시오."

비보는 그렇게 대답하고 이준이 시킨 대로 했다.

이준과 두 고기잡이는 빠른 배를 타고 좁은 나루를 따라 송강의 대군이 머무르고 있는 한산사로 갔다. 언덕에 오른 이준은 영채로 들어가 송강에게 그동안 일어난 일을 낱낱이 알렸다. 곁에서 듣고 있던 오용이 몹시 기뻐하며 말했다.

"일이 그렇다면 소주는 손바닥에 침 한번 뱉는 수고만으로도 얻을 수가 있겠습니다. 원수께서는 어서 명을 내리시어 이규, 포욱, 항충, 이곤을 부르도록 하십시오. 그들에게 방패 든 군사 이백 명을 거느리고 이준을 따라 태호로 가서 비보를 비롯한 네 호걸을 돕게 하십시오. 일은 제가 짠 계책대로 하되 시작은 둘째 날로 해야 합니다."

송강은 오용의 말대로 했다. 이준은 명을 받자 송강이 붙여 준 사람 둘과 함께 곧장 태호로 달려갔다. 그리고 배를 끌어다 이규를 비롯한 장졸들을 태워 유류장으로 갔다. 이준은 이규와 포욱, 항충, 이곤을 비보네 패거리와 서로 보게 했다. 비보는 이규의 생김을 보고 놀라 마지않았다.

첫날 비보 쪽 사람들은 그들 이백여 명에게 술과 밥을 내어 잘 대접하고 쉬게 하였다. 다음 날도 일없이 지나갔다. 그러다가 사흘째가 되어서야 비로소 미리 정한 계책대로 움직였다.

비보는 군복과 갑옷을 운반하는 정고관(正庫官)으로 꾸미고 예운은 그 부관으로 꾸며 반군의 복색을 걸치고 그 공문을 몸에 품었다. 나머지 고기잡이들도 모두 반군의 배에서 일하는 사공과 수군으로 꾸미고 흑선풍을 비롯한 이백여 명의 장졸들은 선창 안에 숨었다. 복청과 적성은 따로이 불 끄는 기구들을 실은 뒤쪽 배를 단속하며 따라가기로 했다. 그들이 막 떠나려는데 고기잡이 하나가 달려와 알렸다.

"호수 위에 배 한 척이 있는데 어디서 와서 어디로 가는지 알 수가 없습니다."

"그것참 이상한 일이군."

이준이 그렇게 말한 뒤 급히 가서 살피니 뱃전에 두 사람이 서 있는 게 보였다. 하나는 신행태보 대종이요, 하나는 굉천뢰 능진이었다. 이준이 얼른 휘파람 소리로 신호를 하자 그 배는 나는 듯 장원 쪽으로 다가와 언덕에 대었다. 대종과 능진이 언덕으로 올라오는 것을 보고 이준이 물었다.

"두 분은 무슨 일로 오셨소? 무어 특별히 알릴 게 있으시오?"

그 물음에 대종이 대답했다.

"송강 형님께서는 이규를 비롯한 장졸들을 급히 보내시느라 아주 큰일을 깜빡 잊으셨다 하오. 그래서 특히 나와 능진을 보내면서 호포 일백 대를 보내셨는데 지금 배 안에 있소. 우리는 이규가 떠나고 오래잖아 떠났으나 물 위에서도 뒤따라잡을 수가 없었고 이곳에 이르렀어도 함부로 뭍에 오를 수가 없어 망설이고 있던 참이오. 송강 형님께서 말씀하시기를 아우는 내일 아침 묘시에 성으로 쳐들어갈 때 성 뒤편에 이르거든 이 일백 개의 호포를 놓아 신호를 해 달라고 하셨소."

"그것참 좋은 생각이오!"

이준은 그렇게 말하면서 얼른 대종의 배 안에 있는 호포들을 갑옷 싣는 배에 감추었다. 비보는 그가 대종이란 말을 듣고 술을 내어 잘 대접했다. 능진이 데리고 온 포수 열 명은 모두 세 번째 배에 숨기기로 했다.

이준을 비롯한 그들 패거리는 그날 밤 사경에 유류장을 떠나 오경 무렵 소주성 아래에 이르렀다. 문을 지키던 반군이 성 위에서 저희 편 깃발을 알아보고 급히 저희 비표대장군 곽세광에게 알렸다.

곽세광은 성벽 위로 올라가 그곳에 있던 하급 장수에게 앞뒤 사정을 자세히 묻고 난 뒤 밖에서 들여보낸 공문을 살펴보았다. 틀림없이 저희 편이 보낸 공문이었다. 하지만 그래도 마음을 놓지 않고 삼대왕에게 사람을 보내 그 공문이 진짜인지 아닌지를 알아보게 한 다음 졸개들을 늘어세워 감시하면서 이준의 배들을 성안으로 들여놓았다.

곽세광은 수문 옆에 앉아 사람을 시켜 한 척 한 척 배를 살펴본 후 들이게 했다. 틀림없이 갑옷이 무더기로 쌓여 있어 배를 한 척씩 들여보내다 보니 어느덧 배 열 척이 다 수문 안으로 들어오게 되었다.

곽세광이 다시 수문을 닫아걸 무렵 삼대왕이 보낸 감시관이 군사 오백 명을 거느리고 성안 강 언덕에 이르렀다. 감시관이 들어온 배들을 모두 언덕에 묶게 하고 있는데 이규, 포욱, 항충, 이곤이 선창에서 뛰어나왔다. 험상궂게 생긴 그들의 얼굴은 바로 눈에 띄었다. 감시관이 급히 다가가 무얼 하는 사람들인가 하고 물으려는데 항충과 이곤이 어느새 방패를 휘두르고 비도를 던져 그를 말에서 떨어뜨렸다.

감시관이 거느리고 온 오백 명 군사들은 그걸 보고 배로 몰려들었다. 그러나 그새 벌써 언덕으로 뛰어오른 이규가 쌍도끼를 휘둘러 여남은 명이나 쳐 죽이는 바람에 모두 겁을 먹고 뿔뿔이 달아났다. 그 틈을 타 배에 있던 여러 호걸들과 이백여 명 방패수들이 일제히 언덕으로 올라가 불을 놓기 시작했다. 능진이 얼른 기슭에다 포가를 걸어 놓고 호포를 날라 잇따라 열 발을 쏘았다.

포성이 성벽을 뒤흔들고 포탄이 사방으로 날았다. 삼대왕 방모는 부중에서 한창 송나라 군사를 막을 의논을 하다가 잇따라 울리는 호포 소리에 놀라 어찌할 바를 몰랐다. 각 성문을 지키던 장수들도 성안에서 호포 소리가 끊임없이 터지자 저마다 군사를 거느리고 성안으로 쫓겨 들어왔다.

각 성문에서 급한 전갈이 날아들고 그곳을 지키던 반군은 날아드는 화살에 모두 죽어 어느새 송나라 군사가 성벽 위로 기어 올랐다. 그렇게 되니 소주성 안은 끓는 솥 안과도 같아 송나라 군사가 얼마나 성안으로 들어왔는지조차 알아볼 겨를이 없었다. 이준과 대종은 비보를 비롯한 네 사람과 함께 포수 능진을 호위하여 계속하여 호포를 놓았다.

이때 송강은 벌써 세 갈래의 군사를 모두 몰아 성을 들이치고 있었다. 송나라 군사가 큰 힘 들이지 않고 성안으로 들어서자 반군은 뿔뿔이 흩어져 저마다 살길을 찾기에 바빴다.

삼대왕 방모는 급히 갑옷을 걸치고 말에 올라 철갑 두른 군사 육칠백 명을 거느리고 길을 헤쳐 남문으로 빠져나가려 했다. 그러나 흑선풍 이규가 거느린 장졸들이 길을 막고 마구잡이로 죽여 대니 철갑을 두른 군사들은 갈팡질팡하다 모두 사방으로 흩어져 달아났다.

길이 막힌 방모는 다른 골목으로 달아나려 했다. 그러자 이번에는 노지심이 맞은편에서 쇠로 만든 선장을 휘두르며 치고 나왔다. 방모는 노지심의 기세를 당해 낼 수 없어 말 머리를 돌렸다. 부중으로 돌아가기 위함이었다.

방모가 오작교 근처에 이르렀을 때 다시 무송이 다리 밑에서 뛰어나와 그가 탄 말 다리를 한칼에 베어 버렸다. 그 바람에 방모는 손발 한번 제대로 놀려 보지 못하고 말에서 굴러떨어졌다. 무송이 틈을 놓치지 않고 방모에게 덤벼들어 그 목을 썩둑 잘라 버렸다.

그때는 이미 싸움이 대강 마무리된 뒤였다. 성안에 들어와 왕부(王府)에 자리 잡은 송강은 여러 장수들에게 성안에 남은 반군을 모조리 찾아내 사로잡게 했다. 반군의 장수들 중에 살아서 도망친 것은 유빈과 몇 안 되는 그 졸개들뿐이었다.

송강은 다시 명을 내려 죄 없는 백성들을 죽이지 못하게 하고 사방에 불을 끈 뒤 방문을 내걸어 백성들을 안심시켰다. 오래잖아 여러 장수들이 왕부로 와서 송강에게 세운 공을 아뢰었다. 무송이 방모를 죽인 것 외에 주동은 적장 서방을 사로잡았으며, 사진은 진성을 사로잡았다. 손립은 쇠 채찍으로 적장 장위를 때려 죽였으며, 이준은 창성을 찔러 죽였고, 번서도 우복을 죽여 공을 세웠다. 그 외의 사람들은 적의 아장들을 끌고 와 공을 아뢰었다.

하지만 송나라 군사의 장수들 가운데도 죽은 사람이 있었다. 선찬이 곽세광과 싸우다가 둘 다 다친 채 은마교 아래로 떨어져 죽어 버린 것이었다. 송강은 추군마 선찬을 잃고 슬퍼해 마지않았다. 좋은 관곽을 갖추어 호구산(虎丘山) 아래에다 묻고 정성을 다해 장례를 치렀다.

　송강은 방모를 비롯한 적장들의 목과 사로잡은 적장들을 상주에 있는 장 초토에게 보내어 처리하게 했다. 장 초토는 사로잡혀 온 서방과 진성을 네거리에 끌어내 능지처참을 하게 했고 방모의 목은 도성으로 보냈다. 그리고 공문을 띄워 유광세에게는 소주로 가 그곳을 지키게 하고 송 선봉에게는 계속 밀고 나가 도적들을 모두 쳐 없애게 하였다.

　유광세가 소주에 이르자 송강을 비롯한 장수들은 그를 왕부로 맞아들였다. 서로 예를 마친 뒤 송강을 비롯한 여러 장수들은 주부에 나와 앞일을 의논하는 한편 사람을 보내 물가의 고을들을 치러 간 수군 두령들의 소식을 알아보게 했다. 물가의 고을에 있던 반군들은 소주가 이미 송나라 군사에게 떨어진 것을 알자 뿔뿔이 도망쳐 버려 모두 조용해졌다고 알려 왔다.

　그 소식을 들은 송강은 몹시 기뻐하며 문서를 보내 첩보를 올리고 옛 지방관들의 벼슬을 회복시키는 한편 중군의 통제관들을 그곳으로 보내 백성들을 보호해 달라고 청했다. 그리고 나가 있는 수군의 정장과 편장들은 모두 소주로 돌려보내 줄 것을 아울러 장 초토에게 청했다.

　며칠 안 돼 조정에서 보낸 통제관들이 각 고을로 부임하러 내려왔다. 수군 두령들은 모두 그때껏 맡고 있던 고을들을 통제관들에게 넘기고 소주로 돌아왔다. 그러나 수군 두령들 중에도 상한 사람이 있었다. 완씨 삼 형제가 상숙을 치다가 시은을 잃고 곤산을 치다가는 공량을 잃은 것이었다. 그 싸움에서 석수와 이응은 모두 돌아왔으나 시은과 공량은 헤엄을 칠 줄 몰라 물에 빠져 죽었다고 했다. 송강은 또 두 장수를 잃은 슬픔에 눈물과 탄식을 그치지 않았다. 무송도 시은과의 옛정을 못 잊어 목을 놓아 울었다.

소주성이 떨어지자 비보를 비롯한 네 사람은 송강에게 작별을 고했다. 송강은 그들을 말려 보려 했으나 그들은 끝내 듣지 않았다. 하는 수 없이 후한 상을 내리고 이준을 시켜 유류장까지 바래다주게 했다.

이준이 동위, 동맹과 함께 그들을 유류장까지 바래다주니 비보는 또 크게 술자리를 벌여 이준을 대접했다. 그런데 한창 술잔이 오가던 중에 문득 비보가 말했다.

"아우가 비록 어리석고 둔한 필부에 지나지 않으나 일찍이 밝고 어진 이로부터 들은 말이 있습니다. 세상일이란 이길 때가 있으면 질 때도 있는 법이요, 사람에게도 흥할 때가 있으면 쇠할 때도 있게 마련이라는 것입니다. 형님께서는 양산박에서부터 공을 이루기 시작해 오늘에 이르기까지 수십 년 동안 싸움마다 이겨 오셨습니다. 요나라를 칠 때도 왕경을 사로잡을 때도 형제들은 한 사람도 잃지 않으셨지요. 그런데 이번에 방납을 치면서는 그렇지가 못한 듯합니다. 여러 형제를 잃어 날카로운 기세가 꺾인 걸 보면 하늘이 마련해 준 운세도 다할 날이 머지않은 것 같습니다. 저희가 벼슬을 하지 않는 것도 실은 세상이 너무나도 험악해서입니다. 이제 두고 보십시오. 천하가 태평해지면 형님들은 하나하나 간신들에게 목숨을 잃게 될 것입니다. 옛날부터 태평세월은 원래 장군들이 만들지만 장군들은 그 태평세월을 즐기지는 못한다는 말이 있습니다. 매우 옳은 말이지요. 우리 네 사람과 형님들 세 분은 형제의 의를 맺었으니 주어진 운세가 다하기 전에 일찌감치 남은 삶을 보낼 곳을 마련해 두는 게 어떻겠습니까? 금전과 재물을 내어 큰 배 한 척을 만들고 몇 사람 뱃사공을 모아 물가 어디에서 조용한 곳을 찾는 것입니다. 거기서 편안히 지내며 하늘이 내리신 목숨을 다 채울 수 있다면 그 어찌 아름다운 일이 아니겠습니까."

그 말을 들은 이준은 땅에 엎드려 절을 한 뒤 감격한 어조로 말했다.

"형께서는 귀한 가르침으로 나의 어리석음과 어두움을 일깨워 주셨소. 열 번 곱씹어 들어 봐도 실로 아름다운 말이오. 그러나 아직 방납을 쳐 없애지도 못하고 송공명 형님의 은의도 저버릴 수 없으니 당장은 한 발자국도 따라나서기 어렵구려. 만약 오늘 내가 아우님네를 따라가 버린다면 우리가 지난날 양산박에서 함께 모여 맺었던 의기는 그걸로 끝장이 나고 마오. 하지만 우리가 방납을 쳐 없앨 때까지 기다려 준다면 그때는 이 두 동생도 데리고 올 테니 아우님들은 먼저 그 길을 채비하도록 하시오. 내가 오늘의 말을 어긴다면 하늘이 나를 미워할 뿐 아니라 나 또한 대장부라 할 수 없을 것이오!"

그러자 비보를 비롯한 네 사람이 다짐을 받았다.

"우리가 배를 마련해 두고 형님을 기다릴 테니 부디 오늘 하신 약속을 저버리지 마십시오."

이에 이준도 두 번 세 번 맹세하여 약속을 지키리라 다짐하였다.

다음 날 이준은 비보와 작별하고 동위, 동맹과 함께 소주로 돌아갔다. 송강을 만난 이준이 그 네 사람이 한 말을 전하자 송강은 감탄해 마지않았다. 하지만 그들 형제들에게는 아직도 할 일이 남아 있었다. 송강은 그곳에 더 지체하지 못하고 물과 뭍의 인마를 점검하여 출발하라는 명을 내렸다.

오강현에는 이미 역적의 무리가 없어져 평망진을 되찾기는 아주 쉬웠다. 송나라 군사는 평망진을 되찾은 뒤 승승장구하여 수주를 향해 밀고 나갔다.

수주를 지키고 있던 적장 단개(段愷)는 소주의 삼대왕 방모가 죽었다는 소식을 듣고 달아날 궁리뿐이었다. 달아나기에 앞서 송나라 군사의 형편이나 알아보려고 염탐꾼을 보냈더니 염탐꾼이 이내 돌아와 알렸다.

"송의 대군이 물과 뭍 두 길로 성에서 멀지 않은 곳에 이르렀는데 깃발은 해를 가리고 싸움배와 마군은 어깨를 나란히 해 밀려들고 있습니다."

그 말을 들은 단개는 놀라 얼이 다 빠져나갈 지경이었다. 그러는데 송나라 군사의 앞선 장수 관승과 진명이 성 밑에 이르고 수군은 서문을 에워쌌다. 달아나기도 틀려 버린 단개는 이내 마음을 전했다.

"공격하지 마시오. 우리는 항복할 작정이오."

단개는 성벽 위에 올라가 그렇게 소리치고 성문을 활짝 열어 젖혔다. 이어 향을 사르고 등불을 밝힌 가운데 양고기와 술통을 갖추어 성을 나간 단개는 송 선봉을 성안으로 맞아들여 주부에 자리 잡게 하였다.

단개를 비롯한 여러 적장들이 송강을 찾아와 절하니 송강은 그들을 위로하여 송조의 신하로 돌아가게 했다. 그리고 곳곳에 방문을 내걸어 백성들의 마음을 안돈시켰다.

항주의 혈전과 장순의 죽음

수주가 안정되자 송강은 단개를 불러 물었다.

"항주 영해군의 성은 누가 지키고 있소? 그리고 그곳의 장수와 인마는 얼마나 되오?"

단개가 아는 대로 대답했다.

"항주는 성곽이 크고 넓은 데다 사람이 많이 삽니다. 동북쪽으로는 큰길이 있고 남쪽으로는 큰 강을 끼었으며 서쪽은 호수에 잇닿았는데 방납의 태자 남안왕 방천정(方天定)이 지키고 있습니다. 방천정은 칠만이 넘는 인마에다 스물네 명의 장수와 네 명의 원수를 합쳐 모두 스물여덟 명의 쓸 만한 장수를 거느리고 있습니다. 그 장수들 중에 우두머리라 할 수 있는 자가 두 명인데 실로 무서운 자들입니다. 하나는 흡주의 중으로서 보광여래(寶光如"

來)라고 불리는데 속세의 성은 등(鄧)씨요, 법명은 원각(元覺)이라고 합니다. 한 자루 혼철로 두드려 만든 선장을 잘 다루는데 그 무게는 쉰 근이 넘습니다. 힘이 하도 놀라워 사람들은 그를 국사(國師)라 우러러 부릅니다. 다른 하나는 복주 사람으로 석보(石寶)란 자인데 한 개의 유성추를 잘 써 백 번을 던지면 백 번이 다 들어맞을 정도입니다. 또 한 자루 벽풍도(劈風刀)란 보검을 잘 쓰는데 그 벽풍도는 무쇠와 구리를 자를 수 있고 세 겹의 갑옷도 베어 버릴 수 있습니다. 그 나머지 장수 스물여섯도 모두가 가려 뽑은 자들로서 하나같이 용맹스러우니 원수께서는 결코 가볍게 여기지 마십시오.”

그 말을 듣고 난 송강은 단개에게 상을 준 뒤 장 초토를 찾아가 항주의 형편을 자세히 알리게 했다. 그 뒤 단개는 장 초토 밑에서 소주를 지키고 부도독인 유광세는 수주를 지키게 되었다.

송강은 취리정(橋李亭) 아래로 옮겨 진채를 내린 뒤 크게 잔치를 열어 장졸들을 위로했다. 아울러 그 자리에서 항주를 칠 계책을 의논하게 되었는데 그때 소선풍 시진이 문득 일어나 말했다.

“저는 고당주에서 목숨을 잃을 뻔했다가 형님의 구원을 받아 오늘에 이르렀습니다. 형님의 은덕으로 고이 영화만 누려 왔을 뿐 아직 그 은혜를 갚지 못했으니 이번에 한번 나서 볼까 합니다. 제가 방납의 소굴에 들어가 작은 공이라도 세워 조정의 은덕에 보답함과 아울러 형님의 위엄에 빛을 더했으면 하는데 형님의 뜻은 어떠하십니까?”

송강은 기뻐하면서도 한편으로는 걱정했다.

"대관인께서 지세를 탐지하러 역적의 소굴로 들어간다면 우리가 군사를 내 역적의 괴수 방납을 사로잡는 데는 도움이 될 것이오. 또 방납을 도성으로 묶어 보내 작은 공이나마 아뢰면 우리 형제가 함께 부귀를 누릴 수도 있을 것이오. 하지만 어려움이 더 클 터인즉, 떠나지 마시오."

"죽어도 좋으니 이번에 꼭 가 보았으면 합니다. 다만 연청을 딸려 주십시오. 그러면 그곳 사투리도 알고 행동도 약삭빠르게 해 도움이 될 것입니다."

이미 마음을 정한 듯 시진이 그렇게 고집했다.

"아우의 말은 다 들어줄 수 있지만 연청을 딸려 보내기가 쉽지 않구려. 지금 노 선봉 밑에 있는 사람이니 글을 써서 불러와야 할 것이오."

시진의 고집을 꺾지 못해 송강이 그렇게 말하는데 누군가가 들어와 알렸다.

"연청이 노 선봉께서 보낸 소식을 가지고 왔습니다."

그 말을 듣자 송강은 몹시 기뻐하며 시진의 청을 들어주었다.

"아우는 이번에 가면 반드시 공을 이루게 될 것이오. 연청이 이렇게 때맞추어 온 게 바로 좋은 징조가 아니고 무엇이겠소?"

시진도 송강과 마찬가지로 기뻐하였다. 이윽고 연청이 장막으로 들어오자 송강은 술과 밥을 내어 대접한 뒤 물었다.

"아우는 물길로 왔나? 뭍으로 왔나?"

"말을 타고 왔습니다."

연청이 그렇게 대답했다. 송강이 뒤이어 물었다.

"대종이 돌아와서 하는 말이 노 선봉은 호주를 친다고 했는데 그 일은 어떻게 됐나."

"노 선봉께서는 선주를 떠나실 때 군사를 두 갈래로 나누었습니다. 절반을 거느리신 노 선봉께서는 호주를 쳐서 역적의 유수(留守) 궁온(弓溫)과 그 밑의 장수 다섯을 죽이고 호주를 되찾았습니다. 그리고 방을 붙여 백성들을 안심시킨 뒤 장 초토에게 글을 올려 그곳을 지킬 통제관을 보내 달라고 청했습니다. 오늘 제가 여기 온 것은 그 첩보를 올리기 위함입니다. 나머지 군사 절반은 임충이 거느리고 독송관(獨松關)을 치게 했는데 제가 올 때까지도 매일 싸우고는 있으나 아직 깨뜨리지 못했다고 합니다. 노 선봉께서는 주무와 함께 임충을 도우러 그리로 가셨는데 떠날 때 호연작 장군더러 장 초토가 보낸 통제관이 올 때까지 호주를 지키게 했습니다. 그 뒤에는 덕청현(德淸縣)을 치고 항주에서 만나자는 당부였습니다."

그 말을 들은 송강이 궁금한 듯 캐물었다.

"호주를 지키다가 덕청을 치라 하고 독송관으로 싸우러 갔다니 누가누가 가고 호연작을 따르는 장수는 누군가? 그들의 이름을 알려 주게."

그러자 연청이 미리 준비해 온 듯한 명단을 내밀었다. 독송관을 치러 갈 정장 편장은 모두 스물세 명으로 선봉 노준의에다 주무, 임충, 동평, 장청(몰우전), 해진, 해보, 여방, 곽성, 구붕, 등비, 이충, 주통, 추연, 추윤, 손신, 고대수, 이립, 백승, 탕륭, 주귀, 주부, 시천이 그들이었다. 호주를 지키다가 덕청현으로 갈 정장과 편장은 열아홉 명으로 호연작, 삭초, 목홍, 뇌횡, 양웅, 유당, 선정규, 위정국, 진달, 양춘, 설영, 두천, 목춘, 이운, 석용, 공왕, 정득손, 장청(채원자), 손이랑이 그들이었다.

"두 길로 나뉜 장수는 합쳐 마흔두 명인데 제가 떠날 적에는 이미 의논이 끝나 있었으니 지금쯤은 각기 군사를 몰아 나아가고 있을 것입니다."

송강이 명단을 다 읽기를 기다려 연청이 그렇게 덧붙였다. 송강이 무언가를 잠깐 생각하다가 말했다.

"그렇다면 우리도 두 길로 나아가는 것이 좋겠군. 그런데 방금 시(柴) 대관인이 아우와 함께 방납의 소굴로 들어가 염탐을 하자고 했는데 어떤가? 한번 가 볼 생각이 있는가?"

그러자 연청이 쾌히 응낙했다.

"형님의 분부를 어찌 쫓지 않을 수 있겠습니까? 시 대관인을 모시고 역적의 소굴로 들어가 보겠습니다."

시진이 기뻐하며 연청에게 말했다.

"나는 벼슬을 얻지 못한 수재(秀才)로 꾸밀 테니 자네는 하인으로 꾸미게. 주인과 하인이 거문고와 칼, 책 상자를 메고 길에 나서면 수상쩍게 볼 사람이 없을 것이네. 바닷가로 가서 배를 얻어 타고 월주(越州)를 지나 샛길로 제기현으로 빠진 뒤 다시 산길로 넘어가면 목주가 멀지 않을걸세."

연청이 그대로 받아들여 둘의 논의는 그렇게 끝났다. 시진과 연청은 날을 받아 송강과 작별하고 거문고와 칼과 책 상자를 마련해 바닷가로 나갔다.

시진과 연청이 떠난 뒤 군사 오용은 다시 송강에게 말했다.

"항주 남쪽으로는 큰 전당강(錢塘江)이 있어 바다에 있는 섬에 이를 수 있습니다. 만약 몇 사람이 작은 배를 타고 바닷가로 가서 자산문(赭山門)으로 들어가 남문 밖의 강변에 이를 수 있으면 아주 좋겠습니다. 거기서 호포를 쏘고 깃발을 흔들어 대면 성안은 틀림없이 놀라 어지러워질 것입니다. 수군 두령 중에 누구를 보냈으면 좋겠습니까?"

그러자 곁에 있던 장횡과 완씨 삼 형제가 나섰다.

"우리가 가 보겠습니다."

그러는 네 사람을 송강이 말렸다.

"항주 서쪽의 길도 호수와 닿아 있어 수군을 써야 되네. 그러니 자네들이 모두 가서는 안 되지."

"그러면 장횡과 완소칠에 후건과 단경주를 데리고 떠나는 게 좋겠습니다."

송강의 말을 들은 오용이 그렇게 보낼 사람을 정했다. 장횡을 비롯한 네 사람은 서른 명의 수군에게 여남은 문의 호포와 신호할 때 쓰는 깃발들을 지워 바닷가로 나갔다. 그리고 배를 얻어 타기 바쁘게 전당강으로 떠났다.

보내야 할 곳에 장졸들을 보낸 뒤 수주로 돌아온 송강은 대군을 일으켜 항주를 칠 계책을 의논했다. 그때 문득 동경에서 사자가 천자께서 내리신 술을 가지고 왔다는 전갈이 들어왔다. 송강은 높고 낮은 장졸들을 거느리고 성을 나아가 조정에서 온 사자를 맞아들이고 조정의 은혜에 감사하는 예를 올렸다.

천자께서 내리신 술로 잔치를 열어 사자를 대접하는데 조정에서 내려온 사자가 또 태의원(太醫院)에서 상주하여 내려보낸 칙서를 내놓았다. 천자께서 옥체가 성치 못하시어 안도전을 궁궐에 두고 쓰시려 하니 데려가야겠다는 내용이었다.

송강은 감히 칙서를 거역할 수 없었다. 다음 날 동경으로 돌아가는 사자를 따라 함께 가는 안도전을 배웅하러 나갔다. 송강을 비롯한 장수들은 십 리나 안도전을 따라가다 장정(長亭)에서 작별하고 돌아갔다. 안도전은 사자와 함께 동경으로 올라갔으나 호걸들과의 작별이 자못 애틋하였다.

안도전이 떠나간 뒤 송강은 천자께서 내리신 상을 여러 장수에게 나누어 주고 날을 받아 대군을 일으켰다. 군기에 제사를 지내고 유 도독, 경(耿) 참모와 작별한 송강은 말에 올라 대군을 항주로 몰아갔다. 물과 뭍으로 배와 말이 함께 나아가는 광경이 자못 위세로웠다.

송강의 대군이 숭덕현(崇德縣)에 이르자 성을 지키던 적장은 소문만 듣고 항주로 달아나 버렸다. 그때 방납의 태자 방천정은 여러 장수들을 행궁에 모아 놓고 싸울 일을 함께 의논하고 있었다. 방천정이 거느린 장수 중에 대장으로는 보광여래 국사 등원각, 남리대장군 원수 석보(石寶), 진국대장군 여천윤(襄天閏), 호국대장군 사행방(司行方)이 있었다. 그들에게 붙인 원수니 대장군이니 하는 명칭은 방납이 내린 것인데 그들 외에도 힘깨나 쓰는 편장 스물넷이 더 있었다.

여천우(襄天佑), 오치(吳値), 조의(趙毅), 황애(黃愛), 조중(晁中),

탕봉사(湯逢士), 왕적(王勣), 설두남(薛斗南), 냉공(冷恭), 장검(張儉), 원흥(元興), 요의(姚義), 온극양(溫克讓), 모적(茅迪), 왕인(王仁), 최욱(崔彧), 염명(廉明), 서백(徐白), 장도원(張道原), 봉의(鳳儀), 장도(張韜), 소경(蘇逕), 미천(米泉), 패응기(貝應夔)가 그들이었다. 그들 장수 스물여덟 명은 방천정의 행궁에 모여 싸울 계책을 의논했다.

"지금 송강은 물과 뭍으로 대군을 거느리고 강을 건너와 큰 고을을 셋이나 떨어뜨렸소. 이 항주성은 우리 남국(南國)의 병풍 같은 곳이니 이 성을 잃고 나서 무슨 수로 목주를 지켜 내겠소? 얼마 전 사천태감 포문영이 강성이 오나라 땅을 범하니 큰 화가 미칠 것이라고 하더니 그게 바로 그놈들을 가리키는 말 같소. 그대들은 모두 높은 벼슬과 봉록을 받은 만큼 조금도 소홀하고 게으름 없이 나라의 은덕에 보답해야 할 것이오."

방천정이 그렇게 말하자 여러 장수들은 입을 모아 다짐했다.

"전하께서는 안심하십시오. 이곳의 뛰어난 장수와 날랜 군사들은 아직 한 번도 송강의 군사와 싸워 보지 않았습니다. 지금껏 여러 고을을 잃은 것은 그 성을 지키던 자들이 변변치 못해 일이 그 지경에 이른 것입니다. 듣기로 송강과 노준의는 세 갈래로 길을 나누어 항주를 치러 오는 중이라 합니다. 전하께서는 국사와 더불어 영해군의 성곽을 굳게 지키시어 만 년을 이어갈 대업의 바탕으로 삼으십시오. 저희들 여러 장수는 각기 군사를 거느리고 나아가 적을 맞겠습니다."

그들의 씩씩한 말에 태자 방천정은 매우 흐뭇해했다. 그 자리에서 영을 내려 저희 편도 군사를 세 길로 나누어 송강을 맞받아 치게 하고 스스로는 국사 등원각과 함께 성을 지키기로 했다. 장수들도 세 패로 나누어졌다. 호국원수 사행방은 설두남, 황애, 서백, 미천 네 장수와 함께 덕청현을 구하기로 했고 진국원수 여천윤은 여천우, 장검, 장도, 요의 네 장수를 데리고 독송관을 구하러 가게 되었으며 남리원수 석보는 온극양, 조의, 냉공, 왕인, 장도원, 오치, 염명, 봉의 여덟 장수를 거느리고 성을 나가 송강의 본대를 맞받아치기로 했다. 그들 세 대장이 이끌고 가는 군사는 각기 삼만씩이었다.

그들은 그 같은 배치가 끝나자 저마다 금과 비단을 내려 장졸에게 상을 주고 서둘러 길을 떠났다.

원수 사행방은 덕청현을 구원하려고 항주(杭州)를 떠났다. 원수 여천윤은 독송관으로 향했다. 그 두 갈래 인마의 이야기는 잠시 미뤄 두고 먼저 남리원수 석보의 인마부터 이야기하자.

송강의 대군이 거침없이 나아가다 임평산(臨平山)에 이르니 산꼭대기에 붉은 기가 펄럭이는 것이 보였다. 송강은 정장 화영과 진명에게 먼저 나아가 길을 알아보게 하고 싸움배와 수레들을 재촉해 장안패(長安壩)를 지났다.

송강의 명을 받고 떠난 화영과 진명은 일천 인마를 거느리고 어떤 산모퉁이를 돌다가 바로 적장 석보의 군사와 마주쳤다. 앞장을 섰던 적장 왕인과 봉의가 진명과 화영을 보자 긴 창을 비껴들고 달려 나왔다. 화영과 진명도 진세를 벌이고 나가 싸웠다.

진명은 가시 방망이를 휘두르며 봉의를 덮쳤고 화영은 창을 꼬나들고 왕인과 맞붙었다. 말 네 필이 어울려 여남은 합을 싸웠으나 승부는 쉽게 가려지지 않았다. 진명과 화영은 적군 뒤에 많은 후군이 있는 것을 보고 싸움을 미루기로 했다.

"잠시 쉬었다 다시 싸우자."

진명과 화영이 그렇게 소리치자 봉의와 왕인도 굳이 싸움을 고집하지는 않았다. 이에 네 장수는 각기 말 머리를 돌려 저희 편 진으로 돌아갔다.

"우리 둘이서만 싸우려 들지 말고 얼른 형님에게 알려 다른 계책을 써야겠소."

화영의 그 같은 말에 진명도 머리를 끄덕였다. 군사 하나가 나는 듯이 중군으로 달려가 송강에게 적의 대군이 있음을 알렸다. 송강은 주동, 서령, 황신, 손립 네 장수를 거느리고 지체 없이 화영의 진 앞으로 달려왔다. 그때 적군의 왕인과 봉의가 다시 말을 타고 나와 욕설을 퍼부어 댔다.

"싸움에 져서 쫓겨 간 놈들아, 감히 다시 나와 싸워 보겠느냐?"

그 말을 들은 진명은 몹시 성이 났다. 가시 방망이를 휘두르며 말을 박차 달려 나가 봉의와 다시 맞붙었다. 적장 왕인이 화영을 싸움터로 끌어내려고 역시 욕설을 퍼부었다. 서령이 참지 못하고 말을 박차 창을 끼고 달려 나갔다. 서령과 화영은 금창수, 은창수로 나란히 불리는 터라 화영 또한 말을 박차 달려 나갔다. 그러나 서령이 빨라 화영은 서령을 뒤따르는 꼴이 되었다.

화영은 가만히 화살을 빼서 시위에 얹더니 서령과 왕인이 미처 맞붙기도 전에 시위를 놓았다. 왕인이 화살에 맞아 말에서 떨어지는 것을 보자 반군들은 하나같이 놀라 낯빛이 변했다.

봉의도 왕인이 화살에 맞고 말에서 떨어지는 것을 보자 몹시 놀랐다. 그 바람에 손발이 어지러워져 제대로 맞서 보지도 못하고 진명의 가시 방망이에 얻어맞고 말았다. 봉의까지 말에서 굴러떨어져 죽자 반군은 더 싸울 기세를 잃고 말았다. 이리저리 흩어져 달아나기 시작했다.

송나라 군사가 그 기세를 타고 들이치니 적장 석보는 당해 낼 길이 없었다. 고정산(皐亭山)으로 물러났다가 동신교 아래에 이르러서야 겨우 진세를 수습했다. 그러나 그날은 이미 날이 저물어 더 싸워 볼 수가 없자 반군은 성안으로 물러났다.

다음 날 송 선봉은 대군을 이끌고 고정산을 지나 동신교에 이르러 진채를 내렸다. 그리고 그곳에서 군사를 세 갈래로 나누어 항주를 들이치라는 영을 내렸다.

세 갈래 중 한 갈래는 주동, 사진, 노지심, 무송, 왕영, 호삼랑이 정장과 편장이 되어 탕진로(湯鎭路)를 거쳐 동문을 치기로 했다. 다른 한 갈래는 이준, 장순, 완소이, 완소오, 맹강 등의 수군 두령들이 이끄는 군사로 북신교로 해서 고당(古塘)을 쳐 서쪽 길을 끊은 뒤 호성문(湖城門)을 치기로 되었다. 가운데 길은 마군, 보군, 수군이 세 부대로 나누어 북관문(北關門)과 간산문(艮山門)을 맡기로 했다. 그 첫째 부대는 관승, 화영, 진명, 서령, 학사문, 능진이 이끌었고, 둘째 부대는 대종, 이규, 석수, 황신, 손립, 번서, 포욱, 항충, 이곤, 마린, 배선, 장경, 연순, 송청, 채복, 채경, 욱보사가 이끌었으며, 셋째 부대는 수륙을 오가며 싸우게 되었는데 이끄는 것은 이응, 공명, 두흥, 양림, 동위, 동맹이었다.

송 선봉과 군사 오용은 그 둘째 부대에 자리 잡았다.

각기 나아갈 길이 정해지자 송나라 군사의 대군은 일제히 밀고 나아갔다. 중군의 앞장은 관승이 이끄는 군사들이었다. 관승이 동신교까지 나아가 보니 반군은 그림자조차 보이지 않았다. 의심이 생긴 관승은 다리에서 물러나 송 선봉에게 그 사실을 알렸다.

"가볍게 나아가지 마시오. 날마다 두 두령들을 번갈아 내보내 적을 염탐한 뒤에 움직여야 할 것이오."

송강이 대종을 시켜 그런 명을 전해 왔다. 그 같은 명에 따라 첫날에는 화영과 진명이 나가 살폈고 이튿날에는 서령과 학사문이 나가 적의 움직임을 살펴보았다. 그러나 며칠이 지나도 적은 움직이는 기색이 전혀 없었다.

그러던 어느 날이었다. 서령과 학사문이 정탐할 차례가 되어 둘은 마군 수십 기를 거느리고 북관문까지 가 보았다. 성문이 활짝 열려 있어 둘은 적교 부근까지 가서 살폈다. 그때 성벽 위에서 북소리가 요란히 울리더니 성안에서 한 떼의 인마가 뛰쳐나왔다.

서령과 학사문은 놀라 말 머리를 돌리려 했다. 그런데 이번에는 성 서쪽 길에서 함성이 크게 일며 일백여 기의 마군이 뛰쳐나왔다. 서령은 죽기로 싸워 겨우 마군을 헤치고 나왔으나 돌아보니 학사문이 눈에 띄지 않았다.

놀란 서령이 싸우던 자리로 되돌아가 보니 적장 몇 명이 학사문을 사로잡은 채 성안으로 끌고 들어가는 중이었다. 서령이 학사문을 구하려고 돌아서는데 갑자기 화살이 날아와 목에 꽂혔다. 싸울 수가 없게 된 서령은 목에 화살을 꽂은 채 말을 박차 달아나려 했다.

그런 서령을 적장 여섯이 바짝 뒤쫓았다. 그때 다행히도 관승을 길에서 만나 서령은 겨우 구원되었으나 피를 너무 흘려 정신을 잃고 말았다.

관승은 적장 여섯을 성안으로 쫓아 버리고 진채로 돌아와 송강에게 그 일을 알렸다. 송강이 급히 달려와 보니 서령은 목뿐만 아니라 눈, 귀, 코, 입 해서 일곱 구멍으로 줄줄이 피를 쏟고 있었다. 송강은 눈물을 흘리며 진중에 있는 의원을 불러 화살을 뽑고 약을 붙이게 했다. 그리고 서령을 장막 안으로 옮겨 몸소 보살폈다.

그날 밤 서령은 서너 번이나 정신을 잃었다가 깼다가 했다. 송강은 그제야 비로소 독화살에 맞은 줄을 알았다.

"신의 안도전은 도성으로 불려 가고 여기는 서령을 살릴 용한 의원이 없다. 이렇게 팔다리 같은 형제를 잃고 마는가!"

송강은 하늘을 쳐다보며 그렇게 탄식했다. 오용은 송강이 상심하는 것을 보고 걱정이 되었다. 송강을 자신의 거처로 돌아가게 하고 인정에 사로잡혀 큰일을 그르치지 않도록 위로하고 권했다.

송강은 사람을 시켜 서령을 수주로 보내 치료하게 했다. 그러나 맞은 화살이 독을 바른 것이라 서령은 좀체 낫지 않았다. 송강은 또 사로잡혀 간 학사문이 걱정되었다. 사람을 풀어 알아보게 했더니 이튿날 염탐을 나갔던 군졸이 돌아와 알렸다.

"항주의 북관문 성 위에 학사문의 목을 매단 장대가 세워져 있었습니다."

학사문은 방천정에게 몹쓸 형을 당하고 죽은 것이었다. 그 소식을 들은 송강은 상심해 마지않았다. 그런데 다시 보름도 안 돼 서령이 죽었다는 소식이 왔다. 송강은 장수 둘을 한꺼번에 잃고 나자 대군을 세워 두고 함부로 움직이지 못하게 하면서 큰길만 지키고 있을 뿐이었다.

그때 이준은 북신교에 진세를 벌이고 있으면서 군사를 나누어 고당의 깊은 산속으로 가서 길을 알아보게 했다. 그런데 학사문이 적에게 죽임을 당하고 서령도 화살에 맞아 죽었다는 소식을 듣자 그냥 있을 수 없었다. 장순과 더불어 머리를 맞대고 의논했다.

"생각건대 우리가 있는 이곳은 독송관과 호주, 덕청 세 곳으로 드나들기 위해서는 가장 요긴한 길목인 것 같소. 적병들이 모두가 이리로 드나드는 만큼 우리가 목덜미 같은 이곳을 지키고 있다가 양쪽에서 협공이라도 받게 되면 큰일이오. 우리 군사가 많지 않으니 막아 내기 어려울 것이외다. 차라리 서산(西山) 깊숙한 곳으로 치고 들어가 거기에 진채를 내리는 게 좋겠소. 서호(西湖) 물 위에서 싸움판을 벌여도 좋고 산 서쪽으로 계곡이 있어 빠져 나가기도 쉬우니 실로 우리가 자리 잡기에 알맞은 곳이오."

그렇게 의논을 마친 뒤 이준은 얼른 졸개 하나를 송강에게로 보내 허락을 받아 오게 했다. 그런 다음 병사를 거느리고 도원령

(桃源嶺) 서산 깊숙한 곳으로 갔다. 지금의 영은사(靈隱寺)가 바로 그곳이다. 이준과 장순은 산 북쪽 서계산 어귀에 작은 진채를 얽게 하고 앞선 군사들을 당가와(唐家瓦)까지 보내 정탐하게 했다. 그러던 어느 날 장순이 이준을 보고 말했다.

"적군들은 이미 모두 항주성 안으로 들어가 버린 것 같습니다. 우리가 여기에 진을 친 지 벌써 보름이 넘었건만 적은 얼씬도 하지 않았습니다. 이렇게 산속에 처박혀 있어서야 언제 공을 세울 수 있겠습니까? 아우의 생각으로는 이렇게 했으면 좋겠습니다. 제가 몰래 호수를 헤엄쳐 가 수문을 통해 성안으로 숨어든 뒤 불을 놓아 신호를 하겠습니다. 형님께서는 얼른 군사를 내어 그 수문을 빼앗은 뒤 송공명 형님께 알려 세 길로 일제히 성을 치도록 하십시오."

이준은 한편으로는 반가워하면서도 한편으로는 걱정을 했다.

"그 계책이 아주 좋지마는 자네 혼자 힘으로는 이루기 어려울 것 같아 걱정이네."

"제가 송공명 형님께 받은 은덕에 비하면 아무것도 아닙니다. 목숨을 잃은들 무에 두렵겠습니까!"

장순이 그러면서 기어이 떠나려 했다. 이준이 한 번 더 그를 말렸다.

"이보게 아우, 좀 천천히 떠나도록 하게. 내가 먼저 송강 형님에게 아뢴 뒤에 인마를 점검해서 그 계책에 응할 수 있도록 하는 게 좋겠네."

그러나 장순은 이미 마음을 정한 사람이었다.

"저는 저대로 떠나고 형님은 형님대로 사람을 보내 알리면 될 겁니다. 제가 성안에 들어갔을 때는 송강 형님도 이 일을 아실 수 있을 것 아닙니까."

그러면서 떠날 채비를 했다.

그날 밤 장순은 칼 한 자루를 몸에 품은 채 술과 밥을 든든히 먹고 서호로 나갔다. 물가에 이르러 바라보니 세 면은 푸른 산이 요, 한 면은 푸른 물이었다. 호수 쪽으로 난 항주성의 네 대문이 멀리 바라보이는데 전당문(錢塘門), 용금문(湧金門), 청파문(清波門), 전호문(錢湖門)이 바로 그 네 대문이다.

항주는 북송(北宋) 이전에는 청하진(清河鎭)이라 불렸다. 그러다가 전왕(錢王) 때 항주 영해군으로 이름을 고치고 열 개의 성문을 세웠다. 동쪽에는 채시문·천교문이요, 남쪽에는 후조문·가해문이며, 서쪽에는 전호문·청파문·용금문·전당문이요, 북쪽에는 북관문·간산문이었다. 뒷날 고종(高宗) 황제께서 남쪽으로 옮기신 뒤 그곳을 도읍으로 정하고 화화(花花) 임안부(臨安府)라 이름하고 다시 성문을 세 개 더 냈다.

지금 방천정이 소혈을 차리고 앉은 것은 바로 전왕 때의 도읍터인데 성의 둘레는 팔십 리나 되었다. 비록 고종이 도성을 옮기던 그때처럼 그렇게 넉넉하지는 못하지만 산과 강이 아름답고 사람들이 호화롭게 살아 '위로는 천당, 아래로는 소항(蘇杭)'이라는 말이 있을 정도였다.

따라서 항주를 노래한 시인 묵객들의 글은 이루 다 헤아릴 수 없을 만큼 많으나 여기서는 동파 소식의 시 한 수만 살펴보자.

찰랑이며 반짝이는 호수 물은 맑은 날 보기에 좋고
안개 낀 산색은 비 오는 날 또한 아름다워라
서호를 옛적 미인 서시에 비긴다면
단장의 짙고 옅음도 또한 그러하리라

　장순은 서릉교(西陵橋)에서 한참이나 취한 듯 바라보았다. 때는 마침 따뜻한 봄철이라 잔잔하고 푸른 호수 물에 사면의 산들이 비쳐 어른거렸다.
　'심양강 가에서 태어나 거센 풍랑을 수없이 겪어 왔지만 언제 한번 이렇게 아름다운 호수를 본 적이 있었던가. 여기서라면 죽더라도 아주 즐거운 귀신이 될 수 있을 게다.'
　장순은 그렇게 홀로 중얼거리면서 옷을 벗어 다리 밑에 놓고 헤엄치기 좋도록 머리를 묶었다. 그런 다음 한 자루 날카로운 비수를 단 허리띠를 묶더니 맨발로 호수에 뛰어들어 물밑으로 헤엄쳐 나아갔다. 때는 초경이라 달빛이 으스름해 어렵지 않게 용금문 가에 이를 수 있었다. 장순은 거기서 머리를 물 밖으로 내밀고 귀를 기울여 보았다. 성벽 위의 북이 초경 넉 점을 알렸다.
　성 밖은 고요하기 짝이 없고 사람 하나 얼씬거리지 않았다. 다만 성벽 위에만 네댓 사람이 망을 보고 있을 뿐이었다. 장순은 다시 물속에 들어가 한참 있다가 물 위로 고개를 내밀었다. 성벽 위에 있던 몇 사람마저 보이지 않았다.
　장순은 비로소 수문 있는 데로 헤엄쳐 갔다. 수문에는 쇠창살이 되어 있고 안으로는 발을 둘러놓았으며 발에는 방울들을 달

아 놓고 있었다. 쇠창살이 워낙 든든해 성안으로 들어갈 수 없게
된 장순은 한 손을 들이밀어 발이 묶인 밧줄을 당겨 보았다. 방
울 소리가 짤랑짤랑 시끄럽게 울렸다.

그러자 성벽 위의 사람들이 방울 소리를 듣고 큰 소리로 떠들
어댔다. 장순은 물밑으로 내려가 호수 가운데로 헤엄쳐 갔다. 성
벽 위의 군사들이 내려와 발을 살피는 듯했다. 그러나 아무것도
보이지 않자 도로 성벽 위로 올라가면서 저희끼리 떠들어 댔다.

"커다란 물고기가 물을 따라 들어왔다가 발을 건드린 게 틀림
없다."

말은 그래도 군사들은 한참이나 수문 쪽을 살펴보았다. 그러다
가 오랫동안 아무런 기척이 없자 제각기 돌아가 잠이 들었다.

장순은 성벽 위에서 삼경을 알리는 북소리를 듣고서야 다시
움직이기 시작했다. 이제는 군사들이 모두 잠에 곯아떨어졌으리
라 짐작하고 나서였다. 이미 물밑으로는 들어갈 수 없음을 아는
터라 장순은 언덕으로 기어올라 갔다. 거기서 가만히 살펴보니
성벽 위에는 사람의 그림자가 보이지 않았다. 장순은 성벽으로
기어오르려다가 문득 생각했다.

'함부로 기어오르다가 성벽 위에 사람이 있게 되면 부질없이
목숨만 잃고 만다. 먼저 자세하게 살펴봐야겠다.'

이어 장순은 흙덩이를 몇 개 주워 성 위로 던져 올렸다. 그러
자 잠들지 않고 있던 군사들이 큰 소리를 치며 다시 수문으로 몰
려들었다.

군사들이 횃불을 켜 수문을 살펴보았으나 누가 있을 리 없었

다. 한동안 공연히 수선만을 떨다가 다시 망루로 올라간 군사들은 호수를 살펴보았다. 호수에도 배 한 척 보이지 않았다. 실은 배야 있으려야 있을 수도 없었다. 방천정이 명을 내려 배란 배는 모두 청파문 밖과 정자(淨慈) 나루에 묶어 두고 다른 성문들 근처에는 얼씬거리지 못하게 한 까닭이었다.

"그것참 괴이쩍은 일이군."

"틀림없이 귀신의 장난이야. 더는 알은척하지 말고 우리 모두 돌아가 잠이나 자자구."

성벽 위의 군사들은 서로 그렇게 떠들면서 잠자리로 돌아가는 척했다. 그러나 본시가 꾀 많은 도둑 떼라 그대로 돌아가지 않고 모두 성벽 가에 엎드려 수문 쪽을 엿보고 있었다.

장순은 몸을 숨긴 채 가만히 성벽 위의 움직임에 귀를 기울였다. 그러나 한참이 지나도 아무런 움직임이 느껴지지 않아 몸을 일으켰다. 성벽 가로 다가간 그는 다시 귀를 세우고 성벽 위쪽의 움직임을 엿들었으나 시간을 알리는 북소리조차 들리지 않았다.

그래도 장순은 함부로 성벽을 기어오를 수 없었다. 먼저 작은 흙덩이를 던져 올려 보았다. 그러나 이번에도 아무런 움직임이 없었다. 장순은 속으로 생각했다.

'벌써 사경이 되었으니 곧 날이 샐 것이다. 지금 성벽 위로 기어오르지 않고 언제까지 기다릴 것인가.'

그러고는 성벽 위로 기어오르기 시작했다. 너무도 어이없게 적병들의 잔꾀에 걸려든 것이었다. 장순이 성벽을 반쯤 기어올라 갔을 때 성벽 위쪽에서 딱딱이 소리가 나더니 숨어 있던 적병들이 한꺼번에 일어났다. 놀란 장순은 성벽 중간 어름에서 다시 물속으로 뛰어내려 숨으려 했다. 하지만 잔뜩 노리며 기다리고 있던 적병들이 그럴 틈을 주지 않았다. 성벽 위에서 쇠뇌와 활을 빗발같이 쏘아붙이고 돌멩이를 쏟아내니 장순이 무슨 수로 피할 수 있겠는가. 가엾게도 장순은 용금문 밖 물속에서 목숨을 잃고 말았다.

　　싸움 잘하는 이는 싸움터에서 죽게 된다더니
　　헤엄 잘 치는 이 마침내 물속에서 목숨을 잃었네
　　물동이는 우물가에서 깨어지게 마련
　　권하노니 그대도 영웅이라 뽐내지 마라

라는 시가 있는데 꼭 장순에게 이르는 말 같았다.

　한편 송강도 낮에 이준이 보낸 전갈을 받고 장순이 몰래 물속으로 성안에 들어가 불을 질러 신호를 보내기로 했다는 것을 알고 있었다. 송강은 동문 쪽에 있는 장졸들에게 그 일을 알려 조금이라도 장순이 위태롭게 되면 손을 쓸 수 있게 채비를 시켰다.

　그런데 그날 밤이었다. 송강이 장막 안에서 오용과 앞일을 의논하다가 새벽 무렵 피곤해서 좌우를 물리고 탁상에 앉아 잠들었는데 갑자기 찬바람이 일어 잠에서 깨어났다. 촛불은 희미하고 찬 기운이 온몸에 스며드는 게 심상한 일 같지가 않았다. 잠기운이 확 달아난 송강은 정신을 가다듬고 사방을 살펴보았다. 찬 기운 속에 사람 같기도 하고 귀신 같기도 한 것이 피투성이가 되어서 있다가 나직이 말했다.

"아우는 여러 해 형님을 따라다니면서 두터운 은혜와 사랑을 받아 왔습니다. 이제 용금문 아래에서 화살과 창에 맞아 죽게 되었으니 작은 보답은 되었을는지요. 삶과 죽음의 길이 달라 이렇게 형님에게 작별을 아뢰러 왔습니다."

"이게 장순 아우가 아닌가."

목소리를 듣고서야 그를 알아본 송강이 놀라 그렇게 부르짖었다. 그런데 고개를 돌려 다른 쪽을 보니 거기에도 온몸이 피투성이가 된 사람 서넛이 서 있었다. 누구누구인지 뚜렷이 알아볼 수는 없었으나 대개 눈에 익은 모습들이었다. 송강은 슬픔을 못 이겨 울다가 문득 깨어나 보니 모든 게 한바탕 꿈이었다.

"그것참 괴이쩍은 일이다."

울음소리를 듣고 몰려드는 사람들에게 송강은 꿈 이야기를 하며 그렇게 말했다. 그리고 오용을 불러 방금 꾼 꿈을 풀이해 보게 했다.

"형님께서는 피로해서 잠시 조신 것뿐인데 꿈다운 꿈이 어찌 있을 수 있겠습니까?"

이야기를 듣고 난 오용이 고개를 갸웃거리며 그렇게 대꾸했다. 송강이 다시 한번 꿈 이야기를 되풀이했다.

"방금 찬 기운 속에 서 있던 것은 틀림없이 장순이었네. 온몸이 피투성이가 되어 내게 말하더군. 아우는 '여러 해 형님을 따라다니면서 두터운 사랑을 받아 왔습니다. 오늘 용금문 아래에서 화살과 창에 맞아 죽게 되니 이에 형님께 작별 인사를 드리러 왔

습니다.'라고 하지 않겠나? 게다가 고개를 돌려 보니 다른 쪽에
도 피투성이된 사람들이 서 있기에 울다가 깨어난 것이네."

"아침에 이준이 보낸 전갈 때문이겠지요. 장순이 호수로 해서
성안으로 들어가 신호를 올린다고 했으니 형님께서 너무 걱정하
시다가 그런 나쁜 꿈을 꾸신 듯합니다."

오용이 되도록이면 꿈을 좋게 풀이하려고 애썼다. 그러나 송강
은 무겁게 고개를 저었다.

"장순은 심지가 남달리 빼어난 사람이오. 아무래도 억울하게
죽임을 당한 것 같소."

그제야 오용도 어두운 얼굴이 되어 받았다.

"서호로부터 성으로 다가가자면 위태롭고 험한 데가 한두 곳
이 아닙니다. 어쩌면 장순이 목숨을 잃어 그 혼백이 형님의 꿈에
나타난 것인지도 모르지요."

"그렇다면 나머지 서너 사람은 또 누구누구겠소?"

송강이 더욱 슬프고 놀란 표정이 되어 그렇게 물었다. 그러나
오용도 자리에 앉은 채로는 알 수가 없었다. 송강과 걱정스레 의
논하면서 남은 밤을 뜬눈으로 새웠다. 그래도 성안에는 아무런
움직임이 없어 의심만 더해질 뿐이었다. 이준이 사람을 보내 급
한 전갈을 알려 온 것은 한낮이 훨씬 지나서였다.

"장순이 성안으로 들어가려고 용금문으로 갔다가 화살에 맞아
물에서 죽었습니다. 적병들은 그의 머리를 장대 끝에 매달아 서
호 성벽 위에 높이 꽂아 놓고 여럿에게 보이고 있습니다."

그 슬프고 놀라운 소식을 들은 송강은 목 놓아 울다가 정신을

잃고 오용과 다른 장수들도 저마다 슬퍼해 마지않았다. 장순은 원래가 사람됨이 좋아 모든 형제들로부터 사랑을 받고 있었던 까닭이었다.

"어버이를 여의었다고 해도 이토록 비통하지는 않았을 것이오. 심장을 찢고 뼈를 깎는 듯하구려."

이윽고 깨어난 송강이 그렇게 울부짖었다. 오용을 비롯한 여러 장수들이 그런 송강을 달래었다.

"형님, 형님께서는 나라의 큰일을 생각하셔야 합니다. 형제의 정을 못 이겨 몸을 상하게 해서는 안 됩니다."

그러나 송강은 그대로는 슬픔을 삭여 낼 수가 없었다. 문득 몸을 일으키며 말했다.

"내 직접 물가로 나가 장수의 제사를 드려야겠소."

"형님께서 몸소 위험한 땅으로 가셔서는 아니 됩니다. 적병들이 그걸 알면 떼를 지어 덤벼들 것인데 그때는 어떡하시겠습니까?"

오용이 다시 그렇게 말렸으나 송강은 듣지 않았다.

"나에게 방도가 있으니 너무 걱정하지 마시오."

그러고는 이규, 포욱, 항충, 이곤을 불러 보군 오백 명을 거느리고 먼저 나아가 길을 알아보게 한 뒤 자신은 석수, 대종, 번서, 마린과 함께 군사 오백 명을 거느리고 은밀히 서산 오솔길로 해서 이준의 영채에 이르렀다.

송강을 맞은 이준은 영은사의 주지실을 비워 쉬게 하였다. 송강이 이준과 함께 또 한바탕 슬피 울고 나서 절의 스님들을 청하여 경을 읽으면서 장순의 명복을 빌게 했다.

다음 날 송강은 날이 어둡기를 기다려 호숫가에다 '망제정장(亡弟正將) 장순지혼(將順之魂)'이라 쓴 백기를 물가에 세우게 한 뒤 서릉교 위에다 제물을 가득 차려 놓았다. 그렇지만 제사에 정신이 팔려 모두 잊고 있지는 않았다. 송강은 먼저 이규를 불러 미리 생각한 계책을 주고 북쪽 산길 어귀에 숨어 있게 했다. 또 번서, 석수, 마린에게도 군사를 나누어 주며 다리에 매복하게 한 뒤 대종만 자기 곁에 남게 하였다.

초경쯤 되어 송강은 흰 전포를 입고 금 투구 위에 흰 명주 수건을 둘러 상복을 갖춘 다음 대종과 예닐곱 명의 스님을 데리고 진채를 나섰다. 소행산(小行山)을 돌아 서릉교 위에 이르니 군사들은 이미 검은 돼지와 흰 양에 갖가지 제물을 차려 놓고 기다리는 중이었다.

환하게 밝힌 촛불 아래 향을 사른 뒤 송강은 용금문을 바라보며 한차례 곡을 하고 장순의 명복을 빌었다. 스님들이 방울을 울리고 염불을 외워 장순의 혼백을 명정 위에 내리게 하고 대종이 제문을 읽어 그 혼백을 위로했다. 송강은 다시 영전에 술을 부어 놓고 동쪽 하늘을 향해 슬피 곡을 했다.

송강이 한참 곡을 하고 있는데 갑자기 다리 양편에서 크게 함성이 일더니 남산과 북산에서 일시에 북소리가 나며 두 떼의 인마가 송강을 향해 밀려들었다. 방천정이 보낸 적병들이었다.

그날 방천정은 송강이 서릉교에서 장순의 제사를 지내고 있다는 말을 듣자 대장 열 명을 두 길로 나누어 내보내 송강을 사로잡게 하였다. 남쪽 길로는 오치, 조의, 조중, 원흥, 소경 등 다섯 적장이 삼천의 인마를 거느리고 나오고 북쪽 길로는 온극양, 최욱, 염명, 모적, 탕봉사 등 다섯 적장이 역시 삼천 인마를 거느리고 나왔다.

하지만 다리 왼편에는 이미 번서와 마린이 오른쪽에는 석수가 각기 오천 명의 군사를 거느리고 매복해 있었다. 그들은 적병의 함성에 이어 횃불이 보이자 자신들도 일시에 횃불을 밝혀 들고 두 길로 뛰쳐나가 남북쪽으로 갈라져 오는 적병을 들이쳤다.

송나라 군사가 미리 채비를 하고 숨어 있다가 뛰쳐나오는 것을 보자 놀란 적병들은 급히 오던 길로 되돌아섰다. 송나라 군사들은 그런 적을 양쪽으로 뒤쫓으며 두들겼다. 거기다가 북산 어귀에도 송나라 군사의 매복이 또 있었다.

북쪽 길로 온 적장 온극양은 다리께에서 쫓겨 급히 되돌아가려고 강을 건넜다. 그런데 갑자기 보숙탑(保叔塔) 산 뒤에서 완소이와 완소오, 맹강이 이끄는 오천 인마가 뛰쳐나와 돌아갈 길을 막아버렸다. 앞뒤로 송나라 군사를 맞게 된 적병들은 여지없이 무너지기 시작했다. 적장 모적은 사로잡히고 탕봉사는 창에 찔려 죽었으며 졸개들도 태반이 상했다.

산 남쪽으로 온 적병들도 성치 못했다. 적장 오치는 네 장수와 더불어 송강을 사로잡으러 왔다가 오히려 매복해 있던 송나라 군사에게 쫓기어 급히 물러났으나 결국은 낭패를 당했다. 정향교(定香橋)에 이르렀을 때 이규와 포욱, 항충, 이곤이 거느린 오백 명의 보군과 맞닥뜨린 까닭이었다.

항충과 이곤은 적병의 턱밑까지 다가들어 방패를 휘두르고 칼을 날려 적장 원홍을 쓰러뜨렸으며 포욱은 큰 칼로 적장 소경을 베어 넘겼다. 이규도 도끼로 적장 조의를 쪼개 버렸다. 그리고 나머지 호숫가로 쫓긴 적병은 태반이 물귀신이 되고 말았다.

겨우겨우 도망친 졸개들이 급히 성안으로 돌아가 알려 적의 구원병이 급하게 달려 나왔다. 하지만 그때는 이미 송강의 인마는 모두 산속 영은사로 돌아가 공을 아뢰고 상을 받은 뒤였다. 그날 송나라 군사는 산 남북쪽에서 빼앗은 좋은 말만 해도 오백 필이 넘었다. 송강은 석수, 번서, 마린을 남겨 이준과 함께 서호의 산채를 지키면서 성을 칠 준비를 하게 하고 대종과 이규만 데리고 고정산에 있는 대채로 돌아갔다.

원수를 갚고 영해군을 되찾다

송강이 돌아오자 오용을 비롯한 장수들이 모두 나가 중군 장막 안으로 맞아들였다. 송강은 자리를 잡고 앉기 바쁘게 군사 오용에게 말하였다.

"이번에 내가 계책을 써서 네 적장의 목을 얻고 모적이란 놈을 사로잡았소. 모적은 장 초토께 압송시켜 목을 벤 뒤 여럿에게 보이도록 할 작정이오."

조금은 분이 풀린다는 표정이었다. 그러나 독송관과 덕청의 소식을 몰라 답답한지 대종을 보내어 속히 알아보게 했다. 명을 받고 떠난 대종은 며칠 안 돼 돌아와 송강에게 알렸다.

"노 선봉께서는 이미 독송관을 넘으셨다고 합니다. 오래잖아 이곳에 이르실 것입니다."

송강은 반가우면서도 걱정이 되어 그쪽 장졸들의 앞일을 물었다. 대종이 좋은 얼굴로 대답했다.

"그곳 싸움의 형편은 제가 자세히 들어 알고 있습니다. 게다가 여기 노 선봉께서 보낸 공문도 있으니 너무 걱정하지 마십시오."

"또 형제 몇 사람을 잃지는 않았는가. 나를 속이려 들지 말고 바른대로 일러 주게."

송강은 아무래도 며칠 전의 꿈이 마음에 걸리는지 그렇게 물었다. 대종이 어쩔 수 없다는 듯 아는 대로 들려주었다.

"노 선봉께서 독송관에 이르러 보니 관 양편은 모두 높은 산이고 그 산 가운데로 한 갈래의 길이 있을 뿐이었다고 합니다. 관은 산 위에 있는데 그 곁에 높이가 백 자도 넘는 고목이 있어 산 위에서는 사방 어디나 다 내려다볼 수 있지만 산 아래서는 소나무가 빽빽이 들어차 위를 볼 수가 없었다더군요. 관은 적장 셋이 지키고 있었는데 우두머리는 오승이란 놈이고 나머지는 장인과 위형이란 놈이었습니다. 처음에는 그들도 관에서 내려와 싸웠다고 하더군요. 하지만 임충의 창에 적장 장인이 다친 뒤로는 오승도 관에서 내려올 엄두를 못 내고 그저 틀어박혀 지키기만 했습니다. 그런데 여천윤이란 적장이 여천우, 장검, 장도, 요의를 거느리고 독송관으로 와서 싸움을 돕자 힘을 얻은 적병들은 이튿날 다시 관에서 내려와 싸우게 되었습니다. 그러나 적장 여천우가 말을 몰아 나왔다가 여방과 싸움 끝에 찔려 죽자 적장들은 다시 관으로 들어가 내려오지 않게 되었습니다."

거기서 대종의 목소리는 조금씩 무거워지기 시작했다.

"노 선봉께서는 며칠이나 독송관 아래서 기다리다가 산세가 험한 것을 보고 구붕, 등비, 이충, 주통을 보내 산으로 오르는 길을 알아보게 하였다고 합니다. 그런데 그들 네 장수는 뜻밖에도 동생의 원수를 갚으려고 관을 나온 여천윤과 맞닥뜨리고 말았습니다. 적장 여천윤은 주통을 단칼에 베어 죽이고 이충에게도 상처를 입혔습니다. 구붕과 등비는 탈없이 구원되어 진채로 돌아왔지만 조금만 지체했어도 세 장수가 모두 죽을 뻔했다는 것입니다. 다음 날 쌍창장 동평이 주통이 죽고 이충이 다친 것을 설욕할 생각으로 관 아래로 가서 싸움을 걸었는데 거기서 또 좋지 않은 일이 생겼습니다. 동평이 성벽 아래서 말을 세우고 적장에게 욕설을 퍼붓다가 성 위에서 내리쏘는 화포에 왼팔을 다친 것입니다. 영채로는 무사히 돌아왔으나 창도 쓰지 못할 만큼 많이 다쳐 팔에 나뭇조각을 대고 묶어야 할 정도였습니다. 그런데도 다음 날 동평이 기어이 복수를 하겠다고 나서는 것을 노 선봉이 겨우 말려 잡아 두었다고 합니다. 그 바람에 동평은 나가지 못했으나 하룻밤을 자고 팔이 좀 나은 것 같자 노 선봉께는 알리지도 않고 몰래 장청(張淸)과 함께 의논한 뒤 말도 타지 않고 독송관으로 올라갔습니다. 적장 여천윤과 장도가 그들을 보고 관을 나와 싸움을 걸어오자 동평은 여천윤을 사로잡을 욕심으로 그와 맞붙었습니다. 하지만 적장 여천윤도 장창을 잘 쓰는 데다 동평은 왼팔이 말을 듣지 않으니 어찌 적수가 될 수 있겠습니까. 여남은 합을 싸우다 몰린 동평이 할 수 없이 물러나는 걸 여천윤은 더욱 기세 좋게 몰아세웠습니다. 그걸 본 장청이 창을 꼬나들고 달려 나와 여천윤을 찔렀지만 그가 소나무 뒤로 피하는 바람에 그만 나무를 찌르고 말았다고 합니다. 힘들여 내지른 창이라 쉽게 창날이 빠지지 않아 그걸 빼려고 장청이 애쓰는데 여천윤이 틈을 놓치지 않고 창을 내질러 먼저 장청이 목숨을 잃게 되었지요. 그리고 그걸 본 동평이 급히 쌍창을 휘두르며 달려 나가다가 다시 몹쓸 일을 당했습니다. 적장 장도가 동평 뒤편에서 불시에 칼로 내리찍어 그만 죽고 만 것입니다."

대종이 거기서 다시 한번 말을 멈추고 숨을 가다듬은 뒤에야 이어갔다.

"한참 뒤에야 동평과 장청이 진채를 나간 것을 알고 노 선봉께서 급히 구원을 나갔지만 그때는 이미 모든 게 늦은 뒤였습니다. 적병들은 동평과 장청의 시신을 끌고 관 안으로 들어가 버려 어찌해 볼 방도가 없었다는 것입니다. 그러다가 손신과 고대수 내외가 피난민으로 꾸미고 깊은 산속에서 오솔길을 찾게 됨으로써 겨우 실마리가 풀렸다고 합니다. 그들이 이립, 탕륭, 시천, 백승을 데리고 몰래 독송관으로 올라가 밤중에 여기저기 불을 지르니 적장들은 이미 송나라 군사가 관 안으로 쳐들어온 줄 알고 모두 도망쳐 버린 것입니다. 그 덕분에 노 선봉께서는 이렇다 할 싸움 없이 독송관을 얻게 되었지요. 관에 올라간 노 선봉께서 장졸들을 점고하여 보니 손신과 고대수는 적장의 우두머리 오승을 사로잡고 이립과 탕륭은 장인을 사로잡고 시천과 백승은 위형을 사로잡아 두고 있었습니다. 노 선봉께서는 그 세 놈을 장 초토에게 끌고 가게 하고 동평과 장청, 주통의 시신을 수습하여 장례를 지낸 뒤 원수 갚음에 나섰습니다. 독송관을 넘어 적을 뒤쫓기를 사오십 리, 마침내 여천윤을 따라잡은 뒤 서른 합을 넘게 싸운 끝에 그놈을 찔러 죽였다고 합니다. 분한 것은 적장 장검, 장도, 요의가 남은 졸개들을 거느리고 맞서는 척하다 틈을 타서 달아나 버린 일입니다. 노 선봉께서 이제 곧 이곳으로 오시겠지만 혹시라도 제 말이 미심쩍으시거든 이 공문을 보십시오."

그러면서 대종이 내미는 공문을 본 송강은 슬픔을 못 이겨 줄줄이 눈물을 쏟았다. 오용이 그런 송강을 일깨웠다.

"노 선봉께서 싸움에 이기셨으니 이제 군사를 풀어 양편에서 들이치면 적은 반드시 무너지고 말 것입니다. 그 전에 먼저 군사를 보내 호주에 있는 호연작의 인마도 불러들여 돕게 하는 게 좋겠습니다."

"옳은 말이오."

송강은 슬픔 중에도 그렇게 고개를 끄덕이고 곧 이규, 포욱, 항충, 이곤에게 보군 삼천을 주어 산길로 가서 호연작을 돕게 하였다.

한편 송강의 정장 주동은 탕진으로 가는 길을 지나 채시문(茱市門) 밖에서 동문을 치고 있었다. 그때 동쪽 길의 강가에는 시골집과 주막들이 빽빽이 들어앉아 성안보다 더욱 북적거렸고 논밭도 끝없이 펼쳐져 있었다. 성벽 가에 이르러 진세를 벌인 뒤 노지심이 먼저 앞장을 섰다.

"야, 이 더러운 놈들아, 어서 나와 한바탕 싸워 보자!"

노지심이 쇠로 만든 선장을 들고 성 밑으로 가 걸쭉하게 욕설을 퍼부으며 싸움을 걸었다. 성벽 위의 군사들은 험악하게 생긴 중이 싸움을 걸어오자 얼른 태자궁에 들어가 그 일을 알렸다. 보광국사 등원각은 중이 와서 싸움을 건다는 말을 듣자 스스로 나와서 말했다.

"소승이 듣기로 양산박에는 노지심이라고 부르는 중이 있어 쇠로 만든 선장을 잘 쓴다고 했습니다. 소승이 나가 그놈과 몇 합 겨뤄 볼까 하오니 전하께서는 동문 성루에 오르시어 구경이나 해 주십시오."

방천정은 그 말에 몹시 기뻐하며 명을 내려 여덟 맹장과 원수 석보를 불러들인 뒤 함께 채시문 성벽 위에 올라가 등원각이 싸우는 것을 구경하기로 했다. 싸움에 나서는 보광국사는 보기에도 그럴듯했다. 시뻘건 장삼에 범의 힘줄로 엮은 띠를 맸는데 목에는 일곱 가지 보석으로 번쩍이는 염주를 걸고 발에는 노루 가죽으로 만든 신을 신고 있었다. 장삼 안으로는 비단실로 짠 호심경을 감추고 손에는 번쩍이는 쇠 선장을 든 채 성문에 이르니 적교가 내려졌다. 등원각은 그 다리 위로 보군 오백 명을 거느리고 기세 좋게 달려갔다.

"역적 놈들의 군중에도 저런 중대가리가 있었구나. 저놈에게 선장 맛을 백 대만 보여 주리라!"

노지심이 그렇게 중얼거리면서 한마디 말도 걸어 보는 법 없이 곧장 선장을 휘두르며 달려 나갔다. 보광국사도 지지 않고 선장을 휘둘러 맞받아쳤다. 둘 다 중의 복색을 하고는 있었지만 성나 있는 노지심에게는 청정한 마음이란 전혀 없고 역적의 앞잡이가 된 등원각에게도 자비심 같은 것은 찾아볼 수 없었다.

한쪽은 불도를 닦은 일도 없고 캄캄한 밤에 사람만 죽였으며 다른 한쪽은 경문조차 읽은 일 없이 바람 부는 날 불만 질러 댄 땡중이었다. 그리하여 이 중은 한평생 양무제(梁武帝)의『참선록』을 읽지 못했고 저 중 또한 평생을 달마 대사조차 알지 못하니 군이 그 싸움을 중들의 싸움이라 할 것도 없었다.

노지심과 보광국사는 쉰 합을 넘게 싸웠으나 좀체 승부가 나지 않았다. 성루에 앉아 구경하던 방천정이 석보를 돌아보며 말했다.

"양산박의 화화상 노지심이란 자가 있다더니 정말 이름만 헛되게 전해진 것이 아니로구나. 저렇게 오래 싸우면서도 보광국사에게 조금도 빈틈을 보여 주지 않다니!"

"실로 놀랄 지경입니다. 서로가 만나기 어려운 적수를 만난 것 같습니다."

두 사람이 그렇게 주고받고 있는데 탐마가 나는 듯이 달려와 알렸다.

"북관문 아래쪽으로도 적의 인마가 몰려들고 있습니다."

그 말을 들은 석보는 그 자리에서 일어나 북관문 쪽으로 달려갔다. 그동안 성 아래 싸움에는 갑작스러운 변화가 일어났다. 행자 무송이 노지심을 도우려고 두 자루 계도를 휘두르며 달려 나온 것이 발단이었다. 무송은 노지심이 보광을 이기지 못한 것을 보고 실수라도 있을까 걱정돼 곧바로 보광에게 덤벼들었다. 노지심과 무송을 한꺼번에 받게 된 보광은 마침내 당해 내지 못하고 쇠 선장을 끌며 달아나기 시작했다.

무송이 기세를 올려 그 뒤를 쫓는데 갑자기 성문 쪽에서 방천정의 장수인 패응기가 창을 꼬나들고 말을 달려 나왔다. 패응기와 무송은 적교 위에서 마주치게 되었다. 무송이 패응기의 창을 슬쩍 피하며 계도를 내던지고 그 창대를 덥석 받아 쥐었다. 그리고 힘을 주어 밑에서 끌어당기니 패응기는 그대로 말 위에서 굴러떨어졌다. 무송이 그 틈을 놓치지 않고 패응기를 덮쳐 한칼에 그 목을 베어 버렸다.

그때 노지심이 뒤따라가 무송을 도왔다. 방천정은 두 사람의 기세에 겁을 먹고 급히 적교를 올리게 했다. 방천정이 군사를 거둬들이자 주동도 군사를 거두어 십 리 밖으로 물러났다. 한편 북관문을 들이친 것은 송강이 거느린 군사들이었다. 송강이 싸움을 걸자 적장 석보가 유성추를 감추고 손에는 벽풍도를 비껴든 채 말을 달려나왔다. 송나라 군사 쪽에서는 대도 관승이 말을 달려나가 석보와 맞붙었다.

그런데 두 사람의 싸움이 스무 합을 좀 넘겼을 때였다. 석보가 문득 말 머리를 돌려 달아나기 시작했다. 어찌 된 셈인지 관승도 급히 말을 돌려 본진으로 돌아왔다.

"왜 뒤쫓지 않았나?"

송강이 알 수 없다는 표정으로 물었다. 관승이 생각 깊은 얼굴로 대답했다.

"싸워 보니 석보의 칼 솜씨가 결코 저보다 못하지 않았습니다. 그런데도 말 머리를 돌려 달아나는 걸로 보아 반드시 무슨 속임

수가 있는 것 같았습니다."

그 말에 이어 오용이 거들었다.

"전번에 단개가 하는 말을 들으니 석보는 유성추를 잘 쓴다고 했습니다. 그가 지는 척하고 말 머리를 돌린 것은 상대편을 깊이 유인해 가려는 수작임에 틀림없습니다."

"그것도 모르고 뒤쫓아갔다면 아마도 그놈의 잔꾀에 걸렸을 거외다. 곧 군사를 거두어 진채로 돌아가도록 합시다. 또 주동의 전갈을 받으니 무송이 적잖은 공을 세운 모양인데 그에게는 상을 내리도록 하시오."

송강이 그렇게 말하며 군사를 거두었다.

한편 보군을 이끌고 노 선봉을 맞으러 떠난 이규는 어떤 산길을 지나다가 한 떼의 적병과 마주쳤다. 싸움에 진 졸개들을 이끌고 쫓겨 오던 적장 장검의 인마였다. 이규는 힘을 다해 그들을 들이쳤는데 나중에 보니 난군 중에 적장 요의가 죽어 나자빠져 있었다. 적장 장검과 장도는 길이 막히자 독송관 쪽으로 되쫓겨 올라갔는데 거기서 다시 노 선봉을 만나 크게 한바탕 혼이 난 뒤 깊은 산속 오솔길로 허둥지둥 도망쳤다.

뒤에서 쫓는 송나라 군사의 기세는 불같고 길은 좁고 험하니 장검과 장도는 말을 타고 갈 수가 없었다. 하는 수 없이 말을 버리고 걸어서 달아나는데 갑자기 대나무 숲속에서 두 사람이 달려 나왔다. 둘 다 한 자루 강철로 된 작살을 들고 있는 호걸들로 장검과 장도는 손발조차 제대로 놀려 보지 못하고 그 작살에 찔려 사로잡히고 말았다. 두 사람은 장검과 장도를 끌고 산을 내려

왔다. 그 둘은 다름 아닌 해진과 해보 형제였다.

노 선봉은 해진과 해보가 두 적장을 사로잡아 오는 것을 보고 몹시 기뻐했다. 그리고 이규가 오기를 기다려 군사를 합친 뒤 함께 고정산의 대채로 가 송강을 만났다.

노준의가 동평과 장청, 주통을 잃은 이야기를 하자 송강과 여러 두령들은 슬퍼해 마지않았다. 이어 다른 두령들도 모두 대채로 돌아와 송강을 찾아보고 군사를 합친 뒤 함께 머물렀다. 다음날 송강은 장검을 소주 장 초토에게로 묶어 보내고 장도는 진채 앞에서 배를 갈라 염통을 꺼내 놓고 먼 하늘을 우러러 제사를 올렸다. 동평과 장청, 주통의 넋을 위로하기 위함이었다. 제사가 끝난 뒤 송강이 오용에게 말했다.

"노 선봉은 거느린 인마를 데리고 덕청으로 가 호연작의 군사들과 합친 뒤에 이리로 함께 오도록 해야겠소. 성은 모두 힘을 합쳐 치는 것이 좋을 듯싶소."

노준의는 그 같은 송강의 뜻에 따라 인마를 점검해 봉구진(奉口鎭)으로 떠났다. 노준의의 군사들이 봉구진에 이르렀을 때 마침 싸움에 지고 쫓겨 오는 적장 사행방의 군사들과 마주치게 되었다. 노준의가 한바탕 용맹을 떨쳐 적을 덮치니 적장 사행방은 물에 떨어져 죽고 나머지 졸개들은 모두 흩어져 달아나 버렸다.

호연작과 노준의는 군사를 합친 뒤 함께 고정산에 있는 대채로 돌아갔다. 송강은 다 한자리에 모인 장수들과 성을 칠 계책을 의논했다. 송강의 장졸들이 모두 항주에 모이매 선주, 호주, 독송관 등은 장 초토가 통제사를 보내어 지키게 했다.

의논에 앞서 송강이 살펴보니 호연작이 데리고 갔던 뇌횡과 공왕이 보이지 않았다. 송강이 까닭을 묻자 호연작이 무거운 목소리로 대답했다.

"뇌횡은 덕청현 남문 밖에서 적장 사행방과 맞붙어 싸우다가 서른 합을 넘겼을 무렵 사행방의 칼에 찍혀 말에서 굴러떨어졌습니다. 또 공왕은 적장 황애와 싸우는 중에 개울을 건너다 말과 함께 계곡으로 떨어졌는데 적군이 창으로 찔러 죽이고 말았습니다. 다행히 삭초가 도끼로 적장 미천을 찍어 죽이고 여러 장수들은 황애와 서백을 사로잡아 여기까지 끌고 왔습니다. 또 사행방은 노 선봉에게 쫓겨 물에 빠져 죽었고 설두남은 어지러운 싸움을 틈타 달아났는데 그 종적을 알 길이 없습니다."

송강은 또 뇌횡과 공왕을 잃었다는 말을 듣고 줄줄이 눈물을 흘리며 여러 두령들에게 말하였다.

"전날 꿈에 장순이 나타났을 때 피투성이가 된 사람 서넛이 더 보이더니 그들이 바로 동평과 장청, 주통, 뇌횡, 공왕이었구려. 이제 항주 영해군을 깨뜨리면 덕이 높은 스님들을 청해다 도량을 벌이고 싸움터에서 죽은 형제들의 명복을 빌어 주어야겠소."

그리고 사로잡은 적장 황애와 서백을 장 초토에게 묶어 보내 그 죄를 묻게 하였다.

그날 송강은 소와 말을 잡아 군사들을 배불리 먹이고 다음 날로 오용과 더불어 항주를 칠 계책을 정했다. 부선봉 노준의는 정장과 편장을 합쳐 장수 열두 명을 거느리고 후조문(候潮門)을 치게 되었는데 임충, 호연작, 유당, 해진, 해보, 선정규, 위정국, 진달, 양춘, 두천, 이운, 석용이 그를 따를 장수들이었다. 화영은 정장과 편장을 합쳐 열세 명의 장수를 거느리고 간산문(艮山門)을 치게 되었는데 그들은 진명, 주무, 황신, 손립, 이충, 추연, 추윤, 이립, 백승, 탕륭, 목춘, 주귀, 주부였다.

목홍을 비롯한 장수 열한 명은 서산의 영채로 가서 이준을 도와 고호문(靠湖門)을 치기로 되었는데 이준, 완소이, 완소오, 맹강, 석수, 번서, 마린, 양웅, 설영, 정득손이 그들이었다. 손신을 비롯한 장수 여덟 명은 동문 영채로 가서 주동을 도와 채시문(菜市門), 천교문(薦橋門)을 치는데 사진, 노지심, 무송, 고대수, 장청(張靑), 손이랑이 함께 가기로 정해졌다.

또 동문 영채에서는 편장 여덟 명을 빼내 이응과 함께 각 진채에서 들고나는 탐마를 통괄하며 호응하기로 하였는데 그 여덟은 이응을 비롯해 공명, 양림, 두흥, 동위, 동맹, 왕영, 호삼랑이었다.

정선봉 송강은 정장과 편장 스물한 명을 거느리고 북관문 큰 길을 치기로 되어 있었다. 오용, 관승, 삭초, 대종, 이규, 여방, 곽성, 구붕, 등비, 연순, 능진, 포욱, 항충, 이곤, 송청, 배선, 장경, 채복, 채경, 시천, 욱보사가 송강을 따를 스물한 명의 장수들이었다.

송강이 대군을 거느리고 북관문 성 밑에 이르러 싸움을 거니 성 위에서 징 소리, 북소리가 울리며 성문이 열렸다. 이어 적교가 내려지더니 적장 석보가 먼저 말을 달려 나왔다. 송나라 군사 쪽에서는 급선봉 삭초가 급한 성미를 이기지 못하고 큰 도끼를 휘두르며 달려 나갔다.

삭초는 석보에게 말 한마디 거는 법 없이 똑바로 덮쳐 가 도끼부터 휘둘렀다. 두 말이 어울리고 두 장수가 맹렬히 싸우기를 열 합쯤 되었을 때였다. 석보가 짐짓 헛손질을 하는 척하며 말을 돌려 달아나자 기세가 오른 삭초가 그 뒤를 바짝 쫓았다.

관승이 석보의 행동거지를 수상히 여기고 뒤쫓지 말라고 급하게 소리쳤으나 이미 때는 늦어 있었다. 삭초는 벌써 석보가 던진 유성추에 얼굴을 맞고 말에서 굴러떨어졌다. 그걸 본 등비가 급히 삭초를 구하러 나갔다. 그러나 되돌아온 석보가 기세 좋게 등비를 덮쳐 등비는 미처 손 한번 제대로 써 보지 못하고 석보의 칼에 두 동강이 났다.

그때 성안으로부터 보광국사가 용맹한 적장 몇을 거느리고 뛰쳐나왔다. 그러잖아도 잇따라 두 장수가 꺾이는 바람에 기세가 죽어 있던 송나라 군사는 여지없이 무너져 북쪽으로 달아났다. 다행히 화영과 진명이 옆에서 뛰쳐나와 적병을 물리치고 송강을 보호한 까닭에 큰 낭패 없이 영채로 돌아갈 수는 있었다. 싸움에 이긴 적장 석보는 기세가 오를 대로 올라 성안으로 돌아갔다.

송강을 비롯한 두령들은 고정산에 있는 대채로 돌아가 겨우 한숨을 돌렸다. 그러나 또 삭초와 등비를 잃어 그들의 슬픔은 이만저만이 아니었다.

"성안에 저같이 용맹한 장수들이 있으니 꾀로 성을 깨뜨려야지 힘으로 싸우려 해서는 안 됩니다."

오용이 먼저 슬픔을 가라앉히고 송강에게 그렇게 차분히 권했다. 그 말을 옳게 여긴 송강이 물었다.

"이렇게 군사가 꺾이고 장수를 잃어서야 어찌하겠소? 도대체 어떤 계책을 써야 성을 깨뜨릴 수 있겠소?"

"선봉께서는 먼저 각 성문을 치는 장졸들을 모아 미리 계책을 알려 준 뒤에 다시 군사를 거느리고 북관문을 치도록 하는 것이 좋을 듯싶습니다. 그리하면 싸움에 이겨 기고만장해진 성안의 적병들은 반드시 뛰쳐나와 싸우려 들겠지요. 그때 우리는 당해 내지 못하는 척하며 적병들을 성벽에서 멀리 떨어진 곳으로 유인해 가는 겁니다. 그런 뒤에 신호포를 놓아 사방에서 한꺼번에 각 성문을 치게 하면 어떻겠습니까? 여러 성문 가운데서 하나라도 먼저 빼앗아 성안으로 들어가게 되는 장졸들이 사방에 불을 놓아 신호를 하면 적은 서로를 돌볼 새가 없게 될 것입니다. 그리되면 큰 공을 세우기도 어렵지 않겠지요."

오용이 미리 생각해 둔 것처럼이나 그렇게 말하자 송강은 고개를 끄덕였다. 그리고 곧 대종을 시켜 그 계책을 각 진채에 알리게 하였다.

다음 날이 되었다. 송강의 명을 받은 관승은 많지 않은 인마를 거느리고 북관문 성 밑에 가서 싸움을 걸었다. 성벽 위에서도 북소리가 울리더니 석보가 곧 군사를 이끌고 달려 나와 관승과 맞붙었다. 두 사람의 싸움이 열 합에 이르기도 전이었다. 관승이 급히 말 머리를 돌려 달아나니 석보의 군사가 기세를 올리며 뒤쫓기 시작했다.

그때 능진이 포를 놓아 여러 갈래의 송나라 군사에게 신호를 보냈다. 미리 기다리고 있던 송나라 군사는 성문마다 함성을 올리며 몰려가 힘을 다해 들이쳤다. 부선봉 노준의는 임충을 비롯한 장수들을 거느리고 후조문을 들이쳤다. 그들의 인마가 성 밑에 이르니 어찌 된 셈인지 성문은 열려 있고 적교도 내려져 있었다.

유당이 첫 공을 세우려고 홀로 말을 달려 성안으로 뛰어들었다. 그런데 그게 바로 함정이었다. 성안의 적병들이 그런 유당을 노리고 있다가 도끼로 밧줄을 끊어 달아매 두었던 성문을 떨어뜨렸다. 그 바람에 유당은 칼 한번 휘둘러 보지 못하고 말과 함께 성문 밑에서 목숨을 잃었다.

원래 항주성은 전왕 때의 도읍으로 성문이 세 겹으로 되어 있었다. 맨 밖에는 달아맨 관문이요, 중간에는 철판으로 된 쌍문이요, 맨 안에는 나무로 얽어맨 문이었다. 그걸 알 리 없는 유당이 성문 열린 것을 보고 뛰어들다가 문에 치여 죽고 만 것이었다.

임충과 호연작은 군사를 물린 뒤 영채로 돌아가 노준의에게 유당이 죽은 일을 알렸다. 다른 성문의 송나라 군사도 누구 하나 성안으로 들어가지 못하고 모두 쫓겨나 송강에게 급한 소식을 알렸다. 송강은 또 유당이 후조문에서 관문에 치여 죽었다는 소식을 듣자 목을 놓아 울었다.

"또 억울하게 죽은 형제를 보게 되는구나. 운성현에서 형제의 의를 맺은 뒤 조 천왕을 따라 양산박으로 올라왔던 그대여, 언제나 고생만 하고 즐겁게 살아 보지 못하다가 이리 죽었구나. 백 번이 넘는 크고 작은 싸움터에서 온갖 죽을 고비를 넘기면서도 그 날카로운 기세가 꺾이는 법 없더니 오늘 여기서 이렇게 죽을 줄 뉘 알았으리!"

그걸 보고 있던 오용이 무안한 얼굴로 사죄하듯 말했다.

"그렇게 성을 친 것이 좋은 계책은 못 되었던 것 같습니다. 일은 되지 않고 아우만 하나 잃었으니 이쯤에서 군사들을 물리도록 하시지요. 달리 계책을 짜 보는 것이 좋겠습니다."

송강도 그 말을 아니 들을 수 없었다. 그러나 한시바삐 죽은 형제들의 원수를 갚고 싶은 마음에 한탄을 금치 못하고 있는데 흑선풍이 찾아와 말했다.

"형님, 마음 놓으십시오. 내가 내일 포욱과 항충, 이곤을 데리고 가서 석보 그놈을 사로잡아 오겠습니다."

"그 사람이 이만저만한 영웅이 아닌데 네가 어떻게 그를 사로잡는단 말이냐?"

송강이 어이없어 그렇게 물었다. 이규가 무얼 믿는지 큰 소리로 외쳐 댔다.

"믿지 못하시겠다는 거요? 내일 내가 그놈을 사로잡지 못하면 다시는 형님 앞에 얼굴을 내밀지 않겠소!"

송강은 이규가 하도 그렇게 기세 좋게 나오니 더 말릴 수가 없었다.

"어쨌든 부디 조심하게. 결코 그를 얕봐서는 안 돼!"

송강의 허락을 받은 이규는 자신의 장막으로 돌아오기 바쁘게 큰 사발에 술을 따르고 넓적한 쟁반에 고기를 가득 담은 뒤 포욱과 항충, 이곤을 불렀다. 그리고 술잔을 내밀면서 대뜸 말했다.

"이제껏 우리 넷은 언제나 함께 싸워 왔네. 오늘 내가 선봉 형님 앞에서 내일 석보를 잡아오겠다고 큰소리를 쳤으니 자네들도 좀 도와줘야겠네."

그 말을 들은 포욱이 어찌 된 셈인지 덩달아 기세를 올렸다.

"송강 형님은 싸움마다 늘상 마군만 앞세웠는데 내일은 우리가 한번 앞장을 서 봅시다. 오늘 저녁에 단단히 짜고 함께 뛰쳐나가 석보를 사로잡는 겁니다. 별로 걱정할 것 없어요."

그렇게 되니 의논이고 뭐고 할 것도 없이 다음 날의 싸움이 결정되고 말았다. 날이 새자 그들 넷은 실컷 먹고 마신 뒤 저마다 손에 익은 병장기를 들고 영채를 나왔다. 그리고 송 선봉을 찾아 자기들의 싸움 구경을 해 달라고 졸랐다. 송강은 그들이 모두 얼큰히 취해 있는 것을 보고 나무라듯 말했다.

"여보게, 형제들 목숨을 그렇게 장난삼아 가지고 노는 법이 아닐세."

그러자 이규가 버럭 소리를 질렀다.

"형님, 우리를 너무 얕보지 마슈."

"하기야 자네들 말대로만 된다면야 오죽 좋겠나."

송강은 그렇게 말하고 마지못해 말에 올라 북관문 아래로 갔다. 관승과 구붕, 여방, 곽승이 그런 송강을 호위했다. 송강은 북을 올리고 깃발을 휘둘러 싸움을 걸었다. 그런 송강 앞에 이규가 당장 뛰쳐나갈 듯 도끼를 들고 섰고 포욱은 긴 칼을 비껴들었으며 항충과 이곤은 각기 비도 스물네 자루를 꽂은 방패에다 창까지 들고 양옆에 서 있었다.

성벽 위에서도 북소리와 징 소리가 울리더니 며칠 싸움에 줄곧 재미를 본 석보가 벽풍도를 비껴들고 누런 말에 올라 성을 나왔다. 그 뒤를 염명과 오치란 두 적장이 따랐다.

그들이 성문을 나서기 바쁘게 겁 모르는 이규가 벼락같은 고함을 지르며 뛰쳐나갔다. 그 뒤를 포욱과 항충, 이곤도 질세라 뒤따랐다. 석보가 그들을 맞아 싸우려고 벽풍도를 치켜들었을 때는 벌써 이규네 패거리가 턱밑까지 들이닥친 때였다.

이규가 도끼로 석보의 말 다리를 찍으니 석보는 급하게 말에서 뛰어내려 자기편 마군 쪽으로 달아났다. 그때 포욱은 벌써 적장 염명을 칼로 베어 말에서 떨어뜨리고 있었다. 항충과 이곤의 솜씨도 볼만했다. 그들이 던져 대는 비도가 날아가는 모습은 마치 옥빛 물고기가 뛰고 은빛 버들잎이 나는 듯했다.

송강은 그 기세를 틈타 마군을 밀어붙였다. 그러나 성벽 위에서 통나무와 바윗덩이가 쏟아져 내리는 바람에 성안으로 치고 들 수는 없었다. 할 수 없이 군사를 물리게 하였는데 포욱이 어느새 성문 안으로 달려 들어가고 있었다.

송강은 포욱을 어찌 구해야 할지 몰라 발만 굴렀다. 그때 성문 옆에 붙어 섰던 석보가 앞뒤 없이 달려오는 포욱을 칼로 내려쳤다. 그 바람에 그날 다시 포욱이 또 적장의 손에 목숨을 잃고 말았다.

일이 그렇게 되자 항충과 이곤은 급히 이규를 말려 자기편 진채로 돌아갔다. 송강의 인마도 더 싸워 볼 마음이 없어 그대로 물러나고 말았다. 결국 그 싸움에서도 포욱만 잃고 만 꼴이었다.

송강의 슬픔과 걱정은 더욱 커졌다. 이규도 저 때문에 포욱이 죽었다고 생각했는지 목 놓아 울며 본진으로 돌아왔다. 오용이 가만히 말했다.

"이번 계책도 그리 좋은 계책은 아니었던 듯싶습니다. 비록 적장 하나를 죽이기는 했으나 우리도 이규를 그림자처럼 따르던 장수 하나를 잃었으니 진 것은 오히려 우리 쪽이라 봐야 합니다."

그렇게 되자 장수들은 더욱 어두운 분위기에 싸였다. 그때 정탐을 나갔던 해진과 해보가 본채로 돌아왔다. 송강이 그들을 불러 그 동안 알아낸 것을 묻자 해진이 말했다.

"저와 아우 해보는 곧바로 남문 밖 이십 리쯤 되는 범촌(范村)이란 곳으로 갔습니다. 강가에 가 보니 수십 척의 배가 묶여 있는데 알아본즉 그 배는 부양현의 원평사(袁評事)란 자가 곡식을 실어 보낸 배였습니다. 제가 원평사를 죽이려 했더니 그놈이 울며 말하더군요.

'우리들은 모두가 대송의 죄 없는 백성들입니다. 그러나 여러 차례 방납이 세금을 매겨 듣지 않으면 집안사람 모두를 죽이겠다 하니 어찌합니까. 다행히 이번에 조정의 관군이 이르렀다기에 역적을 없이하고 다시 태평세월을 누리게 되나 싶었는데 오늘 이 같은 꼴을 당하게 될 줄이야 누가 알았겠습니까.'

그 말을 들으니 저도 놈이 불쌍하더군요. 그래서 죽이지 않고 다시 그놈에게 무슨 일로 그곳에 왔는지를 물어보았지요. 그러자 놈이 다시 대답했습니다.

'근래 방천정이 명을 내려 고을마다 돌아다니며 마을을 뒤져 쌀 오만 석을 거둬들이라 했습니다. 하는 수 없이 이 늙은것이 앞장이 되어 곡식 오천 석을 거둔 뒤에 우선 바치려고 이곳까지 왔습지요. 그러나 조정의 대군이 성을 에워싸고 들이치는 중이라 더 나아가지 못하고 여기 머물러 있는 것입니다.'

저는 그런 것들을 알아내자 혹시 대군에 쓰일 데가 있을지 모른다 싶어 급히 이렇게 달려와 아뢰는 것입니다."

그때 곁에서 듣고 있던 오용이 몹시 기뻐하며 말했다.

"이것은 하늘이 우리를 편들어 주는 것이라 할 수 있습니다. 그 곡식 배만 얻을 수 있다면 반드시 큰 공을 세울 수 있습니다. 선봉께서는 어서 명을 내리시어 해보, 해진 형제가 포수 능진과 두천, 이운, 석용, 추연, 추윤, 이립, 백승, 목춘, 탕륭, 왕영, 호삼랑, 손신, 고대수, 장청, 손이랑을 데리고 성안으로 숨어들게 하십시오. 원평사의 곡식 배를 이용하되 장수들은 모두 사공으로 꾸미고 여장들은 사공의 아내로 꾸며 배와 함께 성안으로 묻어 들게 하면 될 것입니다. 그리하여 성안으로 들어가면 연주포를 놓아 신호를 하고 불을 지르게 하면 됩니다. 그때 이곳의 우리들도 군사를 휘몰아 성 밖에서 호응하면 일은 어렵지 않게 풀릴 것입니다."

송강이 고개를 끄덕여 오용의 계책을 받아들였다. 이에 해진과 해보는 원평사를 불러들여 송강의 말을 전하면서 덧붙였다.

"너희들은 송의 백성이라니 이 계책에 따르도록 하라. 일이 이루어지면 반드시 큰 상을 내릴 것이다."

원평사도 굳이 마다할 까닭이 없었다. 이에 송나라 군사의 많은 장수들이 원평사의 배에 숨어들 수 있었다. 어떤 사람은 뱃사공으로 꾸미고 어떤 사람은 허드레 일꾼으로 꾸몄다. 복색은 원래의 사공들이 입고 있던 옷을 빌렸다. 특히 왕영과 손신, 장청은 뱃사공의 옷을 입고 호삼랑과 고대수와 손이랑은 뱃사공의 아낙 차림을 했다. 그 밖에 장수와 소교들은 모두 노 젓는 일꾼 행세를 했다. 무기는 선창 깊숙이 감춰져 있었다.

그들의 배가 성 가까운 강 언덕에 대었을 때 성을 에워싸고 있던 송나라 군사는 그들로부터 멀지 않은 곳에 있었다. 그러나 원평사는 해진, 해보 등과 더불어 곧장 성문 밑으로 가 문을 열라고 소리쳤다. 성벽 위에서 원평사를 알아보고 이것저것 물은 뒤 그 일을 태자궁에 알렸다.

곡식이 필요하던 방천정은 곧 적장 오치로 하여금 성문을 열고 강변으로 나가 배들을 살펴보게 하였다. 오치가 나와 살펴보니 정말 곡식을 실은 배라 그대로 방천정에게 알렸다. 방천정은 여섯 명의 장수에게 군사 일만을 주며 성을 나가 동북쪽을 맡고 원평사의 배로부터 쌀을 성안으로 실어 들이도록 했다.

그때 배 안에 숨어 있던 송나라 군사와 장수들도 모두 쌀을 나르는 뱃사공이며 일꾼들 틈에 뒤섞여 성안으로 들어갈 수 있었다. 세 사람의 여장도 별 의심 받지 않고 성안으로 묻어 들어갔다. 오래잖아 오천 석의 곡식이 모두 성안으로 들여지자 여섯 명의 적장도 군사를 이끌고 성안으로 되돌아갔다. 송나라 군사가 모르는 척 다시 밀고 들어와 성을 에워싸고 진세를 벌였다.

그런데 그날 밤이었다. 이경 무렵 하여 능진은 가만히 숨겨 두었던 아홉 상자의 자모포를 꺼내 성안의 오산(吳山) 꼭대기로 올라갔다. 능진이 포를 놓아 신호를 하자 성안 여기저기 숨어 있던 장수들이 각기 일어나 닥치는 대로 불을 질러 대기 시작했다.

갑자기 성안은 물 끓는 솥처럼 들끓기 시작했다. 어느 만큼의 송나라 군사가 성안으로 들어왔는지를 알 수 없어 성안의 어지러움은 더욱 커졌다. 태자궁 안에 있던 방천정은 그 소란스러운 소리를 듣고 몹시 놀랐다. 급히 갑옷을 입고 말에 올랐을 때는 이미 성문을 지키던 졸개들이 모두 도망해 버린 뒤였다.

놀라 흩어지는 적병에 비해 송나라 군사의 기세는 크게 올랐다. 그들은 서로 공을 다투듯 힘을 다해 성을 들이쳤다.

그때 이준은 성 서쪽 산에 있었다. 성을 치라는 명을 받자 군사를 이끌고 정자항(淨慈港)으로 쳐들어가 먼저 적의 배들을 빼앗은 뒤 호수를 건너 용금문으로 밀어닥쳤다. 이준의 군사가 언덕에 오르자 여러 장수들은 저마다 달려 나가 수문들을 빼앗기 시작했다. 그들 중에서도 이응과 석수가 맨 먼저 성벽 위에 올라 길을 열었다.

그날 밤 송나라 군사는 힘을 다해 성을 들이치면서도 남문만은 내버려 두었다. 그 바람에 싸움에 몰린 적병들은 모두 남문을 통해 달아났다. 방천정의 처지도 별로 다르지 않았다. 사방을 둘러봐도 따르는 장수가 하나도 없어 졸개 몇 명만 거느리고 급히 남문으로 달아났다. 허둥거리는 것이 상갓집 개와 같고 급한 것이 그물에서 벗어난 물고기 같았다.

그럭저럭 성을 벗어난 방천정이 오운산(五雲山) 아래에 이르렀을 때였다. 갑자기 강물 속에서 한 사람이 솟아나는데 입에는 칼을 물고 몸은 벌거벗은 채였다. 강 언덕으로 기어오른 그 사내의

몰골이 하도 흉악하여 방천정은 말을 몰아 달아나려 했다. 그런데 괴이쩍게도 방천정의 말이 아무리 때려도 움직이지 않았다. 꼭 누가 고삐를 잡고 놓아주지 않는 것 같았다. 그사이 물속에서 나온 사내가 말 앞까지 뛰어오더니 방천정을 말 등에서 끌어내어 한칼로 그 목을 베어 버렸다. 이어 임자 잃은 방천정의 말에 오른 사내는 한 손에는 방천정의 목을 들고 한 손에는 피 묻은 칼을 든 채 항주성으로 달려가 버렸다.

그 무렵 임충과 호연작은 군사를 이끌고 육화탑(六和塔)을 지나고 있었다. 그들은 방천정의 목을 베어 들고 달려오는 사내를 금세 알아보았다. 그 사내는 바로 선화아 장횡이었다. 놀란 호연작이 장횡을 보고 물었다.

"아우는 어디서 오는 길인가?"

그러나 장횡은 아무런 대꾸 없이 똑바로 말을 성안으로 몰았다.

그때 이미 송강의 인마는 모두 성안으로 밀고 든 뒤였다. 송강은 방천정이 있던 궁궐에다 원수부를 정하고 여러 장수들로 하여금 그곳을 지키게 했다. 그런데 장횡이 어디서 말 한 필을 얻어 타고 달려오는 게 보였다. 모든 장수들이 놀라서 바라보고 있는데 장횡은 똑바로 송강에게 달려가더니 말에서 뛰어내리며 들고 온 목과 칼을 땅에 내던졌다. 장횡이 송강 앞에 머리를 조아리며 울음을 터뜨리자 놀란 송강이 그를 끌어안으며 물었다.

"아우는 어디서 오는 길인가? 완소칠은 지금 어디 있나?"

그 물음에 장횡이 울며 대답했다.

"저는 장횡이 아닙니다."

송강이 어리둥절해 다시 물었다.

"자네가 장횡이 아니라니, 그럼 자네는 누구란 말인가?"

"저는 장순입니다. 전에 용금문 밖에서 창과 화살에 찔려 죽은 뒤 넋이 스러지지 못하고 물 위를 떠돌고 있었습니다. 그런데 서호의 진택용군(震澤龍君)께서 저를 금화태보(金華太保)로 삼아 수부용궁(水府龍宮)의 신으로 머물 수 있게 해 주셨습니다. 그러다가 오늘 형님께서 성을 깨뜨리신 걸 보고 아우의 혼은 방천정에게 달라붙어 밤중에 그를 따라 성을 나왔지요. 마침 장횡 형님께서 물가에 계신 걸 보고 저는 잠시 형님의 몸을 빌려 강가로 기어오른 뒤 오운산 아래에서 저놈을 죽였습니다. 그리고 이제 그 목을 베어 이렇게 형님을 뵈러 달려왔습니다."

장횡이 그렇게 괴이쩍은 말을 하더니 말을 끝내기 바쁘게 땅에 쓰러졌다. 송강이 더욱 놀라 그를 부축해 일으켰다. 한참 뒤에 눈을 뜬 장횡은 송강을 비롯한 여러 장수들을 둘러보다가 자신이 수많은 군사와 숲 같은 창칼 사이에 있는 걸 보고 더듬더듬 물었다.

"제가 황천에서 형님을 뵙고 있는 건 아닌지요?"

그제야 조금 전 장순의 넋이 한 말을 믿게 된 송강이 울며 일러주었다.

"너무 놀라지 말게. 방금 자네의 동생 장순의 넋이 자네 몸에 붙어 저 역적 놈 방천정을 죽인 거네. 자네도 죽은 적이 없고 우리도 모두 살아 있는 사람이니 어서 정신이나 차리게."

"그럼 제 아우가 이미 죽었단 말입니까."

"그렇다네. 장순은 서호의 물속으로 해서 수문으로 들어가 성 안에 불을 지르려고 했었네. 그러나 용금문 밖에서 성벽을 기어 오르다 그만 창과 화살에 맞아 죽고 말았네."

송강이 그렇게 알려 주자 장횡은 큰 소리로 목 놓아 울다가 '아우야.' 하고 외치더니 그대로 정신을 잃고 말았다.

"저 사람을 장막 안으로 업어다 눕히고 몸조리하게 하시오. 물 위에서의 일은 뒤에 천천히 묻도록 합시다."

송강은 그렇게 명을 내린 뒤 배선과 장경을 불러 여러 장수들 의 공을 장부에 올리게 했다. 진시가 지나자 모든 장수들이 송강 의 장막 앞으로 모여들었다. 이준과 석수는 적장 오치를 사로잡 았고 세 여장은 장도원을 사로잡았다. 임충은 사모창으로 냉공을 찔러 죽였고 해진과 해보는 최욱을 죽여 성안에 있던 적장 중에 달아난 자는 석보와 등원각, 왕적, 조중, 온극양뿐이었다.

방납의 부마가 된 시진

송강은 크게 방문을 내걸어 싸움에 놀란 백성들을 위로함과 아울러 삼군에게 후한 상을 내리고 술과 밥을 배불리 먹였다. 또 적장 오치와 장도원은 장 초토에게 묶어 보내 효수하게 했다. 곡식 배를 빌려주어 이번 싸움에 공이 큰 원평사는 부양(富陽) 현령으로 천거했다.

그 모든 일이 끝난 뒤 장수들이 잠시 성안에서 쉬고 있는데 누가 와서 알렸다.

"완소칠이 강을 따라 올라와 성안으로 들어왔습니다."

그 말을 들은 송강은 얼른 완소칠을 불러 수군들의 일을 물어보았다. 완소칠이 어두운 얼굴로 대답했다.

"저와 장횡은 후건, 단경주와 수군들을 데리고 배를 얻은 뒤

해염(海鹽) 근처에 이르러 전당강으로 들어갔습니다. 그러나 뜻밖에도 바람이 세고 물이 고르지 않아 그만 바다로 밀려가고 말았습니다. 저희들은 급히 배를 돌려 강으로 거슬러 오려 했으나 또 큰바람을 만나 배는 깨지고 사람들은 모두 물에 빠지게 되었습니다. 그런데 후건과 단경주는 물질에 익숙하지 못해 그만 물에 빠져 죽고 많은 수군들도 이리저리 흩어져 버리게 되었지요. 아우는 혜엄을 쳐서 바다 어귀에 이른 뒤에 자산문(赭山門)으로 들어왔으나 다시 물길에 밀려 반번산(半壩山)까지 흘러가게 되었습니다. 그러다 다시 혜엄쳐 돌아오는데 오운산 곁 강가에서 장횡 형님이 뭍으로 기어오르려 하는 것을 보았으나 그 뒤로는 어디로 갔는지 알 수가 없습니다. 그러던 중 어젯밤 성안에 불길이 오르고 연주포 소리가 들리자 저는 형님께서 항주성을 치고 있는 것이라 생각하고 이 강을 따라오다가 뭍으로 올랐습니다. 장횡 형님도 뭍에 올랐는지 어쨌는지 궁금하기 짝이 없습니다."

송강은 장횡에게 있었던 일을 자세히 들려준 뒤 그의 두 형 완소오와 완소이를 만나 보게 했다. 그리고 전과 같이 수군 두령으로 싸움배를 맡아보게 하고 다시 수군들에게 명을 내려 목주를 칠 채비를 하라 일렀다.

또 송강은 장순의 혼령이 그렇게도 영험한 것을 보고 용금문 밖 서문 가에 사당을 지어 '금화태보(金華太保)'라 하고 몸소 가서 제사를 드렸다. 뒷날 송강이 방납을 쳐 없애고 서울로 올라가 장순의 일을 조정에 아뢰니 천자는 특히 성지를 내려 장순을 '금화장군'에 봉하고 항주에서 제물을 거두어 매년 그의 제사를 지내도록 했다. 그 밖에도 송강은 정자사(淨慈寺)에다 크게 수륙도량 (水陸道場)을 벌여 일곱 밤 일곱 낮이나 제사를 올렸다. 강을 건 너온 뒤로 죽은 수많은 장수들의 넋을 위로하기 위함이었다. 그 제사가 끝난 뒤 송강은 방천정이 궁궐로 썼던 곳의 거짓 의장과 집기들을 모두 없애버리게 하고 그곳에 있던 금은보화와 비단은 여러 장수들에게 상으로 골고루 나누어 주었다.

항주성 백성들이 모두 싸움이 있기 전으로 되돌아가 안정이 되자 송강은 크게 잔치를 베풀어 그 일을 경축하면서 오용과 더불어 목주를 쳐부술 계책을 의논했다. 목주는 역적들의 근거지라 그곳을 쳐부술 계책은 쉬 마련되지 않았다. 그 바람에 사월도 다 지나가려 하는데 문득 누가 와서 알렸다.

"부도독 유광세와 동경에서 보낸 천자의 사신이 항주에 이르 셨습니다."

그 말을 들은 송강은 여러 장수들과 함께 북관문으로 나가 그 들을 맞아들였다. 성안으로 모셔 들이자 동경에서 온 사자가 성 지를 읽어 내려갔다.

……이르노니 선봉사 송강을 비롯한 여러 장수들은 역적 방 납을 치는 데 여러 차례 큰 공을 세웠기로 어주 서른다섯 병과 비단옷 서른다섯 벌을 그 정장들에게 상으로 내리고 그 밖의 편장들에게는 비단을 상으로 내리노라.

조정에서는 공손승이 이번 방납의 토벌에 들지 않은 것은 알았으나 그사이 수많은 두령들이 싸움터에서 죽은 것은 모르고 있었다. 그래서 전처럼 정장을 서른다섯 명으로 알고 술과 비단 옷을 내린 것이었다. 송강은 서른다섯 명에게 내려진 어주와 비단옷을 보고 새삼스러운 슬픔으로 눈물이 쏟아졌다. 조정에서 내려온 사신이 그 까닭을 물었다. 송강이 여러 장수들을 잃은 일을 하나하나 아뢰자 사신이 듣고 위로하듯 말했다.

"그렇게 여러 장수들을 잃었건만 조정에서는 아직껏 모르고 있었소. 이번에 내가 도성으로 돌아가면 그 일을 폐하께 알리겠소."

이어 송강은 술자리를 베풀어 조정에서 온 사람들을 환대했다. 유광세를 가장 높은 자리에 앉히고 그 밖에 높고 낮은 장수들도 각기 서열대로 자리를 정해 천자가 내린 어주를 마시며 성은에 감사했다.

이미 죽은 장수들의 몫으로 내려진 비단과 어주는 따로 남겨 두었다가 다음 날 위패들을 세우고 먼 하늘을 우러러 제사를 올렸다. 특히 송강은 어주 한 병과 비단옷 한 벌을 가지고 장순의 사당으로 가져가서 그의 이름을 부르고 제사를 지냈다. 그런 다음 비단옷은 사당에 있는 장순의 신상에 입히고 그 밖의 물건은 모두 태웠는데 그 정성이 여간 아니었다. 도성에서 온 사람들은 며칠 묵다가 다시 그곳의 소식을 가지고 도성으로 돌아갔다.

모르는 사이에 세월은 끊임없이 흘러 수십 일이 지나갔다. 장초토가 사람을 뽑아 문서를 보내 송강으로 하여금 빨리 군사를 내라 재촉해 왔다. 송강과 오용은 노준의를 불러 놓고 의논했다.

"여기서 목주로 가자면 강을 따라 곧장 역적들의 소혈에 이를 수도 있고 흡주로 가자면 반드시 욱령관(昱嶺關) 샛길로 가야 되오. 이제 여기서부터는 군사를 나누어 나아가야겠는데 아우님은 어느 쪽 길로 가고 싶으시오?"

송강이 그렇게 묻자 노준의가 대답했다.

"군사를 움직이고 장수를 내보내는 일은 모두 형님의 명에 따를 뿐입니다. 어찌 고르고 자시고가 있겠습니까?"

"그렇다면 하늘의 뜻을 알아보는 게 좋겠소."

송강은 그렇게 말하고 장졸과 인마를 둘로 가른 뒤에 두 길을 나타내는 제비를 만들어 향을 사르며 기도하고 각기 하나씩 뽑아 보았다. 뽑아 보니 송강은 목주 쪽으로 가게 되고 노준의는 흡주 쪽으로 가게 되었다. 각기 길이 정해지자 송강이 노준의에게 당부했다.

"방납의 소굴은 청계현 방원동에 있소. 아우님께서는 흡주를 되찾게 되거든 군사를 머물고 급히 내게 전갈을 보내 주시오. 그러면 정한 날짜를 알릴 테니 그때 나와 함께 청계현으로 가서 적을 치는 게 좋겠소."

그리고는 정한 대로 장졸을 나누었다. 선봉사 송강은 정장과 편장을 합쳐 서른여섯 명을 거느리고 목주와 오룡령을 치기로 했다. 군사 오용에 관승, 화영, 진명, 이응, 대종, 주동, 이규, 노지심, 무송, 해진, 해보, 여방, 곽성, 번서, 마린, 연순, 송청, 항충, 이곤, 왕영, 호삼랑, 능진, 두흥, 채복, 채경, 배선, 장경, 욱보사가 송강을 따라나설 장수들이었다. 송강이 거느린 보군을 따라 목주를 치게 된 수군 두령은 정장과 편장을 합쳐 일곱 명이었다. 이준,

완소이, 완소오, 완소칠, 동위, 동맹, 맹강이 그들이었다.

부선봉 노준의는 정장과 편장을 합쳐 스물여덟 명을 거느리고 흡주와 욱령관을 치기로 되었는데 군사 주무 외에 임충, 호연작, 사진, 양웅, 석수, 선정규, 위정국, 손립, 황신, 구붕, 두천, 진달, 양춘, 이충, 설영, 추연, 이립, 이운, 추윤, 탕륭, 석용, 시천, 정득손, 손신, 고대수, 장청, 손이랑이 그들이었다.

노준의는 그 장수들에다 삼만 군사를 거느리고 날을 골라 떠났다. 산길을 따라 임안현을 거쳐 흡주로 갈 작정이었다.

한편 송강은 싸움에 쓸 배들과 인마를 정돈하고 여러 장수들에게 할 일을 맡긴 뒤 날을 골라 군기에 제사를 지내고 군사를 진발시켰다. 물과 뭍으로 배와 말이 서로 호응하며 나란히 나아가니 기세가 자못 삼엄했다. 그때 항주성에는 고약한 전염병이 돌아 장횡, 목홍, 공명, 주귀, 양림, 백승이 앓아눕게 되었다. 그 바람에 목춘과 주부가 남아 병든 장수들을 돌보게 되어 송강을 따라나선 장수는 수군 두령을 합쳐 서른여섯이 되어 있었다. 송강은 그들과 군사를 휘몰아 강기슭을 따라 부양현으로 향해 밀고 나아갔다.

그런데 여기서 먼저 살펴 두어야 할 것은 두 길로 나누어 떠난 그들 인마 외에 여러 달 전에 적의 소혈을 탐지하러 목주로 숨어든 시진과 연청의 뒷일이다.

그날 시진과 연청은 수주 취리정에서 송강과 작별한 뒤 해염현 남쪽 바닷가에 이르러 배에 올랐다. 월주를 지나 제기현에 이른 그들은 다시 어포를 건너 목주 경내로 들어섰다. 목주로 들어가는 길목을 지키고 있던 적의 장교가 그들 두 사람의 길을 막고 매서운 눈초리로 이것저것 캐물었다. 시진이 나서 둘러댔다.

"나는 중원에 사는 선비로서 천문 지리에 밝고 음양의 도리에 통한 사람이요, 육갑(六甲)의 풍운을 알고 삼광(三光)의 기색을 분별하며 구류삼교(九流三敎)에 막힘이 없는 사람이외다. 멀리서 강남을 바라보니 천자의 기운이 뻗어 있기에 이렇게 찾아왔는데 어찌하여 길을 막고 어진 이가 찾아드는 것을 마다하는 것이오?"

적의 장교는 시진이 말하는 품이나 행동거지가 속되지 않음을 보고 이름을 물었다.

"나는 가인(柯引)이라는 사람이오. 나와 여기 있는 이 하인은 둘 다 이 나라에 몸을 바치러 왔을 뿐 다른 뜻은 없소."

관문을 지키던 장교는 시진을 기다리게 하고 사람을 목주로 보내 우승상 조사원(祖士遠), 참정(參政) 심수(沈壽)와 첨서(僉書) 환일(桓逸)과 원수 담고(譚高) 네 사람에게 어진 선비가 찾아왔다고 아뢰게 했다. 조정이든 역적 편이든 똑같이 인재는 필요한 법이라 목주에서도 오래잖아 시진과 연청을 보내라는 전갈이 왔다.

우승상 조사원을 비롯한 방납의 관리들은 두 사람을 불러 인사를 나누고 그들의 뜻을 들어 보았다. 시진의 말이 그럴듯할 뿐만 아니라 생김 또한 의젓해 그들도 시진과 연청에게 아무런 의심을 품지 않았다. 오히려 그 같은 인재가 제 발로 찾아온 것을 기뻐하며 첨서 환일로 하여금 청계현에 있는 방납의 궁궐로 데려가게 했다.

시진과 연청은 환일을 따라 방납이 있는 청계현으로 가서 우선 좌승상 누민중(婁敏中)을 만나 보았다. 시진의 능란한 변론과 늠름한 기개를 본 누민중은 크게 기뻐하며 그를 승상부에 잡아 두고 잘 대접했다. 누민중은 원래가 청계현에서 아이들이나 가르치던 사람이라 비록 다소간 문장은 안다 해도 그리 대단한 학식은 못 되었다. 그렇다 보니 시진의 학식과 언변이 더욱 놀랍게 보이지 않을 수가 없었다.

하룻밤을 지나 다음 날 시진과 연청은 누민중을 따라 방납의 궁궐로 들어갔다. 조회 때라 왕자와 시위, 왕비와 궁녀들이 방납 주위에 늘어서고 어전 밖에는 여러 벼슬아치들과 장군, 무사, 시위병, 시종 들이 늘어서 있었다. 좌승상 누민중이 방납 앞으로 나가 아뢰었다.

"중원은 공부자(孔夫子)의 고향인바, 근래 가인이라는 한 어진 선비가 그곳에서 찾아왔습니다. 신이 보니 문무를 아울러 갖춘 데다 지혜와 용맹이 있고 천문 지리에도 밝았습니다. 육갑, 풍운을 구별할 줄 알고 천지의 기운을 알아보며 구류삼교와 제자백가의 어느 것 하나 막힘이 없는 선비였습니다. 그가 강남에 어린 천자의 기운을 보고 찾아와 지금 대궐 밖에서 대왕을 뵙고자 하고 있습니다."

방납도 그런 대단한 인재가 찾아왔다는 게 나쁠 리 없었다.

"그같이 어진 선비가 찾아왔다면 지금 입은 대로 들게 하라."

방납이 그렇게 말하자 벼슬아치가 시진을 어전 앞으로 이끌었다. 시진은 예를 갖춰 절을 올리고 만세를 부른 뒤 늘어뜨린 발 앞에 다가가 섰다. 방납이 보기에도 시진의 생김이 속되지 않았다. 어딘가 제왕의 핏줄을 받은 듯한 위엄이 어려 있어 말을 들어 보기 전부터 적잖이 마음에 들었다.

"선비는 천자의 기운을 바라보고 이곳으로 왔다는데 그 기운이 서린 곳이 어디요?"

방납이 환한 얼굴로 시진을 내려다보며 물었다.

"신 가인은 중원에 사는데 일찍 양친을 여의고 오직 한마음으로 학업만을 닦아 왔습니다. 세상에 전해지는 선현들의 비결을 읽고 조상들로부터 물려받은 현묘한 학문을 닦아 눈이 조금 열리게 되었는데, 요사이 밤에 하늘을 보니 제성(帝星)이 동오(東吳) 땅을 밝게 비추고 있었습니다. 그래서 천 리를 마다 않고 그 기운을 따라와서 강남에 이른 것입니다. 그런데 강남에 이르러 보니 오색 천자의 기운이 목주에서 일고 있음을 알게 되어 여기까지 오게 된 것입니다. 이제 폐하의 거룩한 용안을 바라보게 되니 용과 봉을 품고 있는 듯한 자태에 하늘의 해 같은 모습을 띠고 계시어 바로 제가 본 그 기운에 상응한 것이라 신은 실로 기쁨을 이길 수가 없습니다."

시진이 그렇게 둘러대고 다시 두 번 절을 올렸다. 방납은 기뻐하는 가운데도 어두운 기색을 떨치지 못하고 시진을 향해 물었다.

"과인이 비록 동남의 땅을 나누어 가지고 있기는 하나 요사이 송강의 무리가 성과 땅을 빼앗으며 이곳으로 쳐들어오고 있다. 이 일은 어찌해야 되겠는가?"

시진이 또 듣기 좋은 말만 골라 했다.

"신은 '쉽게 얻은 것은 쉽게 잃고 어렵게 얻은 것은 어렵게 잃는다.'란 옛사람의 말을 들어 알고 있습니다. 폐하께서는 이 동남 땅에서 터를 잡으신 뒤로 자리를 마는 듯한 기세로 거듭 이기시어 수많은 고을을 얻으셨습니다. 지금 비록 송강에게 몇 군데를 빼앗겼다고는 하나 오래지 않아 운세는 폐하께로 되돌아올 것입니다. 강남의 땅뿐만 아니라 뒷날에는 중원의 사직까지도 폐하에게로 넘어올 것입니다."

그 말을 듣자 방납은 속으로 무한히 기뻤다. 시진을 비단 방석에 자리하게 하고 크게 잔치를 베풀어 대접하는 한편 중서시랑 (中書侍郎)이란 벼슬을 내렸다. 시진은 그날부터 매일 방납 옆에 붙어 앉아 달콤하고 아름다운 말과 아첨으로 방납의 마음을 샀다. 다른 사람을 대하는 데도 빈틈이 없어 보름이 되기 전에 방납뿐만 아니라 안팎의 벼슬아치까지도 시진을 좋아하지 않는 사람은 하나도 없게 되었다.

방납은 그 뒤로도 시진이 일을 처리하매 공평하고 밝은 것을 보고 더욱 마음에 들어 했다. 좌승상 누민중을 중매인으로 삼아 금지공주(金芝公主)를 그에게 시집보내고 부마로 삼은 뒤 주작도위(主爵都尉)로 올려 세웠다. 그때는 연청도 이름을 운벽(雲壁)으로 갈았는데 시진을 따라 벼슬을 얻으니 사람들은 그를 운 봉위 (雲奉尉)라 불렀다.

시진은 방납의 공주와 혼인을 하게 됨으로써 더욱 거리낌 없이 궁궐을 드나들 수 있게 되었고 그 바람에 궁궐 안팎의 사소한 일까지 모르는 것이 없었다. 거기다가 방납은 군사에 대해 중대한 의논거리가 있으면 시진을 궁 안으로 불러들여 함께 의논하니 군사에 관한 일까지도 시진이 모르는 것은 없게 되었다. 그러면서도 방납이 물어 오는 것에 대해서는 언제나 듣기 좋은 말로만 답해 주었다.

"폐하께 어린 천자의 기운은 틀림없는 것입니다. 비록 지금은 강성의 침범을 받고 있으나 반년도 되기 전에 곧 편안함을 회복하실 것입니다. 송강 밑에 한 명의 장수도 남지 않게 되고 하늘의 강성도 물러나게 되면 폐하의 기업은 다시 부흥할 것이니 그때에 자리 말듯 밀고 나가시어 중원 땅을 차지하도록 하십시오."

"하지만 과인이 밑에 두고 아끼며 부리던 장수 여럿이 모두 송강에게 죽임을 당했소. 그 일은 어찌하면 좋겠소?"

방납이 기쁜 중에도 걱정을 떨쳐 버리지 못하고 다시 물었다. 시진이 역시 어거지로 끼워 맞춰 그런 방납을 안심시켰다.

"신이 밤에 천문을 살펴보니 폐하의 운세는 비록 수십 개의 장성(將星)이 돌보고 있기는 하나 바른 기운이 아니어서 오래잖아 없어질 것입니다. 대신 이십팔수의 별들이 모여들어 폐하를 도울 것이니 그때 폐하의 기업도 다시 흥하게 되리라 보여집니다. 또 오래잖아 송강의 무리에서도 여남은 명의 장수가 와서 항복할 것인데 그자들 또한 제가 말씀드린 이십팔수에 드는 자들로서 폐하께서 강토를 늘리는 데 크게 도움이 될 신하들입니다. 폐하께서는 부디 심려를 그치시고 때만 기다리십시오."

그제야 방납도 얼굴 가득 기쁜 빛을 띠었다. 어찌 보면 시진의 말재간 또한 놀라운 것이었다.

오룡령의 힘든 싸움

　한편 그 무렵 송강은 대군을 거느리고 항주를 떠나 부양현을 향하고 있었다. 보광국사라고 불리는 적장 등원각과 원수 석보, 왕적, 조중, 온극양은 싸움에 져 쫓기는 군사들을 거느리고 부양현의 관문을 지키고 있다가 송강이 그리로 밀고 든다는 말을 듣자 겁부터 먹었다. 얼른 목주에 사람을 보내 방납에게 구원을 청했다.

　방납의 우승상 조사원은 곧 지휘사 두 사람에게 군사 만 명을 주어 원병으로 보냈다. 정지휘사는 백흠(白欽)이란 자요 부지휘사는 경덕(景德)이란 자였는데 홀로 만 명을 당할 만한 용맹이 있다는 장수들이었다. 그들은 부양현에 이르자 곧 보광국사 등과 군사를 합쳐 산등성이에다 진세를 벌였다.

송강의 대군은 칠리만(七里灣)에 이르러 수군과 마군을 합친 뒤 다시 앞으로 밀고 나왔다. 송나라 군사가 이른 것을 본 석보는 유성추를 감춘 채 벽풍도를 빼 들고 부양현의 산등성이를 내려와 맞섰다. 관승이 석보를 보고 말을 박차 달려 나가려는데 여방이 소리쳤다.

"형님은 잠깐 기다리십시오. 제가 저놈과 몇 합 싸워 보겠습니다."

이에 관승은 여방에게 싸움을 넘겼다. 송강이 문기 아래에서 바라보니 여방이 한 필 말에 올라 창을 휘두르며 달려 나가는 것이 눈에 들어왔다. 여방은 똑바로 석보에게로 다가가 그와 맞붙었다. 석보가 벽풍도를 휘둘러 여방의 창을 막았다. 두 사람의 싸움이 쉰 합을 넘자 여방의 힘이 달려 보이는 듯했다. 그러자 이번에는 곽성이 화극을 들고 달려 나가 여방을 도왔다. 석보는 칼 한 자루로 여방과 곽성의 화극을 막아 내는데 빈틈이라고는 전혀 보이지 않았다.

그렇게 싸움이 한창 불붙고 있는데 적장 보광국사가 급히 징을 울려 군사를 거두었다. 강줄기를 따라 송강의 싸움배가 바람을 타고 올라오는 것을 보고 혹시라도 양쪽에서 협공을 할까 겁을 먹은 것이었다. 하지만 여방과 곽성은 석보를 놓아주려 하지 않았다. 몸을 빼지 못한 석보가 두 사람을 상대로 네댓 합 싸우고 있는데 송나라 군사 쪽에서는 주동이 또 창을 들고 말을 달려 나왔다.

아무리 용맹한 장수라 해도 석보 혼자서는 그들 세 장수를 당해낼 길이 없었다. 마침내는 병기를 거두고 말 머리를 돌려 달아나기 시작했다. 송강이 채찍을 휘둘러 군사들을 앞으로 내몰았다. 기세가 오른 송나라 군사는 물밀듯이 부양산 산마루로 밀리고 있는 적병을 뒤쫓았다.

석보가 이끄는 군사들은 길에 진채를 멈출 수 없게 되자 동려현(桐廬縣)까지 밀렸다. 송강은 밤을 낮 삼아 군사를 몰아 나가 마침내는 백봉령(白蜂嶺)을 넘어 진채를 내렸다. 그리고 그날 밤 해진, 해보, 연순, 왕왜호, 일장청에게 보군 천 명을 주고 이규, 항충, 이곤, 번서, 마린에게도 보군 천 명을 주어 동서 두 길로 동려현에 있는 적을 치게 했다. 이준을 비롯한 완씨 삼 형제, 동씨 형제, 맹강 등의 일곱 명 수군 두령도 물길로 나아가 그들의 뒤를 받쳐 주게 했다.

해진을 비롯한 송나라 군사 쪽의 장수들이 군사를 이끌고 동려현에 이르렀을 때는 어느덧 삼경이 되어 있었다. 적장 석보와 보광국사는 싸울 일을 의논하다가 갑자기 한소리 포향을 들었다. 놀란 적장들은 허둥지둥 말에 올랐다. 보니 세 길에서 불길이 일며 송나라 군사가 몰려오고 있었다. 이에 적장들은 감히 맞설 엄두조차 못내고 석보를 따라 도망치기에 바빴다.

적장 온극양은 다른 장수들보다 좀 늦게 말에 올라 오솔길로 달아나다가 왕왜호, 일장청과 마주쳤다. 그들 부부는 함께 말을 휘몰아 온극양을 덮쳤다. 그리고 이미 기세에 눌려 제대로 맞서지도 못하는 온극양을 때려눕힌 뒤 사로잡아 끌고 갔다.

이규는 항충, 이곤, 번서, 마린과 함께 동려현 성안으로 쳐들어가 불을 놓고 함부로 사람을 죽여 댔다. 송강은 그 소식을 듣자 곧 군사를 재촉하여 영채를 거두고 동려현으로 달려갔다. 왕왜호와 일장청이 온극양을 바치며 공을 청하였다. 송강은 온극양을 장 초토에게로 묶어 보내고 성안을 안정시켰다. 다음 날 송강은 다시 대군을 휘몰아 물과 뭍으로 밀고 나갔다. 곧 오룡령이 나타나 길을 막았다. 그 고개만 넘으면 적의 근거지인 목주였다.

그때 적병을 이끌던 보광국사는 여러 장수들과 함께 오룡령에 인마를 머무르게 하고 고개를 넘는 샛길이며 관문을 틀어막았다. 오룡령의 관문은 장강을 끼고 있어 산은 높고 물은 물살이 센 데다 또 관 안에는 외적을 방비하기 좋은 설비가 잘 되어 있었고 강물 쪽으로는 배들까지 늘어서 있었다.

송강은 인마를 오룡령 아래에 진을 치게 하고 이규와 항충, 이곤에게 방패수 오백 명을 주며 길을 알아보게 했다. 그들이 오룡령 아래에 이르니 산 위에서 통나무와 바위가 쏟아지는 통에 더 나아가 볼 수가 없었다.

이규가 돌아와 그대로 알리자 송강은 다시 완소이, 맹강, 동맹, 동위 네 사람을 보내 우선 싸움배 절반을 물가로 끌고 와 대게 했다. 그리고 완소이로 하여금 오룡령으로 가는 물길을 알아보라 일렀다. 완소이는 두 부장과 함께 싸움배 백여 척에 수군 천 명을 태우고 오룡령으로 떠났다. 기를 휘두르고 북을 울리며 떠날 때는 제법 기세가 그럴듯했다.

하지만 오룡령 남쪽에는 방납의 수군 진채가 있는데 그곳에는 싸움배만도 오백 척에 오천 명이 넘는 적의 수군이 있었다. 그 수군의 우두머리는 절강사룡(浙江四龍)이라 불리는 네 수군 총관이었는데 도총관은 옥조룡(玉爪龍) 성귀(成貴), 부총관은 금린룡(錦鱗龍) 적원(翟源), 좌부관은 충파룡(衝波龍) 교정(喬正), 우부관은 희주룡(戲珠龍) 사복(謝福)이었다. 그들 네 총관은 본디 전당강의 뱃사공들이었는데 방납 편에 들어 역적의 삼품직(三品職)을 받은 자들이었다.

그날 완소이가 이끄는 송의 수군은 아무것도 모르고 빠른 물살을 따라 내려와 여울을 향해 저어 갔다. 하지만 적의 네 총관은 미리 그럴 때를 대비해 놓고 있었다. 불을 질러 적선을 태울 오십여 척의 뗏목이 바로 그 대비였다. 뗏목들은 모두 큰 소나무와 삼나무로 묶었는데 그 위에 유황과 염초 따위 불붙기 쉬운 것들에다 마른 짚 검불을 덮고 대나무로 얽은 것이었다.

완소이와 맹강, 동위, 동맹이 여울로 올라가는 데만 정신이 팔려 있을 때 위에서 보고 있던 적의 총관 넷은 붉은 신호기를 꽂은 네 척의 빠른 배를 타고 물살을 따라 내려왔다.

갑자기 나타난 적선을 보고 완소이가 수군들에게 영을 내려 활을 쏘게 했다. 그러자 네 척의 빠른 배는 급히 되돌아서 강을 올라가 버렸다. 완소이는 다시 영을 내려 물길을 따라 오르게 했다.

적의 네 수군 총관이 탄 배는 멀지 않은 여울목에 닿았다. 적장들이 언덕으로 뛰어오르자 졸개들도 그들을 따라 언덕으로 기어올라 달아나기 바빴다. 뒤따르던 완소이는 여울 위쪽 적의 수채에 배가 가득 늘어선 것을 보고 멈칫했다. 그때 오룡령 위에서 깃발이 한 번 흔들리고 북소리, 징 소리가 울리더니 불이 붙은 뗏목들이 바람을 받아 여울목 아래로 나는 듯 밀려왔다. 그 뗏목들 뒤로는 적의 큰 배들이 따르고 있었는데 거기에는 장창과 갈고리를 든 적의 수군들이 크게 함성을 질러 대고 있었다.

동위와 동맹은 형세를 보니 큰 어려움이 닥칠 것 같았다. 곧 배를 물가에 대게 한 뒤 배를 버리고 언덕으로 기어올랐다. 그리고 가까운 산으로 기어올라 몸을 피한 뒤 겨우겨우 길을 찾아 송강의 진채로 돌아갔다. 그러나 완소이와 맹강은 그냥 배 위에 버티면서 적을 맞았다. 불붙은 뗏목이 먼저 밀려 내려와 완소이는 어떻게 싸워 보지도 못하고 배를 버리지 않을 수 없었다. 완소이가 물에 뛰어들려고 하는데 어느새 적선이 다가와 갈고리로 완소이의 배를 끌어당겼다. 놀란 완소이는 그들에게 사로잡혀 욕을 보게 되는 것이 죽기보다 싫었다. 길게 생각할 것도 없이 허리에 차고 있던 칼을 빼어 스스로 목숨을 끊고 말았다.

맹강도 이미 대세가 틀어진 것을 보고 급히 물에 뛰어들려 하였으나 그도 또한 무사하지 못하였다. 적의 뗏목 위에서 터진 화포에 맞아 투구 쓴 머리가 으깨진 채 죽었다. 이준과 완소오, 완소칠은 모두 뒤쪽에 있었는데 앞의 배들이 적에게 깨지고 적병이 강기슭을 따라 밀고 들어오자 급히 뱃머리를 돌려 동려현으로 돌아가고 말았다.

보광국사와 석보도 오룡령 위에서 자기편 수군 총관들이 싸우는 것을 보고 있었다. 저희 편 장졸들이 여지없이 송나라 군사를 쳐부수는 것을 보자 기세가 오른 그들은 가만히 있을 수가 없었다. 곧 군사를 휘몰아 오룡령 아래로 밀고 내려왔다. 송나라 군사는 물이 막혀 쫓을 수도 없고 길이 험해 되몰 수도 없어 할 수 없이 동려현으로 물러났다. 적도 멀리는 쫓지 않고 오룡령으로 되돌아갔다.

동려현에 진채를 내린 송강은 다시 완소이와 맹강을 잃자 슬픔과 걱정에 젖었다. 자지도 먹지도 못하고 눈물에 잠겨 있는 것을 여러 장수들이 찾아가 위로했으나 소용이 없었다. 완소칠과 완소오가 형의 장례를 치른 뒤 송강을 찾아와 말했다.

"이제 우리 형님은 나라의 큰일을 위해 목숨을 잃었으니 양산박에서 이름도 없이 죽기보다는 훨씬 낫습니다. 선봉께서는 너무 슬퍼하지 마시고 먼저 나라의 큰일을 생각하십시오. 형님의 원수는 우리 두 형제가 꼭 갚겠습니다."

송강은 그들 형제의 말을 듣자 조금 낯빛이 풀렸다. 이튿날 다시 인마를 점고한 뒤 군사를 내려 했다.

"형님께서는 너무 서두르지 마십시오. 천천히 계책을 세워 오룡령을 넘어도 늦지 않을 것입니다."

오용이 서두르는 송강을 그렇게 말렸다. 그때 곁에 있던 해진과 해보가 나서서 말했다.

"우리 형제는 원래가 사냥꾼이라 산을 타고 고개를 넘는 재주가 있습니다. 우리가 이 고장 사냥꾼으로 가장하고 산으로 올라가 불을 지르면 역적들은 틀림없이 놀라 관을 버리고 도망칠 것입니다."

"그 계책이 좋기는 하나 저 산이 높고 험한 게 걱정이오. 발자국을 내딛기가 어려울뿐더러 자칫 헛디디면 목숨을 잃게 될 것이외다.”

오용이 그렇게 걱정했다. 해진과 해보가 씩씩하게 받았다.

“우리 형제는 등주에서 탈옥해 양산박에 오른 뒤로 형님께 의지해 복을 누려 왔습니다. 여러 해 호걸 노릇도 하였고 또 국가로부터 벼슬을 받아 비단옷으로 몸을 감싸기도 했습니다. 이제 나라를 위해 살과 뼈가 부서진다 한들 그동안 베푸신 형님의 은덕에 비해 아까울 게 무엇 있겠습니까?”

그들의 말을 듣고 있던 송강이 조용히 입을 열었다.

“아우는 그렇게 흉한 소리 말게. 그저 하루빨리 큰 공을 세워 도성으로 돌아갈 꿈이나 꾸게. 그리되면 조정에서도 결코 우리를 얕보지 못할 것이네. 마음을 다하고 있는 힘을 다 쏟아 나라를 위해 일하면 되는 것이네.”

송강의 반허락을 받은 해진과 해보는 자신의 장막으로 돌아가 곧 떠날 채비를 했다. 호랑이 가죽으로 만든 덧저고리를 찾아 입고 각기 허리에 짧은 칼을 찬 뒤 사냥 때 쓰는 창을 갖추었다. 누가 보아도 사냥꾼 같은 차림이었다. 송강을 찾아가 작별 인사를 올린 그들 형제는 샛길로 해서 오룡령으로 떠났다.

형제가 떠난 것은 초경 무렵이었다. 가는 길에 적의 복병 둘을 만나 그들을 죽이고 고개 밑에 이르니 이경이 되었다. 오룡령 위의 적진에서는 시각을 알리는 경쇠 소리가 똑똑히 들려왔다. 이에 그들 형제는 큰길로 나아가지 못하고 등과 칡넝쿨이 얽혀 있는 험한 산등성이를 한 걸음 한 걸음 기어올랐다.

그날 밤은 달이 밝아 대낮같이 환했다. 산을 거의 올라간 뒤 고개를 들어 살펴보니 산마루에는 등불이 여기저기 걸려 있었다. 두 사람은 고갯마루로 드는 문께에 붙어 귀를 기울였다. 다시 시각을 알리는 북소리가 들리는데 헤어 보니 벌써 사경이었다. 해진이 아우에게 귓속말로 속삭였다.

"밤이 짧아 오래잖아 날이 밝을 거야. 어서 꼭대기까지 오르지 않으면 안 되겠는걸."

그리고 두 형제는 다시 칡넝쿨을 잡고 산 위로 기어 올라갔다. 깎아지른 듯한 절벽에 이르자 그들은 그 험한 절벽을 오르는 데 여념이 없어 한동안 말없이 손발만 움직였다. 그런데 끈으로 묶어 등에 멘 사냥 창이 대나무 줄기와 등넝쿨에 부딪혀 소리를 내는 바람에 산 위 적병들에게 들키고 말았다.

해진이 산 위의 움푹한 곳으로 기어 올라갔을 때 문득 머리 위에서, '받아랏.' 하는 소리와 함께 갈고리가 내려와 해진의 상투를 걸었다. 해진은 얼른 허리에서 칼을 빼 들려 했다. 그러나 어느새 위에서 끌어당긴 힘 때문에 허공에 매달리고 말았다. 해진은 놀란 중에 칼을 휘둘러 갈고리를 잘라 버렸다. 그 바람에 그는 까마득한 벼랑 꼭대기에서 밑으로 떨어지고 말았다. 불쌍하게도 한평생을 호걸로 살아온 해진은 백 길도 넘는 벼랑에서 떨어지는 바람에 때아닌 죽음을 맞게 되었다. 벼랑 아래는 늑대 이빨 같은 바윗덩어리가 삐죽삐죽 솟아 있는 계곡이라 그의 몸은 그대로 짓이겨진 고깃덩이가 되고 말았다.

해보는 형이 떨어지는 것을 보고 급히 밑으로 내려가려 했으나 그럴 틈이 없었다. 곧 크고 작은 바윗덩이에 활과 쇠뇌의 화살이 쏟아져 등나무 넝쿨 안으로 파고들었다. 그 바람에 해보 역시도 형과 함께 오룡령 기슭 대나무 숲에서 파란 많던 삶을 마쳤다.

날이 밝자 고개 위의 적병들은 사람을 밑으로 내려보내 해진과 해보의 시체를 고개 위로 끌어올렸다. 그리고 고갯마루에 버려두어 그대로 썩게 했다. 염탐꾼이 그 자세한 경위를 알아낸 뒤 송강에게 가 해진과 해보가 이미 죽어 오룡령 위에 버려졌다는 걸 알렸다.

송강은 해진과 해보가 또 죽었다는 말을 듣자 울다가 몇 번이나 정신을 잃었다. 그러다가 겨우 정신을 차리기 바쁘게 관승과 화영을 불러 명했다.

"군사를 점고하여 오룡령의 관을 치도록 하라. 죽은 네 아우의 원수를 갚아야겠다."

송강의 그같이 갑작스러운 명에 곁에 있던 오용이 말했다.

"형님께서는 너무 서두르지 마십시오. 죽은 사람들은 하늘이 정한 명에 따른 것뿐입니다. 관을 빼앗는 일에 함부로 덤벼서는 안 됩니다. 반드시 묘책을 써서 관을 뺏은 뒤에 장졸을 내몰아야 합니다."

그 말에 너그럽던 송강이 그답지 않게 화내어 소리쳤다.

"누가 이 싸움에서 우리 형제 셋 중 하나가 없어질 줄 생각이나 했겠소? 게다가 이제 역적 놈들은 우리 형제의 시체를 산마루에 내던져 그대로 썩게 한다니 차마 견딜 수가 없소. 오늘 밤 군사를 몰고 가서 반드시 그 시체부터 찾아와야겠소. 그리고 관곽을 갖추어 장례를 지낸 뒤 다른 일을 생각해 보리다!"

"역적들이 우리 형제의 시체를 그대로 버려둔 것 또한 그들의 잔꾀일까 걱정입니다. 부디 형님께서는 함부로 군사를 움직이지 마십시오."

오용이 그렇게 한 번 더 말렸으나 송강은 듣지 않고 날랜 군사 삼천을 뽑은 뒤 관승, 화영, 여방, 곽성과 함께 오룡령을 향했다. 그들이 오룡령 밑에 이르렀을 때는 벌써 이경이 가까웠을 무렵 이었다.

"앞에 버려진 두 사람의 시체가 있습니다. 해진과 해보의 것 같습니다."

앞서 나가 길을 탐지하던 소교가 다가와 송강에게 그렇게 알 렸다. 송강이 몸소 말을 달려가서 보니 두 그루 나무 위에 대나 무에 꿴 목 두 개가 꽂혀 있고 나무줄기를 깎은 곳에는 두 줄의 큰 글씨가 쓰여 있었다. 달빛이 어두워 글씨를 알아볼 수 없기에 송강은 화포의 불씨를 가져다 등을 켜고 글을 살펴보았다.

송강도 오래잖아 이곳에서 이렇게 매달리리라!

나무줄기에 쓰인 글의 내용은 그러했다. 그러나 송강은 그 글 에 마음 씀이 없이 나무에 매달린 목부터 끌어내게 했다. 그때 갑자기 사방에서 횃불이 밝혀지며 북소리, 징 소리가 어지럽게 울리더니 수많은 인마가 그들을 겹겹이 에워쌌다. 뿐만 아니었 다. 고갯마루에서는 화살이 비 오듯 날아오고 물가에 매어진 적 의 싸움배에서도 수군들이 무리 지어 언덕으로 기어올랐다. 바로 석보의 계책에 떨어진 것이었다.

송강이 어찌할 바를 몰라 하다가 급히 군사를 물리려는데 앞으로는 석보가 이끈 인마들이 길을 막고 뒤로는 보광국사 등원각이 이끄는 인마가 돌아갈 길을 끊고 있었다. 석보가 기세등등하여 송강을 보고 외쳤다.

"송강은 어서 말에서 내려 항복하지 않고 어느 때를 다시 기다리느냐!"

그 소리를 들은 관승이 몹시 성이 나 말을 박차고 칼을 휘두르며 달려 나갔다. 그러나 관승과 석보가 맞붙기도 전에 뒷면에서 다시 함성이 일었다. 적의 네 수군 총관이 등 뒤에서 언덕으로 기어올라 적장 왕적, 조중과 함께 군사를 합친 뒤 고개 위에서 아래로 쏟아져 내려오는 길이었다. 화영이 급하게 뛰어나가 뒤에서 몰려오는 적을 막으며 적장 왕적과 어울려 싸웠다. 화영은 무턱대고 힘으로만 버틸 일이 아니라고 여겨 몇 합 싸우기도 전에 밀리는 척 달아나기 시작했다. 왕적과 조중은 기세를 타고 그런 화영을 뒤쫓았다. 그때 화영이 급히 활과 화살을 꺼내 잇따라 두 대를 쏘아 두 적장을 말 위에서 떨어뜨렸다.

그 바람에 기세가 꺾인 적병은 함성만 지를 뿐 슬금슬금 뒤로 밀리기 시작했다. 네 수군 총관도 왕적과 조중이 잇따라 죽는 것을 보자 감히 앞으로 나서지 못했다. 덕분에 화영 혼자 뒤에서 몰려오는 적을 막아 낼 수가 있었다.

그때 다시 옆으로부터 비스듬히 두 떼의 적병이 뛰쳐나왔다. 한 갈래는 적장 백흠(白欽)이 이끄는 군사들이요, 또 다른 갈래는 적장 경덕(景德)이 이끄는 군사들이었다. 송강의 진중에서도 두 장수가 뛰쳐나가 그들을 맞았다. 여방은 백흠과 맞붙고 곽성은 경덕과 맞붙었다. 그렇게 송나라 군사는 사방으로 덤벼드는 적군과 죽기로 맞싸웠다.

겨우 버티고는 있으나 일이 그렇게 되니 송강도 당황스럽지 않을 수 없었다. 그때 적군 뒤편에서 함성이 크게 울리더니 한 떼의 군사들이 쏟아져 들어왔다. 이규가 항충, 이곤과 함께 보군 천 명을 이끌고 석보의 마군 뒤편을 들이친 것이었다.

적장 등원각은 석보의 뒤편이 어지러워진 것을 보고 군사를 끌고 가 구원하려 했다. 그때 그의 등 뒤에서 노지심과 무송이 각기 두 자루의 계도(戒刀)와 쇠로 만든 선장을 휘두르며 보군 일천 명을 끌고 덤볐다. 그 뒤에는 또 진명, 이응, 주동, 연순, 마린, 번서, 일장청, 왕왜호가 저마다 마군과 보군을 이끌고 죽기로 치고 들었다.

사방으로 나타난 송나라 군사가 석보와 등원각의 군사를 두들겨대니 아무리 첫 기세가 좋았다 해도 견딜 수가 없었다. 끝내는 길이 열리고 송나라 군사는 송강을 구해 동려현으로 돌아갔다. 석보도 아무 얻은 것 없이 군사를 거두어 고개 위로 되돌아갔다.

"여러 형제들이 구해 주지 않았더라면 이 송강도 이미 해진, 해보와 같이 황천의 귀신이 될 뻔하였소."

진채로 돌아온 송강이 여러 장수들에게 그렇게 고마움의 뜻을 나타냈다.

한편 오룡령으로 올라간 석보와 등원각은 머리를 맞대고 앞일을 의논했다. 석보가 등원각에게 말했다.

"송강의 군마가 당장은 동려현으로 돌아가 진을 치고 있지만 혹시라도 그들이 샛길로 이 고개를 넘어가 버릴까 걱정이오. 그때는 목주가 바로 발 앞이니 위태롭기 그지없게 되오. 국사께서 청계에 있는 대궐로 몸소 찾아가시어 천자를 뵈옵고 인마를 더 달라고 청하심이 좋을 듯하오. 그렇게 이 고갯마루를 지켜야만 오래 견뎌 낼 수가 있을 것이오."

등원각도 그 말이 옳게 들렸다.

"원수의 말씀이 꼭 맞소. 소승이 얼른 다녀오리다."

그러고는 곧 말에 올라 목주로 달려갔다. 등원각은 먼저 우승상 조사원을 만나 보고 말하였다.

"송강의 군사들은 날래고 장수들은 사나워 그 세력을 막기가 어렵소이다. 자리를 마는 듯한 기세로 적군이 밀고 드니 혹시라도 어긋남이 있을까 걱정되오. 소승이 특히 폐하께 상주하는 것은 병졸과 장수를 더 보내 오룡령의 관을 지키도록 해 달라는 것이외다."

그 말을 들은 조사원은 얼른 등원각과 함께 말에 올라 청계현 방원동으로 달려갔다. 그리고 좌승상 누민중에게도 그 일을 알린 뒤 함께 군마를 더 내려 달라는 주청을 드리기로 했다.

다음 날이었다. 방납이 궁궐에서 조회를 받는데 좌우 두 승상이 등원각과 함께 나타났다. 천자를 보는 예를 올리고 만세를 부른 뒤 등원각이 앞으로 나아가 말했다.

"신 원각은 성지를 받들고 태자와 함께 항주를 지키고 있었습니다. 그런데 뜻밖에도 송강의 군사는 날래고 장수는 사나워 자리 말듯 하는 기세로 밀고 드니 막아 내기 몹시 어려웠습니다. 게다가 원평사란 놈이 적을 성안으로 불러들여 항주는 떨어지고 태자께서는 나가 싸우시다 돌아가셨습니다. 지금 신 원각은 원수 석보와 함께 오룡령을 지키고 있는바 송강의 장수를 네 명이나 목 베 어지간히 기세를 올렸습니다만 걱정이 아주 없는 것은 아닙니다. 송강이 동려현에 군사를 머물고 있어 오래잖아 샛길을 찾아내 저희가 지키는 관소로 바로 치고 들면 지켜 내기 어려울 듯합니다. 바라건대 폐하께서는 어서 훌륭한 장수와 날랜 인마를 보태시어 저희와 함께 오룡령을 지키도록 해 주옵소서. 그리되면 적을 물리칠 뿐만 아니라 이제껏 잃은 성과 고을들을 되찾을 수 있게 될 것입니다."

그러나 방납이 어두운 얼굴로 대답했다.

"군사들은 이미 모두 각처로 내보냈다. 게다가 근래에 흡주 욱 령관이 몹시 위급하다기에 또 수만 군사를 나눠 주고 나니 이제는 어림군밖에 남지 않았다. 과인이 있는 대궐을 지키기에도 넉넉지 못한데 어떻게 사방으로 쪼개 보낼 수가 있겠느냐?"

"폐하께서 구원병을 보내지 않으신다면 신으로서도 어쩔 수 없는 일입니다. 그러하오나 송나라 군사가 오룡령을 넘는 날이면 목주를 어떻게 지킬 수 있겠습니까?"

등원각이 다시 그렇게 말하자 좌승상 누민중도 나와 그를 거들었다.

"저 오룡령의 관소도 마찬가지로 요긴한 곳입니다. 신이 알기로 어림군은 합쳐 삼만이나 되오니 그중에 일만을 가려 국사께 주어 오룡령을 지키는 게 옳을 듯합니다. 폐하께서는 밝게 살펴 주시옵소서."

그러나 방납은 누민중의 말도 듣지 않고 어림군을 오룡령으로 보내지 않았다.

조회가 끝난 뒤 여럿은 방납 앞을 물러 나왔다. 그러나 아무래도 그대로 두고 볼 수는 없는 일이라 누 승상은 여러 관원들과 의논한 끝에 조 승상이 거느리고 있는 목주의 장수 한 명과 군사 오천을 오룡령에 보내기로 했다. 조사원과 함께 목주로 돌아온 등원각은 장수 하후성(夏侯成)과 군사 오천을 얻어 오룡령 진채로 돌아갔다.

등원각이 석보에게 방납의 궁궐에서 있었던 일을 말하자 석보가 받았다.

"조정에서 어림군을 보내 주지 않으면 우리도 관만 굳게 지키고 나가 싸우지는 맙시다. 네 수군 총관에게도 여울목과 강변만 굳게 지켜 밀고 드는 적의 배나 막고 함부로 나아가지는 말라고 이르는 게 좋겠소."

보광국사 등원각도 그 수밖에 없다고 여겨 고개를 끄덕였다.

그 무렵 송강은 동려현에 군사를 머무르게 한 채 움직이지 않고 있었다. 여러 장수를 잃어 꺾인 기세를 쉬면서 되살리기 위함이었다. 그렇게 스무 날이 넘도록 싸움 없이 보내고 있는데 탐마가 달려와 알렸다.

"조정에서 다시 동 추밀을 보내시어 상을 내리셨는데 추밀께서는 이미 항주에 이르셨다는 전갈입니다. 우리가 군사를 두 길로 나누어 나아간다는 걸 아신 동 추밀께서는 대장 왕품(王稟)에게 상으로 내린 물품을 갈라 주어 욱령관의 노 선봉에게 보내고 자신은 곧 이곳에 이르러 손수 상을 내리실 것이라 합니다."

그 말을 들은 송강은 오용을 비롯한 여러 장수들과 더불어 이십 리 밖까지 나가 동 추밀을 맞아들였다. 현청으로 돌아온 동 추밀은 천자가 내린 글을 읽어 줌과 아울러 여러 장수들에게 상을 내렸다. 송강을 비롯한 장수들은 동 추밀에게 절을 올린 뒤 곧 잔치를 열어 대접했다.

"오면서 들자니 장수들을 여럿 잃었다더구려."

술잔을 나누는 중에 동 추밀이 그렇게 말했다. 송강이 눈물을 흘리며 받았다.

"지난날 조 추밀을 따라 북으로 요나라 오랑캐들을 칠 때에는 싸움마다 이기면서도 장수 하나 잃지 않았습니다. 그런데 성지를 받들고 방납을 치러 나선 뒤에는 그렇지가 못합니다. 도성을 떠나기도 전에 공손승이 먼저 떠나가고 어전에도 몇 사람이 남게 되었지요. 강을 건넌 뒤에는 더욱 나빠 싸움마다 장수를 몇 명씩 잃었고 근래는 또 열 명 가까운 장수가 항주에 앓아누웠는데 죽었는지 살았는지 알 길이 없습니다. 저 앞 오룡령을 치다가도 장수 몇 명을 더 잃었지요. 산이 높고 험하고 물살이 빨라 맞싸우기 어려운 까닭에 적의 관을 급히 깨뜨릴 수가 없었습니다. 그래서 이제 어찌할 바를 모르고 있는데 상공께서 이곳에 이르신 것입니다."

"천자께서는 선봉이 큰 공을 세운 것도 잘 알고 계시며 또 여러 장수를 잃은 것도 들으셨소. 그래서 특히 나를 뽑아 대장 왕품과 조담을 이끌고 와서 선봉을 돕게 하신 것이오. 왕품은 조정에서 내린 상을 욱령관의 여러 장수들에게 나눠 주려고 그리로 갔소."

동 추밀이 위로 삼아 그렇게 말하고 조정에서 딸려 보낸 장수 조담을 불러들여 송강을 보게 했다. 송강은 동 추밀과 조담(趙譚)이 동려현에 머물게 되자 장졸들에게 잘 받들어 모시게 했다.

다음 날이 되었다. 동 추밀이 인마를 점고하여 오룡령의 관을 치려 하는데 오용이 나와 말했다.

"상공께서는 가볍게 움직이셔서는 아니 됩니다. 먼저 연순과 마린을 계곡 샛길로 보내 이곳에 사는 백성들을 찾아보게 한 뒤 길을 알아 그 길로 적의 관소를 치도록 하는 게 좋겠습니다. 그래서 우리와 함께 양쪽에서 협공하면 적은 앞뒤를 돌볼 새가 없어 쉽게 관을 깨뜨릴 수 있을 것입니다."

"그 말이 옳소."

송강이 그렇게 오용을 거들며 곧 마린과 연순에게 튼튼하고 날랜 군사 열 명을 딸려 내보냈다. 시골 마을로 가서 그곳 토박이를 찾아 길을 알아 오게 하기 위함이었다.

연순은 떠나간 지 하루 만에 한 늙은이를 데리고 돌아왔다.

"이 늙은이는 누구요?"

송강이 그렇게 묻자 마린이 대답했다.

"이 늙은이는 이곳 토박이로 땅의 형세와 길을 모조리 잘 알고 있다고 합니다.”

그 말을 들은 송강은 그 늙은이를 향해 말했다.

“노인장께서 오룡령을 넘을 수 있는 길을 가르쳐 주신다면 후한 상을 드리겠습니다.”

그러자 늙은이가 자신 있게 대답했다.

“이 늙은것은 조상 때부터 이곳에서 살아온 백성인데 여러 차례 방납에게 해를 입었으면서도 달아날 데가 없어 이러고 있습니다. 이제 다행히도 천병이 이곳에 이르니 만백성이 다시 복을 누리고 태평한 세월을 보게 되었군요. 제가 오룡령을 넘는 한 갈래 샛길을 일러 드리겠습니다. 그 길로 오룡령을 넘으면 바로 동관(東管)이란 곳이 나오는데 목주는 그 동관에서 멀지 않습니다. 또 동관 북문에 이른 뒤 서문으로 돌아가면 바로 오룡령이 됩니다.”

그러고는 자세하게 길을 일러 주었다. 듣기를 마친 송강은 몹시 기뻐하며 은덩이를 가져다 그 늙은이에게 상으로 주게 하고 진채 안에 머무르게 해 잘 대접하였다.

다음 날 송강은 동 추밀에게 동려현을 지켜 달라고 청한 뒤 화영, 진명, 노지심, 무송, 대종, 이규, 번서, 왕영, 호삼랑, 항충, 이곤, 능진을 합쳐 열두 명의 장수와 마보군 만 명을 거느리고 그 늙은이를 따라가게 했다. 말들은 방울을 떼고 군사들에게는 하무[枚]를 물렸다.

송강의 군사들이 소우령(小牛嶺)에 이르렀을 때 한 떼의 적병들이 나와 길을 막았다. 송강은 얼른 이규와 항충, 이곤을 불러 그들을 물리치게 했다. 몇백 명 되던 적군은 범같이 날뛰는 이규의 도끼에 맞아 거지반 죽고 송나라 군사는 사경 무렵 해서 동관에 이를 수 있었다.

동관을 지키던 적장 오응성(伍應星)은 송병이 이미 그곳까지 이르렀단 말을 듣자 막을 궁리를 해 보았다. 그러나 겨우 이천의 인마밖에 없는 그가 무슨 수로 송의 대군을 막아 낼 수 있겠는가. 한번 싸워 보지도 않고 그대로 달아나 목주로 돌아간 뒤 저희 조 승상에게 알렸다.

"송강의 군사들이 샛길을 알아내 오룡령을 넘었습니다. 지금 동관까지 와 있습니다."

방납 밑에서 승상 노릇을 하고 있던 조사원은 그 말에 크게 놀랐다. 곧 제 밑에 있는 여러 장수들을 불러 모아 송나라 군사를 칠 계책을 의논했다.

아무 탈 없이 오룡령을 넘은 송나라 군사는 포수 능진을 시켜 연주포를 쏘아 올리게 했다. 오룡령 영채에 버티고 있던 적장 석보는 그 포 소리를 듣고 얼른 백흠을 시켜 무슨 일인가를 알아보게 했다. 백흠이 군사를 거느리고 나와 포 소리 나는 곳을 보니 송나라 군사의 깃발이 산과 들판을 덮고 있었다. 백흠이 급히 오룡령 위로 돌아가 석보와 등원각에게 그 일을 알렸다.

"조정에서 구원병을 보내 주지 않았으니 우리는 이곳 관만 굳게 지키도록 합시다. 목주를 구원하러 가서는 안 될 것이오."

석보가 그렇게 말하자 등원각이 고개를 저었다.

"그건 옳지 않소. 우리가 가지 않으면 목주는 적의 손에 떨어지고 대궐까지 위태롭게 되오. 그리고 대궐이 잘못되면 이곳도 지킬 수가 없으니 원수께서 가지 않겠다면 나 혼자라도 가서 목주를 구해야겠소."

석보는 그런 등원각을 말릴 수가 없었다. 등원각은 오천의 인마와 하후성을 데리고 오룡령을 내려갔다.

그때 동관에 이른 송강은 목주를 잠시 버려두고 먼저 오룡령에 있는 적의 관부터 쳐부수려 했다. 그래서 군사를 밀고 나아가는데 마침 오룡령을 내려오던 등원각의 군사와 마주치게 되었다. 양쪽 인마가 서로 가까워지자 등원각이 먼저 말을 달려 나와 싸움을 걸었다.

등원각을 본 화영이 송강의 귀에 작은 소리로 계책을 일러 주었다. 송강은 머리를 끄덕이고 곧 그 계책에 따라 명을 내렸다.

송강의 명에 따라 진명이 먼저 말을 타고 달려 나갔다. 진명은 등원각과 겨우 대여섯 합을 싸우다 힘에 밀린 듯 말 머리를 돌려 달아나고 군사들도 사방으로 흩어져 달아났다.

등원각은 진명이 달아나자 그쪽은 내버려 두고 기세를 몰아 송강을 사로잡으려 들었다. 송강을 호위하며 때를 노리고 있던 화영은 등원각이 덤벼드는 걸 보자 활시위를 힘껏 당겼다 놓았다. 화살은 살별같이 날아가 등원각의 이마에 박히고 그는 외마디 소리와 함께 말에서 굴러떨어졌다. 송나라 군사가 한꺼번에 그런 등원각에게 덤벼들어 목숨을 끊어 버리고 말았다.

적장을 죽여 기세가 오른 송나라 군사가 물밀 듯이 치고 드니 방납의 졸개들은 당해 낼 수가 없었다. 반군은 여지없이 무너지고 적장 하후성은 목주로 달아나 버렸다. 거칠 것이 없어진 송나라 군사는 그대로 오룡령 밑까지 쳐 올라갔다. 그러나 위쪽에서 통나무와 바위가 쏟아져 내려 더 올라갈 수가 없었다. 이에 하는 수 없이 돌아서서 목주부터 치기로 했다.

한편 겨우 목숨을 건져 목주로 달아난 하후성은 조사원에게 알렸다.

"송나라 군사가 동관으로 나와 등 국사를 죽였습니다. 이제 곧 목주로 밀려올 것입니다."

놀란 조사원은 하후성과 함께 청계현에 있는 저희 대궐로 사람을 보내 누 승상에게 알리게 했다. 누 승상 역시 놀라 방납에게 알렸다.

"지금 송나라 군사가 몰래 샛길로 해서 동관을 지나 목주를 빼앗으려 합니다. 일이 몹시 위태롭게 되었으니 대왕께서는 속히 구원병을 보내도록 하십시오. 여기서 조금이라도 머뭇거리게 되면 목주가 적의 손에 떨어지고 말 것입니다."

그 말을 들은 방납은 몹시 놀랐다. 얼른 전전태위(殿前太尉) 정표(鄭彪)를 불러 어림군 일만 오천을 거느리고 밤길로 목주로 달려가 그곳을 구하게 했다.

"폐하께서 천사(天師)를 저희와 함께 목주로 보내시어 돕게 하시면 송강을 막아 낼 수 있을 것입니다."

명을 받은 정표가 다시 방납에게 그렇게 청했다. 방납은 그 말도 옳다 싶어 영응천사(靈應天師) 포도을(包道乙)을 불렀다. 포도을이 불려 와 머리를 조아리자 방납이 말했다.

"이제 송강의 병마가 과인의 땅을 침범해 여러 차례 성과 땅을 빼앗고 많은 장졸을 죽였다. 이제 송나라 군사는 목주에 이르렀으니 일이 위급하다 아니할 수 없다. 천사는 크게 도술을 펼쳐 나라를 지키고 백성을 구원하라. 이 강산과 사직이 모두 그대에게 달렸다."

포도을이 무엇을 믿는지 자신 있게 받았다.

"대왕께서는 너무 근심하지 마십시오. 제가 비록 재주는 없사오나 가슴에 품은 학식이 조금 있으니 폐하의 홍복에 의지해 송강의 군사를 쓸어버리겠습니다."

그 씩씩한 대답에 방납은 매우 기뻐하며 포도을을 자리에 앉히고 잔치를 열어 치켜세워 주었다. 잔치가 끝난 뒤 포도을은 방납과 작별하고 정표, 하후성과 함께 앞일을 의논하였다.

포도을은 조상 때부터 금화(金華) 산중에 살던 자로서 어릴 때 집을 나와 좌도(左道)의 법술을 배웠다. 그 뒤 방납을 따라 난을 일으킨 뒤 여러 차례 싸움을 겪었는데 그때마다 요사스러운 수법으로 사람을 해쳤다. 그에게는 현원혼천검(玄元混天劍)이란 보검이 있어 백 발자국 안의 사람을 죽일 수 있었는데 방납을 도와 못된 짓을 하는 동안 절로 높아져 영응천사(靈應天使)라 불리게 된 것이었다.

포도을과 함께 가게 된 정표는 무주 난계현의 도두였는데 어릴 적부터 창봉을 익혀 솜씨가 제법 쓸 만했다. 역시 방납을 만나 따라다니면서 몇 가지 공을 세운 덕에 전수태위(殿帥太尉)의 벼슬을 받았다. 그 또한 도술을 좋아해 포도을을 스승으로 모시고 많은 술법을 배워 그가 싸움터에 나서기만 하면 구름 기운이 그를 에워싸는 듯해 세상 사람들은 그를 정 마군(魔君)이라 불렀다.

하후성도 정표와 마찬가지로 무주 산중에서 살던 자였다. 원래는 사냥꾼으로 사냥 창을 잘 쓰는데 지금은 조 승상을 따라 목주를 지키던 중이었다. 그날 그들 세 사람이 전수부 안에서 송강과 싸울 일을 의논하는데 문지기가 들어와 알렸다.

"사천태감 포문영 나리께서 찾아왔습니다."

이에 포도을은 포문영을 불러들이고 찾아온 까닭을 물었다.

포문영이 조금 망설이다가 말했다.

"듣자니 천사와 태위, 장군 세 분께서 군사를 이끌고 송나라 군사와 싸우러 간다더군요. 그러나 제가 밤에 천문을 보니 우리 쪽 남방의 장수들에 상응하는 별은 모두 빛을 잃고 송강의 무리에 상응하는 장수 별은 태반이 밝게 빛나고 있었습니다. 천사께서 이번에 가시는 것은 좋으나 이로울 게 없을까 걱정입니다. 어찌하여 주상께 아뢰어 송조에 항복함으로써 이 땅의 재액을 풀 생각은 않으십니까?"

그 말을 들은 포도을은 몹시 노했다. 늘 자랑하던 현원혼천검을 뽑아 한칼로 포문영을 두 토막 내고 급히 방납에게 글을 올려 그 죄를 알렸다. 그런 다음 정표를 선봉으로 삼아 전군을 거느리고 성을 나가게 하고 자신은 중군을 거느리며 하후성을 후군으로 삼아 목주로 떠났다.

그때 송강은 목주에는 이르러도 아직 싸움을 벌이지는 않고 있었다. 문득 염탐 나간 군사가 말을 달려와 청계로부터 적의 구원병이 온다고 알려 왔다. 송강은 왕왜호와 일장청을 보내어 그 구원병을 맡게 하였다.

왕왜호와 일장청 부부는 삼천의 인마를 거느리고 청계 쪽으로 가다가 도중에서 정표와 만났다. 정표가 앞장서 말을 몰고 나오다가 왕왜호를 만나자 둘은 한마디 주고받음도 없이 뒤엉켜 싸웠다. 그들이 싸운 지 열 합이 차기도 전에 정표가 입으로 무언가 주문을 외우다가 소리쳤다.

"빨리!"

그러자 그의 투구 꼭대기에서 검은 기운이 흘러나오더니 그 검은 기운 중에서 한 명의 금빛 갑옷을 입은 천신이 나타났다. 그 천신이 손에 항마보저(降魔寶杵)를 들고 하늘에서 떨어져 내리자 왕왜호는 깜짝 놀랐다. 그 바람에 팔다리가 떨려 창 쓰는 솜씨가 제대로 나오지 못해 허둥거리다가 정 마군의 한 창에 찔려 말 아래로 굴러떨어졌다.

일장청은 남편이 창에 찔려 말에서 떨어지는 걸 보고 쌍칼을 휘두르며 급하게 구하러 왔다. 그때 정표가 가로막아 둘 사이에 싸움이 벌어졌다. 그러나 어찌 된 셈인지 정표는 한 합을 부딪기 바쁘게 말 머리를 돌려 달아나기 시작했다. 일장청은 남편의 원수를 갚고자 그런 정표를 바짝 뒤쫓았다.

정 마군이 갑자기 손에 들고 있던 창을 말안장에 걸더니 비단 주머니에서 금빛 구리 덩이[銅磚] 하나를 꺼내 들었다. 그리고 몸을 뒤틀며 일장청의 얼굴을 향해 그 구리 덩이를 내던졌다. 남편을 잃은 분한 마음으로 앞뒤 없이 정표를 뒤쫓던 일장청은 피할 틈도 없이 그 구리 덩이에 맞아 말에서 떨어졌다. 가엾게도 그토록 무예에 뛰어났던 미인은 그곳에서 한바탕 봄꿈 같은 삶을 마쳤다.

장수 둘을 잇달아 죽인 정 마군은 그 기세를 타고 인마를 돌려세워 송나라 군사를 덮쳤다. 장수를 잃은 송나라 군사는 제대로 맞서보지도 못하고 무너져 달아났다.

쫓겨난 군사들이 송강에게 왕왜호와 일장청이 정 마군에게 죽고 인마도 태반이나 꺾인 일을 알렸다. 또다시 왕왜호와 일장청이 죽었다는 말을 듣자 송강은 그대로 있을 수가 없었다. 급히 인마를 점고하여 이규, 항충, 이곤과 함께 오천을 거느리고 나갔다. 정 마군의 인마가 다가들자 송강은 분한 마음을 이기지 못해 큰 소리로 꾸짖었다.

"이 역적 놈아, 네 감히 나의 장수를 둘이나 죽였겠다?"

정표가 겁날 것 없다는 듯 창을 들어 송강과 맞붙으려 했다. 그걸 본 이규가 벌겋게 성이 나 쌍도끼를 들어 나는 듯이 달려 나가고 항충과 이곤도 방패를 들고 나가 함께 정표를 덮쳤다.

정 마군은 그 기세에 놀랐는지 말 머리를 돌려 달아났다. 이규와 항충, 이곤은 그런 정 마군을 쫓아 적진 속으로 뛰어들었다. 송강이 이규를 잃을까 봐 급히 오천 군사를 휘몰아치고 들자 적군은 사방으로 흩어져 달아나기 시작했다. 송강은 그제야 징을 울려 군사를 물리게 하였다. 그러나 항충과 이곤이 이규를 호위하며 돌아설 무렵 갑자기 사방에서 시커먼 구름이 모여들었다.

218

이어 검은 구름이 땅 위에 깔리며 대낮이 캄캄한 밤처럼 어두워져 동서남북을 분간할 수 없게 되었다. 거기다가 동이로 붓듯 비가 쏟아지고 하늘이 성나 소리치듯 천둥 번개가 이니 그대로 하늘이 무너져 내리고 땅이 꺼지는 듯했다.

송강의 인마는 정 마군의 요술에 걸려 캄캄한 가운데 길을 잃고 갈팡질팡했다. 장졸 가릴 것 없이 아무도 볼 수 없게 되자 진세는 절로 어지러워졌다.

"나도 여기서 죽게 되고 마는가!"

송강이 하늘을 우러러보며 그렇게 탄식했다. 그러나 어둠은 걷히지 않고 송나라 군사는 사시부터 미시까지 어찌할 바를 몰라 허둥댔다. 이윽고 검은 안개가 걷히면서 밝은 빛이 비쳤는데 사방은 온통 금빛 갑옷을 입은 몸집 큰 사내들로 둘러싸여 있었다. 그들을 본 송강은 놀란 나머지 땅에 쓰러지며 중얼거렸다.

"부디 어서 죽여 주시오."

그리고 감히 얼굴조차 들지 못하고 있는데 귓전에는 비바람 소리만 들렸다. 그를 따르던 장수들도 모두 땅에 엎드려 죽음이 떨어지기만을 기다렸다. 그렇게 얼마나 지났을까. 이윽고 폭우가 지나가고 칼도 목에 떨어지지 않는데 문득 한 사람이 나타나 송강을 부축하며 말했다.

"어서 일어나십시오."

송강이 고개를 들어 바라보니 앞에는 웬 선비 하나가 서 있었다. 차림도 생김도 존귀하기 짝이 없어 여느 선비 같지 않았다. 놀란 송강은 몸을 일으켜 예를 표한 뒤 그 선비의 이름을 물었다. 그 선비가 대답했다.

"저는 소준(邵俊)이라 하오며 이곳의 토박이올시다. 이렇게 특히 의사(義士)를 찾아뵙고 알리고자 하는 바는 방납의 운세가 이제 다하여 보름 안으로 쳐부술 수 있으리라는 것입니다. 저는 이미 여러 번 의사를 위해 힘을 써 왔습니다만 이번에도 그냥 보아 넘길 수가 없군요. 의사께서는 비록 지금은 어려운 지경에 계시나 이미 구원병이 여기까지 이른 것을 아시는지요?"

송강은 반가운 중에도 다시 물었다.

"선생님, 방납은 언제 사로잡을 수 있겠습니까?"

그러나 소씨 성을 쓰는 그 선비는 대답 대신 손으로 가볍게 송강을 밀쳤다. 그 바람에 송강이 문득 깨어나 보니 한바탕 꿈이었고 주위를 둘러쌌던 것은 모두가 신장(神將)이 아니라 소나무들이었다.

송강은 큰 소리로 군사들을 일깨워 다시 길을 찾아 나아가게 했다. 그사이 구름은 걷히고 안개가 물러나 하늘은 맑게 개어 있었다. 그때 문득 소나무 밖에서 고함 소리가 들려왔다. 송강이 인마를 휘몰아 송림 속에서 뛰쳐나오니 저만치서 노지심과 무송이 달려와 정표와 맞붙고 있었다.

포도을도 말 위에서 무송이 두 자루 계도를 휘두르며 똑바로 정표에게 덤벼드는 것을 보았다. 포도을은 얼른 현원혼천검을 빼 공중으로 내던졌다. 칼은 눈이라도 달린 듯 무송의 왼팔을 찍어 무송은 그 자리에서 피를 흘리며 쓰러졌다. 성난 노지심이 힘을 다해 선장을 휘두르며 달려가 무송을 구했다. 보니 무송은 왼팔이 끊어진 채 겨우 붙어 건들거리고 있었다. 노지심은 곁에 있는 포도을의 혼천검을 집어들었다. 그때 무송이 정신을 차려 건들거리는 자신의 왼팔을 계도를 들어 스스로 잘라 버렸다.

달려간 송강은 군교를 시켜 무송을 부축하여 진채로 데려가게 했다. 노지심은 분을 못 이겨 적의 뒤편까지 밀고 들어가다 하후성을 만났다. 여러 합을 싸운 끝에 하후성이 당해 내지 못하고 달아나기 시작했다. 노지심은 그 기세를 타고 그대로 휘몰아쳤다. 드디어 적은 사방으로 흩어져 달아나고 노지심은 숲속으로 달아나는 하후성을 쫓아 숲속 깊이 빨려 들어갔다.

그사이 군세를 가다듬은 정 마군은 다시 인마를 휘몰아 송나라 군사를 뒤쫓았다. 이규와 항충, 이곤이 방패와 수리검, 표창, 도끼를 휘두르며 한꺼번에 뛰어나가 적을 막았다. 정 마군은 혼자서 셋을 당해 낼 수 없자 고개를 넘어 골짜기로 달아나 버렸다.

이규와 항충, 이곤은 길도 잘 모르면서 공을 세우기에만 급급해 무턱대고 정표를 뒤쫓았다. 그들이 골짜기 안으로 들어갔을 때 갑자기 서쪽으로부터 삼천의 인마가 뒤쫓아 나와 앞을 막았다. 항충이 급히 돌아섰을 때는 벌써 산기슭에 선 두 적장이 길을 막고 있었다. 항충은 얼른 이규와 이곤을 불렀으나 그때 이미 그들 둘은 정표를 쫓아 개울물로 들어선 뒤였다.

그런데 그 개울물이 바로 이곤의 무덤이 되었다. 물이 너무 깊어 거기 빠진 이곤이 허우적거리고 있는데 적의 화살이 비 오듯 쏟아져 마침내 이곤은 물속에서 죽고 말았다. 항충도 급히 언덕으로 기어오르다 적의 밧줄에 걸려 넘어져 끝내는 적병들의 칼에 다져진 고깃덩이가 되고 말았다. 항충과 이곤이 비록 영웅이라 하나 그런 곳에서 무슨 소용이겠는가. 제대로 기개를 떨쳐 보지 못하고 그렇게 죽으니 그저 가여울 뿐이었다.

일없이 개울물을 건너 정표를 쫓는 것은 이규뿐이었다. 그 혼자 깊은 산속으로 뒤쫓는데 물가에 있던 적병들이 다시 그를 뒤따라 몰려들었다. 다행히도 얼마 가지 않아 적병 뒤에서 함성이 일더니 화영과 진명, 번서가 군사를 거느리고 나타났다. 그들 세 장수는 이규를 뒤쫓는 적병을 물리치고 산속 깊이 들어가 이규를 구해 돌아갔다. 그러나 노지심은 어디로 갔는지 끝내 보이지 않았다.

여러 장수들이 송강에게로 가서 정 마군을 뒤쫓아 골짜기로 들어간 뒤의 일을 알렸다. 항충과 이곤이 죽고 이규만 겨우 구해 왔다는 말을 듣자 송강은 다시 목 놓아 울었다. 군사들을 점고해 보니 적잖은 군사가 꺾였고 노지심은 보이지 않는 데다 무송은 왼팔을 잃은 채였다. 송강이 더욱 슬피 울고 있는데 탐마가 달려와 알렸다.

"군사 오용이 관승, 이응, 주동, 연순, 마린과 군사 일만을 이끌고 물길을 따라 이곳에 이르렀습니다."

송강은 반갑고도 놀라워 오용을 비롯한 장수들을 불러들이고 그렇게 갑자기 오게 된 까닭을 물었다.

"동 추밀을 따르는 인마와 대장 왕품, 조담 그리고 도독 유광세와 그의 인마가 모두 오룡령 아래에 이르렀습니다. 이에 여방, 곽성, 배선, 장경, 채복, 채경, 두흥, 욱보사와 수군 두령 이준, 완

222

소오, 완소칠, 동위, 동맹 등 열세 명만 그곳에 남기고 그 나머지는 모두 저를 따라 이곳으로 오게 되었습니다."

오용이 그렇게 대답하자 송강은 다시 서글픈 얼굴로 말했다.

"장수들을 잃은 데다 무송은 이미 폐인이 되었고 노지심은 또 간 곳을 알 길이 없으니 이 마음이 어찌 아프지 않겠소?"

"형님께서는 너무 슬퍼하지 마시고 마음을 넓게 가지십시오. 이제야말로 방납을 사로잡을 때입니다. 나라의 큰일을 생각하시려면 옥체를 상하게 해서는 아니 됩니다."

오용이 그렇게 송강을 위로했다. 그 말에 문득 생각난 게 있는지 송강이 빽빽이 들어선 소나무들을 가리키며 오용에게 얼마 전의 꿈 이야기를 해 주었다. 듣고 난 오용이 말했다.

"그렇게 영험한 꿈을 꾸었으니 예삿일이 아닙니다. 혹시 이곳에 사당이 있고 거기에 영험한 신령이 깃들여 형님을 구해 주신 게 아닌지요?"

"그러고 보니 군사의 말이 그럴듯하오. 나와 함께 산으로 들어가 찾아보도록 합시다."

송강이 그렇게 대답하며 오용과 함께 산속으로 들어가 사당을 찾아보았다. 반 마장도 가기 전에 소나무 숲속에 한 사당이 있었다. 편액에는 금빛 나는 글씨로 '오룡신묘(烏龍神廟)'라고 쓰여 있었다. 오용과 함께 사당 안으로 들어간 송강은 신상을 쳐다보다 깜짝 놀랐다. 흙으로 빚어진 용군(龍君)의 신상이 바로 꿈속에서 본 그 선비와 다르지 않은 까닭이었다. 송강은 그 신상 앞에 두 번 절하여 감사를 올렸다.

"용군께서 구해 주신 은혜를 입고도 아직 그 보답을 드리지 못했습니다. 바라건대 신령께서는 저를 도와주십시오. 만약 역적 방납을 평정하게 되는 날이 오면 저는 마땅히 힘을 다해 조정에 상주하여 이 사당을 다시 세우고 성호(聖號)를 높이도록 하겠습니다."

그렇게 축원한 뒤 송강과 오용이 절을 마치고 계단을 내려서서 그곳에 세워진 비석을 읽어 보았다. 그곳에 모신 신령은 당나라 때의 진사로서 성은 소요, 이름이 준이었다. 과거에 급제하지 못한 것을 부끄럽게 여겨 강에 빠져 죽었는데 천제께서 그 충직함을 가엾게 여겨 용신(龍神)으로 세운 것이었다. 그 뒤 그곳 백성들은 그 용신에게 바람을 빌면 바람이 불고 비를 빌면 비가 내리는 까닭에 거기다 사당을 짓고 철따라 제사를 지내 오고 있다는 게 그 비석에 쓰인 내용이었다.

비문을 다 읽은 송강은 곧 검은 돼지와 흰 양을 끌어오게 해 제사를 드린 뒤에 그 사당을 나왔다. 사당을 나오면서 다시 자세히 살펴보니 사당 주위에 소나무들이 금세라도 다른 것으로 변할 듯한 느낌이 드는 게 매우 괴이쩍었다. 지금도 엄주 북문 밖에는 오룡대왕(烏龍大王)의 사당이 있고 만송림(萬松林)이란 곳 또한 남아 있다.

오용과 함께 중군 영채로 돌아간 송강은 다시 힘을 얻은 사람처럼 목주를 칠 계책을 짜기 시작했다. 그러나 그 계책이 쉬울 리 없어 밤 깊도록 앉았다가 피곤해서 책상에 엎드리고 있는데 웬 사람이 와서 알렸다.

"소 선비께서 오셨습니다."

송강이 놀라 일어나 장막 밖까지 달려 나가니 소 용군(龍君)이 읍을 하며 송강에게 말하였다.

"어제 만일 제가 구해 주지 않았더라면 의사께선 포도을이 부린 '송수화인(松樹化人)'이라는 요술에 걸려 사로잡히고 말았을 것입니다. 그러나 몸소 저의 사당을 찾아 주시어 제례를 올려 주셨으니 그냥 있을 수가 없어 다시 이렇게 왔습니다. 목주는 내일이면 깨뜨려질 것이요, 방납은 보름 안으로 사로잡힐 것을 알려 드립니다."

송강은 반가운 가운데도 그를 장막 안으로 불러들여 다른 것을 더 물어보려 했다. 그러나 갑자기 바람 소리가 나 깨고 나니 또 한바탕 꿈이었다. 송강은 얼른 오용을 불러 꿈 이야기를 하고 풀이를 물으니 오용이 말했다.

"용군께서 그렇게 말씀하셨다니 내일은 군사를 이끌고 가 목주를 치는 게 좋겠습니다."

"그렇게 합시다."

송강도 고개를 끄덕이고 오용의 말을 따르기로 했다.

목주, 흡주도 떨어지고

이튿날 날이 밝자 송강은 영을 내려 대군을 점고한 뒤 목주로 나아가게 했다. 그리고 연순과 마린은 오룡령으로 가는 큰길을 지키게 하고 관승, 화영, 진명, 주동 네 정장에게는 먼저 목주로 가 북문을 치게 했다. 따로이 능진은 아홉 상자의 자모포를 싣고 가 성안으로 쏘아 대게 했다.

능진이 성안으로 화포를 쏘아 대자 하늘과 땅이 뒤집히는 듯하고 산과 바위가 흔들리니 성안의 인마는 놀라 싸우기도 전에 어지러워졌다. 그때 포 천사와 정 마군은 성안으로 쫓겨 들어가 있었다. 그들은 성안이 소란스럽자 우승상 조사원, 참정 심수, 첨서 환일, 원수 담고, 수성장 오응성 등과 송나라 군사를 막을 일을 의논했다. 포도을이 물었다.

"송나라 군사가 이곳까지 이르렀는데 어떻게 하면 이 성을 지켜낼 수 있겠소?"

"예로부터 적병이 성 밑에 이르고 적장이 해자 가에 다다르면 죽기로 싸워야만 그 어려움을 풀 수 있다 하였소이다. 성이 떨어지면 모두 사로잡히고 말 것인즉 일은 지극히 위태롭게 되었으니 나가 싸우는 수밖에 없소!"

조사원이 그렇게 대답했다. 나머지도 그 수밖에 없다고 여겨 그날로 정 마군은 담고와 오응성에 십여 명의 아장과 가려 뽑은 군사 만 명을 거느리고 성문을 나섰다. 송강은 군사를 반 마장쯤 물려 세워 적병들로 하여금 성 밖에 진세를 벌일 수 있도록 해 주었다.

성안의 포도을은 의자를 성벽 위에 놓게 해 조사원과 심수, 환일 등과 나란히 앉아 싸움을 구경했다.

정 마군이 창을 꼬나들고 말을 달려 나아가자 송나라 군사 쪽에서는 대도 관승이 말을 타고 칼을 휘두르며 마주쳐 왔다.

그러나 정표는 관승의 적수가 되지 못했다. 몇 합 싸우기도 전에 관승을 당해 낼 수 없어 그저 막고 피하는 게 고작이었다.

그걸 본 포도을이 성벽 위에서 무어라고 주문을 외우다가 "빨리!" 하고 소리치며 입김을 크게 내뿜었다. 그러자 정표의 머리에서 검은 기운이 솟구쳐 나오더니 그 속에서 금빛 갑옷을 입은 신장이 나타나 마귀 잡는 데 쓴다는 몽둥이를 들고 공중에서 치고 내려왔다. 또 적군의 대오 속에서도 검은 구름이 뭉게뭉게 피어오르고 있었다.

포도을의 술법에 한번 혼이 나 본 송강은 급히 혼세마왕 번서에게 도술을 부리게 했다. 번서도 천서에 쓰인 대로 바람을 되돌리고 구름을 몰아내는 주문을 외웠다. 효험은 곧 나타났다. 관승의 투구에서도 흰구름이 피어오르더니 그 속에서 한 신장이 모습을 드러냈다. 붉은 수염에 푸른 얼굴이요, 파란 눈에 늑대 같은 이빨을 드러내고 한 마리 검은 용을 탔는데 손에는 철퇴가 들려 있었다. 그 신장은 누가 시킨 듯이 똑바로 정 마군의 머리 위에 있는 금빛 갑옷 입은 신장에게로 달려가 서로 맞붙었다.

양쪽 군사들이 내지르는 함성 속에서 하늘 위의 두 신장이 맞붙은 지 몇 합 되기도 전에 검은 용을 탄 신장이 금빛 갑옷을 입은 신장을 물리쳤다. 그리고 그 아래서는 관승이 한칼로 정 마군을 베어 말 아래로 떨어뜨렸다.

성벽 위에서 싸움을 구경하고 있던 포도을은 송나라 군사의 진세 쪽에서 바람이 일고 우레 소리가 들리자 급히 몸을 일으켰다. 그때 능진이 쏜 굉천포의 탄환 하나가 똑바로 포도을을 맞혀 머리와 몸뚱이를 분간할 수 없이 부수어 놓고 말았다.

성벽 바깥의 싸움도 송나라 군사 쪽으로 대세가 기울기 시작했다. 주동은 짧은 창으로 적장 담고를 말에서 떨어뜨렸고 이응은 수리검을 날려 적의 수성장 오응성을 죽여 버렸다. 가뜩이나 성 밖에서 쏜 화포에 포도을이 날아가는 것을 보고 겁먹은 적병들은 성 밖의 싸움마저 그렇게 몰리자 허둥대기 시작했다. 성벽 위에서 성을 지키기는커녕 저마다 성벽을 내려가 달아나기에 바빴다.

송강은 기세를 휘몰아 인마를 성안으로 밀고 들게 했다. 여러 장수들도 한꺼번에 성안으로 뛰어들어 적장 조사원과 심수, 환일을 사로잡고 그 밖의 아장들을 닥치는 대로 죽였다. 성을 차지한 송강은 방납의 행궁을 불사르고 그곳에 있던 금은과 비단을 모두 장수들에게 나누어 주었다. 그리고 방문을 내붙여 백성들을 안심시킨 뒤 인마를 점검하려 하는데 갑자기 탐마가 달려와 알렸다.

"서문 쪽 오룡령 위의 싸움을 아룁니다. 마린이 적장 백흠의 표창에 맞아 말에서 떨어진 걸 석보가 뒤쫓아와 한칼로 두 동강을 내버렸습니다. 연순이 그걸 보고 달려 나가 싸우다가 다시 석보의 유성추를 맞고 죽으니 석보는 승세를 타고 군사를 몰아 이곳으로 쳐들어오고 있습니다."

송강은 또 연순과 마린이 죽었다는 말을 듣자 가슴을 치며 목 놓아 울었다. 그러다가 관승, 화영, 진명, 주동을 급히 보내어 석보와 백흠을 맞아 싸우고 오룡령 관소를 빼앗게 하였다.

군사를 이끌고 오룡령을 향해 달리던 관승과 화영은 도중에서 마침 목주로 달려오고 있는 석보와 마주쳤다. 관승이 말 위에 앉은 채 큰 소리로 외쳤다.

"이 역적 놈아, 어찌하여 우리 아우들을 죽였느냐?"

석보는 그가 관승임을 알아보고 싸울 마음이 없어졌다. 얼른 고개 위로 물러가더니 백흠을 내보내 관승과 싸우게 했다. 두 장수가 맞붙어 싸운 지 열 합도 되기 전에 오룡령 위에서 급히 징이 울려 저희 군사를 거두었다.

그런데 알 수 없는 것은 오룡령 위의 혼란이었다. 관승이 뒤쫓지도 않았는데 적병들은 무엇 때문인지 저희끼리 허둥대고 있었다. 알고 보니 석보가 오룡령 동쪽에서 싸우고 있는 동안에 서쪽으로 동 추밀의 인마가 밀고 든 까닭이었다. 송나라 군사의 대장 왕품은 적장 경덕과 맞붙어 싸운 끝에 열 합을 넘기기 바쁘게 그를 베어 말에서 떨어뜨렸다. 여방과 곽성은 그 기세를 타고 앞장서서 고갯마루로 기어올랐다. 하지만 큰 바위가 굴러 내려 곽성은 말과 함께 치여 죽고 말았다.

오룡령 동쪽에 있던 관승은 고갯마루가 크게 어지러운 걸 보고 서쪽으로 송나라 군사가 쳐 올라오고 있음을 짐작했다. 급히 여러 장수들을 불러 한꺼번에 쳐 올라가며 동서에서 협공하여 고갯마루로 올랐다.

한편, 고갯마루에 오른 여방은 백흠과 마주쳤다. 세 합을 싸우기도 전에 백흠이 한 창을 내질렀으나 여방이 슬쩍 피하는 바람에 백흠의 창은 여방의 겨드랑이 밑에 끼고 여방의 화극 또한 백흠을 찌를 수 없게 엇비스듬히 들려지게 되고 말았다. 너무 가까이 맞붙어 병장기를 쓸 수 없게 된 두 장수는 각기 창과 화극을 내던지고 서로 엉겨 붙었다. 그런데 두 사람이 그렇게 엉겨 붙은 곳은 산꼭대기 험한 벼랑 가였다. 두 필의 말이 한꺼번에 서 있기 어려울 정도로 비좁을 뿐 아니라 두 장수가 워낙 힘을 다해 드잡이질을 하는 바람에 뜻밖의 일이 벌어졌다. 두 장수와 두 말이 한 덩이가 되어 벼랑 아래로 굴러떨어지고 만 것이었다. 높고 험한 벼랑에서 갑옷을 입은 채 떨어졌으니 어찌 살기를 바랄 수 있겠는가. 끝내 여방은 적장 백흠과 함께 골짜기에 떨어져 죽고 말았다.

관승을 비롯한 나머지 장군들이 고개 위로 올라보니 동서 양쪽에 보이는 것은 모두가 송나라 군사였다. 석보는 어느 쪽으로도 달아날 수 없게 되자 사로잡혀 욕을 당하기보다는 차라리 스스로 죽는 길을 택했다. 평소 자랑하던 자신의 벽풍도를 들어 스스로 목숨을 끊고 말았다.

오룡령에 있던 적의 관을 빼앗은 관승은 급히 사람을 보내 송강에게 알렸다. 물가 진채에 있던 적의 네 수군 총관은 오룡령을 빼앗기고 목주도 함락되자 싸움배를 버리고 언덕 위로 달아났다. 그러나 성귀와 사복은 그곳 백성들에게 사로잡혀 목주로 끌려오고 적원과 교정만이 겨우 어디론가 달아났다.

송강은 대군이 목주로 돌아온다는 말을 듣고 성 밖까지 나가 그들을 맞았다. 동 추밀과 유 도독은 성안으로 들어와 군사를 쉬게 하는 한편 방문을 내걸어 백성들로 하여금 마음 놓고 원래의 생업으로 돌아가게 했다. 그렇게 되자 달아났던 방납의 졸개들도 모두 돌아와 항복했다. 송강은 창고의 쌀을 내어 그들에게 나눠 주고 각기 고향으로 돌아가 양민이 되게 했다.

성 안팎이 대강 수습되자 송강은 끌려온 적의 수군 총관 성귀와 사복의 배를 갈라 염통을 꺼낸 뒤에 완소이와 맹강을 비롯해 오룡령에서 죽은 장수들의 혼령에 제물로 바쳤다. 그 밖에 사로잡은 적장들은 모두 장 초토에게 묶어 보내고 이준을 비롯한 장수들은 다시 싸움배를 맡아 물가로 내보냈다. 그런 다음 군사를 머무르게 하고 움직이지 않으면서 노준의의 인마를 기다리기로 했다. 대군을 하나로 모아 적의 소혈인 청계현을 쓸어버리기 위함이었다.

한편 부선봉 노준의는 항주에서 장수 스물여덟 명과 삼만의 군사를 나누어 떠난 뒤 산길로 해서 옛 도읍이던 임안진을 지나 욱령관으로 다가갔다. 욱령관을 지키던 적장은 소양유기(小養由其)라는 별호를 지닌 방만춘(龐萬春)이었는데 방납이 다스리는 나라 안에서는 가장 활을 잘 쏘는 자였다. 그는 또 뇌형(雷炯)과 계직(計稷)이라는 부장을 거느리고 있었는데 그 둘 모두 칠팔백 근의 힘을 들여야 하는 강한 쇠뇌를 당길 수 있었고 또 한 자루 질려골타(蒺藜骨朶)란 무기를 잘 썼다. 게다가 그들이 거느린 인마는 오천이나 되었다.

그들 세 적장은 송나라 군사의 부선봉 노준의가 군사를 이끌고 온다는 소식을 듣자 맞서 싸울 채비를 갖추고 기다렸다. 노준의는 욱령관 가까이 이르러 사진, 석수, 진달, 양춘, 이충, 설영 등 여섯 장수에게 삼천의 보군을 거느리고 앞서 나아가게 했다.

사진을 비롯한 여섯 장수는 오래잖아 군사들을 이끌고 욱령관 아래에 이르렀다. 그러나 적의 인마는 그림자조차 비치지 않았다. 의심이 든 사진은 다른 장수들과 의논 끝에 다시 앞으로 밀고 나아가 어느덧 관문 앞에 이르렀다. 그들이 고개를 들어 관문 위를 올려 보니 수놓은 흰 비단 깃발 아래 소양유기 방만춘이 서 있었다. 방만춘은 사진을 비롯한 장수들을 보고 한바탕 크게 웃다가 꾸짖었다.

"풀숲에 숨어 살던 이 좀도둑놈들아! 양산박에나 처박혀 있을 일이지 뭣 때문에 송조의 부름을 받아들였느냐? 게다가 우리 땅까지 침범해 호걸인 양 뻐기니 실로 가소롭구나. 네놈들도 이 소양유기의 이름이야 들었겠지. 나도 네놈들 중에 소이광 화영이란 자가 있다는 말은 들었다. 그놈을 나오라고 해서 나와 함께 활을 겨뤄 보게 하라. 그럼 먼저 네놈들에게 내 활 솜씨를 보여 주겠다!"

그리고 미처 그 말이 끝나기도 전에 시위 소리가 나더니 화살한 대가 사진을 맞혀 말 아래로 떨어뜨렸다. 나머지 다섯 장수가 한꺼번에 내달아 급히 사진을 구해 말 위에 태우고 되돌아섰다. 그때 갑자기 가까운 산꼭대기에서 징 소리가 나며 좌우 소나무 숲에서 화살이 비 오듯 쏟아졌다. 그 바람에 다섯 장수는 사진을 돌볼 겨를도 없이 저마다 흩어져 달아났다.

하지만 그들도 끝내 목숨을 건질 수는 없었다. 허둥지둥 산모퉁이를 도는데 맞은편 양쪽 산언덕에서 적장 뇌형과 계직이 쇠뇌를 걸어 놓고 기다리고 있다가 양쪽에서 한꺼번에 쏘아붙였다. 다섯 장수가 비록 영웅이라 하나 무슨 수로 비 오듯 쏟아지는 쇠뇌의 살을 피해 갈 수 있겠는가. 가엾게도 앞서 떠났던 여섯 장수는 모두 화살 아래 목숨을 잃고 말았다. 사진과 석수를 비롯한 여섯 호걸이 하나도 살아나지 못하고 욱령관 아래서 허망하게 죽었다. 가엾기는 그들이 끌고 갔던 삼천의 보졸도 마찬가지였다. 모두 화살 비 아래 목숨을 잃고 겨우 백여 명이 도망쳐 나와 노준의에게 그 일을 알렸다. 노준의는 너무도 놀라 한참이나 얼빠진 사람처럼 앉아 있었다. 신기군사 주무가 진달과 양춘을 생각하고 울다가 마음을 가다듬고 노준의에게 권했다.

"선봉께서는 너무 걱정하지 마십시오. 그러시다가 큰일을 그르치시겠습니다. 달리 마땅한 계책을 생각해 내 관을 빼앗고 적장을 베어 이 원수를 갚도록 합시다."

그래도 노준의의 마음은 풀리지 않았다.

"송공명 형님께서 특히 내게 많은 장수를 갈라 주셨는데 나는 이번에 한 번 이겨 보지도 못하고 장수만 여섯을 잃고 군사도 삼천에서 겨우 백 명밖에 살아 돌아오지 못했소. 무슨 낯으로 흡주로 가 형님을 뵙겠소."

"옛사람이 이르기를 천시(天時)는 지리(地利)만 못하고 지리는 인화(人和)만 못하다 하였습니다. 우리는 모두 중원의 산동과 하북 사람들이라 물에서의 싸움에 익숙하지 못해 지리를 얻지 못하고 있습니다. 이곳 토박이 백성을 찾아 길을 알아내야만 이곳의 후미지고 험한 산길을 지나갈 수 있게 될 것입니다."

주무가 다시 그렇게 말하자 그제야 노준의도 의논조로 나왔다.

"군사의 말씀이 옳소. 그런데 누구를 뽑아 보내 길을 찾도록 하는 게 좋겠소?"

"제 어리석은 생각으로는 고상조 시천을 보내는 게 좋겠습니다. 그 사람은 처마에서 처마로 건너뛰고 벽을 기어오를 줄 아니 산속에 들어가 길을 찾는 일도 잘 해낼 수 있을 것입니다."

이에 노준의는 곧 시천을 불러 그 일을 당부했다. 명을 받은 시천은 마른 양식을 마련하고 칼을 찬 채 진채를 떠났다.

곧 깊은 산으로 들어간 시천은 이리저리 길을 찾느라 돌아다니면서 한나절을 보냈다. 그러다 날이 어두워 한 곳에 이르니 저만치 한 줄기 등불이 빛나고 있었다.

'등불이 있는 곳에는 반드시 인가가 있을 것이다.'

그렇게 생각한 시천은 어둠 속을 걸어 불빛이 있는 곳으로 다가갔다. 가서 보니 작은 암자가 있는데 불빛은 그 암자에서 새어 나오고 있었다. 시천은 암자 앞으로 다가가 몰래 안으로 숨어든 뒤 방 안을 살펴보았다. 안에는 한 늙은 중이 앉아 경문을 외우고 있었다.

시천이 방문을 두드리자 늙은 중이 어린 행자를 시켜 문을 열게 했다. 안으로 들어간 시천은 늙은 중에게 공손히 절을 했다.

"손님, 절은 그만두시오. 지금 밖에서는 수많은 군사들이 뒤엉켜 싸우는데 손님은 무슨 일로 이곳까지 오셨소."

그 늙은 중이 뜻밖인 듯 시천에게 그렇게 물었다. 시천이 공손하게 대답했다.

"어찌 감히 스님을 속이겠습니까. 저는 양산박의 송강 밑에 있는 편장 시천이라고 합니다. 성지를 받들고 방납을 치러 왔으나 어젯밤 뜻밖에도 욱령관을 지키던 적장들의 화살에 우리 장수 여섯만 잃고 말았습니다. 그렇게 되고 보니 따로 이 관을 지나갈 길이 없어 제게 길을 찾아보라 하기에 이제 샛길을 찾으러 나선 것입니다. 오늘 하루 종일 깊은 산과 거친 들판을 지나 여기까지 왔으니 스님께서 샛길을 알려 주시어 저희들로 하여금 이 관문을 지나갈 수 있게 해 주신다면 뒷날 반드시 후하게 보답하겠습니다."

그러자 그 늙은 중도 마음을 열어 거리낌 없이 받았다.

"이곳 백성들은 모두가 방납에게서 해를 입은 터라 원망과 한을 품지 않은 이가 없습니다. 이 늙은이도 이곳 백성들의 시주를 받아 그럭저럭 입에 풀칠이나 하며 지내 왔습니다만 마을 사람들이 모두 달아나 그조차 어렵게 되었습니다. 그러나 달리 갈 만한 곳도 없고 해서 여기서 죽기를 기다리고 있을 뿐입니다. 오늘 다행히 천병이 이곳에 이르니 만백성을 위해 실로 복된 일이 아닐 수 없습니다. 장군들께서 그 역적을 쳐 백성들에게 해로운 것을 없애 주십시오. 역적들이 이를 알까 두려워 오래 말씀드리지는 않겠습니다만 이미 천병이 장군을 뽑아 보냈다니 몇 말씀 드리겠습니다. 여기서는 관으로 올라가는 길이 없고 서쪽 고갯마루 곁으로 나아간다면 한 줄기 샛길이 있어 관 위로 오를 수 있습니다. 다만 걱정되는 것은 요사이 역적들이 그 길을 끊고 성벽을 쌓아 지날 수 없게 되었을지도 모른다는 것입니다."

시천은 그걸 안 것만으로도 몹시 기뻤다.

"스님, 그 길로 관을 지나게 되면 바로 역적들의 진채에 이를 수 있습니까?"

"그 길로 가면 방만춘의 진채 뒤가 됩니다. 또 고갯마루를 내려가려면 관소를 지나가는 큰길이지요. 그런데 그놈들이 이미 바윗덩이로 담을 쌓아 길을 끊었으니 지나가기가 어렵겠지요."

"그건 괜찮습니다. 길만 있다면 저놈들이 아무리 끊어 놓았다 해도 어찌해 볼 수 있을 겁니다. 그럼 이제 저는 이만 돌아가 선봉께 아뢰고 나중에 와서 이 은덕에 보답하도록 하겠습니다."

시천이 그렇게 말하고 몸을 일으키는데 늙은 중이 한 번 더 당부했다.

"장군께서는 다른 사람을 만나더라도 이 늙은것이 한 말을 흘리지 마십시오."

"저도 세밀한 사람입니다. 어찌 스님께 들은 말을 함부로 흘리며 다니겠습니까?"

시천은 그렇게 늙은 중을 안심시키고 진채로 돌아갔다. 시천이 그 일을 알리자 노준의는 몹시 기뻐하며 곧 군사 주무를 불러 적의 관을 빼앗을 계책을 의논하였다.

"그런 길이 있다면 욱령관은 손바닥에 침 한번 뱉는 것으로 빼앗을 수 있습니다. 다시 한 사람을 뽑아 시천과 함께 보내면 이번 일은 다 된 것이나 다름없습니다."

주무가 그렇게 말하자 시천이 물었다.

"군사께서는 어떤 일을 하려고 하십니까?"

"제일 요긴한 일은 불을 지르고 포를 놓는 일일세. 자네들은 화포와 화도(火刀), 화석을 지니고 바로 적의 진채 뒤로 가서 포를 놓고 불을 지르게. 그것이 바로 자네들이 할 큰일일세."

"포를 놓고 불을 지르는 일 이외에 다른 일이 없다면 다른 사람을 데리고 갈 필요가 없습니다. 저 혼자 가서도 할 수 있습니다. 딴사람을 데리고 갔다가 지붕을 타 넘거나 벽을 기어오르는 나를 뒤따르지 못해 오히려 일을 그르치면 어쩝니까? 다만 궁금한 것은 그 뒷일입니다. 제가 가서 불을 지르고 신호 포를 쏘면 군사께서는 어떻게 관 위까지 올라오실 작정입니까?"

시천의 그 같은 물음에 주무가 대답했다.

"그건 쉬운 일이지. 역적들이 매복해 있다 해도 그리 대단할
건 없네. 그놈들이 매복해 있건 말건 밀고 가다가 수풀이 빽빽한
곳을 만나면 불을 질러 태워 버릴 작정이네. 그리되면 매복해 있
어도 소용없지 않은가."

그제야 시천도 알았다는 듯 고개를 끄덕였다.

"군사께서는 정말 밝게 보셨습니다."

그러고는 다시 불쏘시개와 화통 따위를 챙긴 후에 등에는 화
포를 지고 와서 노준의에게 작별 인사를 했다. 노준의는 그 늙은
중에게 상으로 은 스무 냥과 쌀 한 섬을 내려 군교에게 지우고
시천을 따라가게 했다.

그날 한낮이 지난 뒤에 시천은 쌀을 진 군교와 함께 저번에 갔
던 길을 따라 암자에 이르렀다.

"우리 형님께서 몹시 고마워하며 적으나마 예물을 보내왔습
니다."

시천은 늙은 중에게 그렇게 말하며 군교가 지고 온 쌀과 은자
를 내놓았다. 늙은 중은 고마워하며 그것들을 거두었다. 시천은
그 군교에게 홀로 진채로 돌아가라 이르고 다시 늙은 중에게로
가 어린 행자를 길잡이로 달라고 졸랐다. 늙은 중이 그런 시천에
게 말했다.

"장군께서는 좀 더 기다리시다가 밤이 깊거든 가도록 하십시
오. 낮에 움직였다가 관 위에서 알게 될까 두렵습니다."

시천도 그 말을 옳게 여겼다. 암자에 머물러 날이 저물기를 기다렸다가 떠나기로 마음먹었다. 늙은 중은 저녁을 지어 시천을 대접한 뒤 밤이 되자 행자로 하여금 시천의 길잡이가 되게 했다. 길을 일러 준 뒤에는 아무도 모르게 암자로 되돌아오라는 당부와 함께였다.

어린 행자는 시천을 데리고 암자를 떠나 깊은 산속으로 들어갔다. 칡넝쿨 등 줄기를 타고 고개를 넘어 몇 리를 넘으니 희미한 달빛 아래 한 군데 높고 험한 고갯마루가 나타났다. 깎아지른 듯한 석벽으로 되어 있는데 멀리서 보니 그리로 오르는 한 줄기 샛길이 있었다. 그 길 위쪽 바위 위에는 큰 돌로 길을 끊고 다시 높게 벽을 쌓아 둔 게 보였다.

"장군님, 관은 저기 보이는 것이고 돌로 쌓은 담장 뒤로는 큰길이 나옵니다."

어린 행자가 시천에게 그렇게 일러 주었다. 시천이 그러는 행자를 돌려보냈다.

"스님은 이만 돌아가십시오. 이제 길은 알겠소."

어린 행자가 돌아간 뒤 시천은 지붕을 타 넘고 벽을 기어오르는 재주를 펼쳐 잠깐 동안에 석벽을 넘었다. 그가 멀리 동쪽을 바라보니 숲속이 붉게 타오르고 있었다. 노준의와 주무가 관소로 쳐 올라가면서 몇백 명의 군사를 먼저 보내 죽은 장수들의 시체를 거두는 한편 산에 불을 지른 까닭이었다. 그렇게 되고 보면 숲속에 숨어 있던 적병들은 배겨 내려야 배겨 낼 수 없을 것이었다.

한편 욱령관 위에 있던 적장 소양유기 방만춘은 송나라 군사가 불을 질러 숲을 태우면서 길을 열고 있다는 말을 듣자 혼잣말로 빈정거렸다.

"저렇게 밀고 들어오면 내가 감춰 둔 복병이야 소용없게 만들 수 있겠지. 그렇지만 우리가 이 관을 지키고 있는 한 네놈들이 무슨 수로 이곳을 넘겠는가."

하지만 그사이에도 송나라 군사는 점점 가까이 다가왔다. 따라서 방만춘도 마냥 마음 놓고만 있을 수가 없어 뇌형과 계직을 데리고 관 앞으로 가 정신 차려 지켰다.

그사이 시천은 한 발자국 한 발자국 관 위로 다가가 한 그루 큰 나무 꼭대기 위로 기어올랐다. 잎과 가지가 무성한 곳에 숨어 내려다보니 방만춘과 뇌형, 계직이 엎드려 활과 쇠뇌에 살을 메겨 두고 송나라 군사를 기다리는 게 보였다. 시천이 다시 송나라 군사 쪽을 보니 그 한패가 불을 지르며 올라오고 있었다. 그 속에서 임충과 호연작이 말을 탄 채 관 아래 이르더니 큰 소리로 꾸짖었다.

"이 역적 놈들아, 어찌 감히 천병에 맞서려 드느냐?"

그러자 적장들은 쇠뇌를 쏠 틈을 노리느라 온통 임충과 호연작에만 마음이 쏠려 있었다.

시천은 가만히 나무에서 미끄러져 내려와 관 뒤로 돌아가 보았다. 그곳에는 마른 풀 더미 두 개가 있었다. 시천은 부싯돌을 꺼내 불을 일으킨 뒤 화포를 풀 더미 위에 올려놓았다. 그런 다음 한쪽 풀 더미 위에는 유황과 염초를 얹어 불을 지른 뒤 다시 이쪽 화포가 얹힌 풀 더미 위에도 불을 질렀다. 이어 시천은 그 불씨를 그대로 가지고 관소의 대들보 위로 기어올라가 불을 질렀다.

두 풀 더미 위에서 불길이 이는가 싶더니 화포 터지는 소리가 천지를 뒤흔들었다. 관 위에 있던 적장들은 어찌할 줄 몰라 고함만 지르며 허둥거리고 졸개들은 모두 달아나기에 바빴다. 게다가 관소에까지 불이 붙으니 혼란은 더 심해졌다.

적장 방만춘은 두 부장과 함께 급히 관 뒤로 달려가 불을 껐다. 그때 시천이 다시 지붕 위에서 화포를 터뜨렸다. 화포 소리가 관소를 뒤흔들자 겁을 먹은 적병들은 모두 창칼과 활을 내던지고 갑옷 투구를 벗어부친 채 관 뒤로 달아나기 시작했다. 지붕 위의 시천이 그들을 향해 소리쳤다.

"송나라 군사 일만이 벌써 관을 넘었다. 너희들은 어서 항복하라. 그러면 죽음은 면할 것이다."

방만춘은 그 말을 듣자 놀란 나머지 혼이 뜬 사람처럼 발만 구르고 있었다. 뇌형과 계직도 놀란 나머지 나무처럼 몸이 굳어 움직이지를 못했다. 그때 임충과 호연작이 먼저 산 위로 올라 관 꼭대기에 이르렀다. 다른 장수들도 앞다투어 밀고 올라와 관을 빼앗고 삼십 리나 적병을 뒤쫓았다.

손립은 적장 뇌형을 사로잡고 위정국은 계직을 사로잡았다. 방만춘만 겨우 홀몸으로 빠져나갔을 뿐, 그 밑의 졸개들도 사로잡혔다. 송나라 군사는 적을 멀리 쫓아버린 뒤에 욱령관 위에 머물렀다.

노준의는 욱령관을 얻은 뒤 시천에게 후한 상을 내렸다. 그리고 적장 뇌형과 계직을 관 위에 끌어올려 배를 갈라 염통을 꺼낸 뒤 사진을 비롯한 여섯 장수의 혼백에 제사를 올렸다. 또 그들 여섯 장수의 시체를 거두어 정성껏 장례를 지내고 그 나머지 시체들은 모두 불태웠다.

다음 날 노준의는 여러 장수들과 갑옷을 걸치고 말에 올랐다. 그리고 장 초토에게 글을 보내 욱령관을 얻은 것을 알리는 한편 대군을 휘몰아 고개를 넘은 뒤 흡주성 아래에 진채를 냈다.

흡주성은 방납의 아재비인 황숙대왕(皇叔大王) 방후(方垕)가 두 장수와 함께 지키고 있었다. 상서 벼슬을 받은 왕인(王寅)과 시랑 벼슬을 받은 고옥(高玉)이 그들인데 그들은 또 여남은 명의 장수와 이만의 군사를 거느리고 있었다.

왕인은 원래 그곳 산속의 석수장이로서 한 자루 강철로 만든 창을 잘 썼고 전산비(轉山飛)라는 좋은 말 한 마리를 가지고 있었다. 그 말은 산을 오르고 물을 건너기를 마치 평지 달리듯 하는 명마였다. 고옥도 그곳 토박이로 선비 집안에서 났는데 한 자루 편창(鞭鎗)을 잘 썼다. 또한 두 사람 모두 문필이 뛰어나 방납은 그들에게 문관 벼슬을 내리면서 아울러 군사도 거느리게 했다.

싸움에 져서 흡주로 쫓겨 들어간 소양유기 방만춘은 방후의 행궁으로 달려가 알렸다.

"욱령관 근처의 토박이들이 송나라 군사를 안내해 샛길로 몰래 관을 지났습니다. 그 바람에 우리 군사들이 흩어져 달아나 적을 막아 내지 못했습니다."

그 말을 들은 황숙대왕 방후가 성난 소리로 방만춘을 꾸짖었다.

"욱령관은 흡주를 지키기 위해서는 가장 요긴한 장벽(牆壁)이다. 이미 송나라 군사에게 관을 잃었으니 오래잖아 그들은 흡주로 밀고 들 것이다. 이제 어찌 그들을 막아 낸단 말이냐?"

그때 곁에 있던 왕인이 방후를 달랬다.

"전하께서는 잠시 노여움을 푸십시오. 싸움에 이기고 지는 것은 군사를 부리는 이들에게 항용 있는 일이니 죄가 될 수 없다는 옛말이 있습니다. 이제 전하께서는 방 장군의 지난 죄를 벌하지 마시고 그로 하여금 다음에는 꼭 이기겠다는 다짐을 글로 쓰게 해 받도록 하십시오. 그런 다음 그로 하여금 앞장서 싸워 송나라 군사를 물리치도록 하시는 게 좋겠습니다. 만약 그 싸움도 이기지 못하면 그때 가서 두 죄를 한꺼번에 물으면 되지 않겠습니까?"

방후는 그 말을 옳게 여겼다. 곧 방만춘에게 군사 오천을 내주면서 성 밖으로 나가 송나라 군사와 싸우게 했다.

한편 욱령관을 넘은 노준의는 군사들을 재촉해 흡주성 밑으로 밀고 들어갔다. 그리고 여러 장수들과 함께 그날로 성을 들이치기 시작했다. 그때 서문이 열리더니 방만춘이 군사를 이끌고 나왔다.

양쪽에서 진세를 벌이자 방만춘이 말을 달려 진 앞으로 나왔다. 송나라 군사 쪽에서는 구붕이 창을 휘두르며 달려 나가 방만춘과 맞붙었다. 두 장수가 어울려 싸운 지 다섯 합도 되기 전에 방만춘이 말 머리를 돌려 달아나기 시작했다. 구붕은 첫 번째 공을 놓치지 않으려고 말을 휘몰아 그런 방만춘을 뒤쫓았다.

그런데 달아나던 방만춘이 갑자기 몸을 틀며 뒤돌아 화살을 날렸다. 구붕은 몸에 지닌 무예를 펼쳐 날아오는 화살을 손으로 슬쩍 받아 쥐었다. 그러나 방만춘이 잇따라 활을 쏘리라고는 짐작 못하고 화살 한 대를 받아 쥔 것으로 마음 놓고 뒤를 쫓았다.

그때 방만춘이 두 번째의 화살을 날렸다. 아무런 방비 없이 뒤를 쫓던 구붕은 그대로 얼굴에 화살을 맞아 말에서 굴러떨어졌다. 성 위에서 구경하던 왕인과 고옥은 구붕이 말에서 떨어지는 것을 보자 성안에 있던 인마를 거느리고 일시에 뛰쳐나왔다. 그 바람에 송나라 군사는 여지없이 무너져 삼십 리나 물러난 뒤에야 겨우 진채를 수습하였다.

노준의가 장졸을 점고하여 보니 그 혼란 중에 또 채원자 장청 (張靑)이 보이지 않았다. 적병에게 죽임을 당한 것이었다. 손이랑은 남편이 죽은 것을 알자 군졸들을 시켜 그 시체를 찾아 화장하고 목 놓아 울었다. 노준의도 마음이 어둡기 그지없었다. 무턱대고 힘으로만 싸우려 드는 게 좋지 않다고 보아 주무와 더불어 계책을 의논했다.

"오늘 군사를 내었다가 또 두 장수를 잃었으니 어찌하면 좋겠소?"

노준의의 그 같은 물음에 주무가 대답했다.

"이기고 지는 것은 싸우는 이에게는 늘상 있는 일이니 선봉께서는 너무 걱정하지 마십시오. 오늘 적병들은 우리가 쫓겨 가는 걸 보고 한껏 우쭐거렸을 것입니다. 그것들은 틀림없이 이 기세를 타고 오늘 밤 우리 진채를 야습하러 올 것이니 우리는 거꾸로 그 기회를 이용합시다. 여러 장수와 인마를 나누어 사방에 매복하고 중군 장막 안에는 양을 몇 마리 묶어 놓아 적을 속이는 겁니다."

그리고 몇 가지 세세한 채비를 일러 준 뒤 다시 이었다.

"호연작은 한 떼의 인마를 거느리고 왼편에 매복하고 임충은 또다른 인마와 함께 오른쪽에 매복하며 선정규와 위정국은 뒤쪽에 매복하고 그 나머지 장수들은 각기 사방으로 흩어져 오솔길마다 숨어 있게 하지요. 그러다가 밤에 적병이 오면 중군에서 불길이 이는 것을 신호로 사방에서 일어나 적을 사로잡는 것입니다."

노준의는 주무가 시키는 대로 장졸들을 나누어 매복하게 하고 밤이 오기를 기다렸다. 한편 적장 왕인과 고옥은 꾀가 많은 자들이라 방만춘과 의논한 끝에 저희 황숙대왕 방후에게 말하였다.

"오늘 송나라 군사가 크게 패해 삼십 리나 쫓겨 가 진을 쳤으니 인마는 피로하고 진채는 어수선할 것입니다. 이때 기세를 타고 적의 진채를 야습하면 반드시 큰 승리를 얻을 수 있습니다."

"장군들이 이미 오래 의논한 끝에 세운 계책이니 어련하겠소? 그렇게 해 보시오."

방후가 고개를 끄덕여 허락했다. 고옥이 다시 말했다.

"저와 방 장군이 군사를 거느리고 가서 적의 영채를 들이치겠습니다. 전하께서는 왕 상서와 함께 성을 굳게 지켜 주십시오."

방후는 그 말을 옳게 여겨 그대로 따랐다. 이에 왕인과 방후는 안에 남아 성을 지키고 고옥과 방만춘은 군사를 이끌고 성을 나갔다. 말들에게서는 방울을 떼고 군사들에게는 하무를 물려 인마가 움직여도 전혀 소리가 나지 않았다. 그들이 송나라 군사 진채에 이르러 보니 진문이 굳게 닫혀 있었다. 이에 함부로 나아가지 못하고 기다리고 있는데 시간을 알리는 북소리가 들려왔다. 처음에는 뚜렷했으나 차차 희미해지기 시작했다. 고옥이 말을 멈추고 말했다.

"적진 안으로 들어가서는 아니 되겠소!"

"어찌해서 아니 된다는 말씀이오?"

방만춘이 그렇게 물었다. 고옥이 생각 깊은 얼굴로 말했다.

"적진 안에서 나는 저 북소리를 들어 보시오. 시간을 알리는 북소리가 너무 어지럽지 않소? 반드시 계책이 있는 듯하오."

그러나 방만춘의 생각은 달랐다.

"그건 상공께서 잘못 아신 듯합니다. 오늘 적병들은 싸움에 져서 간이 오그라붙은 데다 또 몹시 피로할 것입니다. 졸면서 북을 치니 어떻게 시간을 제대로 알려 줄 수 있겠습니까. 너무 의심하지 말고 바로 쳐들어가도록 합시다."

조심성 많은 고옥도 그 말을 듣고 보니 또한 그럴듯했다.

"하긴 그럴듯도 하군."

그러면서 방만춘을 따랐다. 두 적장은 곧 군사를 재촉해 큰 칼과 넓은 도끼를 휘두르며 송나라 군사의 진채 안으로 치고 들었다. 진채 안으로 뛰어든 그들은 곧장 중군으로 달려들었다. 그러나 중군 장막 안에는 장수도 군졸도 하나 없고 다만 버드나무에 양 몇 마리가 묶여 있을 뿐이었다. 그 양들의 다리에는 방망이가 매어져 북을 치게 해 놓았는데 그 바람에 북소리가 어지러웠던 것 같았다. 두 적장은 중군이 텅 비어 있는 것을 보자 놀라고 당황했다.

"적의 계책에 빠졌다!"

누가 먼저랄 것도 없이 그렇게 소리친 적장들은 급히 말 머리를 돌려 달아나려 했다. 그때 갑자기 중군에서 불길이 일어나더니 산꼭대기에서 포향이 울렸다. 이어 여기저기서 불이 일며 사방에 매복해 있던 송나라 군사가 벌 떼처럼 일어났다.

두 적장은 진채 문을 황황히 빠져나와 달아나다가 호연작과 딱 마주치고 말았다.

"역적의 장수는 어서 말에서 내려 항복하라. 그러면 죽음은 면하리라!"

호연작이 둘을 향해 그렇게 소리쳤다. 놀란 고옥은 오직 달아날 생각뿐 싸울 마음이 전혀 없었다. 그 바람에 손발이 어지러워져 허둥거리는데 호연작의 쇠 채찍이 머리에 떨어졌다. 한마디 구슬픈 비명과 함께 고옥은 머리가 절반이나 날아간 채 말에서 떨어져 죽었다.

적장 방만춘은 죽을힘을 다해 싸운 덕분에 겨우 진채를 빠져나갈 수는 있었다. 그러나 그도 끝내 무사하지는 못했다. 길옆에 숨어 있던 탕륭이 갈고리 창으로 말을 넘어뜨리니 그 또한 말에서 떨어져 사로잡히고 말았다.

송나라 군사의 여러 장수들은 산길 여기저기서 적군을 두들기다 날이 밝은 뒤에야 모두 진채로 돌아갔다. 중군에 자리를 잡은 노준의는 곧 명을 내려 장졸들을 점고해 보게 했다. 정득손이 산길 풀숲에서 독사에게 물려 죽은 게 알려졌다. 또 장수 하나가 죽은 것이었다. 노준의는 방만춘의 배를 갈라 염통을 꺼내게 한 뒤 구붕과 사진의 혼백 앞에 제물로 바치고 그 목은 장 초토에게로 보냈다.

다음 날 노준의는 여러 장수들과 함께 대군을 거느리고 다시 흡주성 아래로 쳐들어갔다. 알 수 없게도 성문은 열려 있었으며 성벽 위에는 깃발도 보이지 않고 적군도 없었다. 선정규와 위정국은 첫 공을 세우려고 군사를 휘몰아 성안으로 뛰어들었다. 중군의 노준의가 성문께에 이르렀을 때는 두 장군이 이미 성안으로 들어간 뒤였다.

하지만 성은 결코 빈 것이 아니었다. 적장 왕인은 야습을 하러 갔던 인마를 잃자 성을 버리고 달아나는 척하면서 성문 안에 함정을 파 놓았다. 그런데도 앞뒤 없이 뛰어들던 선정규와 위정국은 말을 탄 채 그 함정에 떨어지고 말았다.

두 장수가 함정에 떨어지자 숨어 있던 적병들이 한꺼번에 뛰쳐나와 긴 창으로 찌르고 활과 쇠뇌를 쏘아붙였다. 그 바람에 이름도 드높던 신화장군과 성수장군은 가엾게도 흙구덩이에 묻힌 원통한 넋이 되고 말았다.

또다시 두 장수를 잃자 노준의는 치솟는 분기를 억누를 수 없었다. 급히 명을 내려 앞 부대의 군사들에게는 흙덩이를 날라다 함정을 메우게 하고 또 한편으로는 죽은 적병들의 시체를 끌어다 함정을 채웠다.

드디어 함정이 메워지자 노준의는 앞장서서 말을 달려 성안으로 뛰어들었다. 그런 노준의에게 때맞추어 적의 우두머리라 할 수 있는 방후가 걸려들었다. 화가 머리 꼭대기까지 치솟아 있던 노준의는 평생에 연마한 솜씨를 다해 한칼로 방후를 베어 넘겼다. 그 바람에 황숙대왕이라며 거들먹거리던 방후는 비명조차 제대로 질러 보지 못하고 말 위에서 떨어져 죽었다.

일이 그 지경에 이르니 성안의 적병들에게 싸울 마음이 남아 있을 리 없었다. 저마다 성문을 열고 길을 뚫어 달아나기에 바빴다. 송나라 군사의 여러 장수들은 힘을 다해 앞으로 밀고 들며 그런 적병을 죽이고 사로잡았다.

한편 적장 왕인은 정신없이 달아나다 이운과 만났다. 왕인이 창을 꼬나들고 덤벼들자 말도 없이 땅에서 싸우던 이운은 그 말에 밟혀 쓰러졌다. 이운이 쓰러지는 것을 보고 석용이 달려 나가 구하려 했으나 그는 원래 왕인의 적수가 못 되었다. 여러 합을 버티었으나 끝내는 왕인의 창에 찔려 죽고 말았다.

그때 성안에서 손립, 황신, 추연, 추윤이 달려 나와 왕인을 에워쌌다. 그러나 왕인은 네 장수에 둘러싸였으면서도 전혀 두려워하는 기색이 없었다. 거기에 임충이 다시 끼어들었다. 임충은 솜씨가 남다른 사람이라 비록 왕인이 머리가 셋이고 팔이 여섯이라 할지라도 그 다섯 장수를 혼자서 당해 낼 수는 없었다. 여럿이 한꺼번에 덤벼들어 닥치는 대로 찍고 찌르니 역적의 상서 노릇까지 한 왕인도 끝내는 목숨을 잃고 말았다.

다섯 장수는 왕인의 목을 잘라 노준의에게로 달려가 바쳤다. 그걸로 싸움은 끝이었다. 노준의는 흡주성 안의 적의 행궁에 머물면서 방문을 내걸어 백성들을 위로하고 안심시켰다. 그리고 인마를 성안에 머물러 쉬게 하는 한편 장 초토에게 이긴 것을 알리고 송강에게도 글을 보내 언제 나아갈까를 물었다.

역적의 소혈로

그때 송강은 장졸들을 목주에 머무르게 하면서 다른 길로 갔던 인마가 모이기를 기다려 함께 적의 소혈을 치기로 마음먹고 있었다. 때맞추어 노준의로부터 흡주를 되찾았다는 전갈이 왔다. 그러나 그 싸움 중에 다시 사진, 석수, 진달, 양춘, 이충, 설영, 구붕, 장청, 정득손, 선정규, 위정국, 이운, 석용 등 장수 열셋이 죽었음을 알자 슬픔과 괴로움을 이기지 못해 목 놓아 울었다. 송강이 워낙 몸을 상해 가며 슬퍼하자 오용이 보다못해 말렸다.

"죽고 사는 것은 모두 하늘이 정한 일이니 형님께서는 그 일로 옥체를 상하셔서는 아니 됩니다. 먼저 나라의 큰일을 잊지 않도록 하십시오."

"그렇다 해도 사람으로 어찌 슬퍼하지 않을 수 있겠소. 내가 옛날에 읽은 비석의 천문(天文)에 백여덟 명의 이름이 있었는데 이제 하나둘 잎이 떨어지듯 이렇게 죽어 갈 줄 어떻게 알았겠소? 실로 손발이 다 잘려 나간 듯하오."

송강이 그렇게 대답하고 다시 눈물을 지었다. 오용은 그런 송강을 위로한 뒤에 노준의에게 청계현을 칠 날짜를 적어 보냈다.

한편 방납은 청계현 방원동에 지은 대궐 안에서 조회를 열고 문무백관을 불러 모아 송강의 군사를 물리칠 계책을 의논하고 있었다. 그때 갑자기 서주에서 쫓겨 간 인마가 몰려들어 흡주가 송나라 군사에게 떨어지고 방납의 아재비와 상서 왕인, 시랑 고옥이 모두 싸움 중에 죽었음을 알렸다. 이제 송나라 군사는 두 길로 나뉘어 청계현을 치러 오고 있다는 것이었다. 몹시 놀란 방납은 늘어선 문무대신들을 보고 물었다.

"그대들은 모두 높은 벼슬을 받고 고을과 성을 차지해 함께 부귀를 누려 온 터이다. 이제 송강의 인마가 멍석 말듯 하는 기세로 쳐들어와 고을과 성들을 빼앗고 남은 것은 여기 이 청계현의 대궐뿐이다. 들으니 송나라 군사는 양 길로 나누어 이리로 오고 있다는데 어떻게 막아 내야 하겠는가?"

그러자 좌승상 누민중이 반열에서 나와 대답했다.

"송강의 인마가 이미 신주(神州)에 이르렀으니 이곳 대궐과 내원(內苑)도 또한 지키기 어려울 것 같습니다. 지금 우리는 군사가 적고 장수가 모자라니 폐하께서 직접 싸움터로 납셔야겠습니다. 그러시지 않는다면 장졸들이 힘을 다해 앞으로 나아가지 않을까 걱정입니다."

방납도 급해진 모양이었다.

"경의 말이 옳다."

그렇게 대꾸하고는 곧 삼성육부(三省六部), 어사대, 추밀원, 도독부, 호가이영(護駕二營), 금오용호(金吾龍虎) 등의 높고 낮은 관원들에게 명을 내렸다.

몸소 싸움터로 나설 것이니 모두들 뒤따라 한판 싸움으로 결말을 짓자는 비장한 내용이었다. 누민중이 다시 나와 물었다.

"어떤 장수를 뽑아 선봉으로 삼으시겠습니까?"

"전전금오상장군(殿前金吾上將軍)이자 내외제군도초토(內外諸軍都招討)인 짐의 조카 방걸(方杰)을 선봉으로 삼고 마보친군도태위(馬步親軍都太尉)에 표기상장군(驃騎上將軍)인 두미(杜微)를 부선봉으로 삼아 방원동 대궐의 호가어림군 만 삼천과 장수 삼천 명을 내보내라."

방납이 그렇게 영을 내렸다.

방걸은 방납의 조카로서 흡주에서 죽은 방후의 맏손자였다. 방걸은 송나라 군사의 노 선봉이 자신의 할아버지를 죽였다는 말을 듣자 원수를 갚으러 가기 위해 선봉이 되기를 자청한 터였다. 평생 무예를 익혀 한 자루 방천화극을 잘 썼는데 혼자서 만 명을 당할 만한 용맹이 있었다. 두미는 원래 흡주 저잣거리의 대장장이로서 여섯 자루의 수리검을 잘 썼다. 방납은 또 따로이 명을 내려 어림호가(御林護駕) 도교사(都敎師)인 하종룡(賀從龍)에게 어림군 일만을 갈라 주며 흡주에서 오는 노준의의 인마를 맡게 하였다.

방납이 장수와 인마를 두 길로 나눠 보내고 있을 무렵 송강도 대군을 이끌고 목주를 떠나 청계현을 향했다. 수군 두령 이준 등은 수군을 거느리고 강을 따라 청계현으로 향하고 보군과 마군은 육로로 나아갔다. 송강과 말 머리를 나란히 하고 걷던 오용이 말했다.

"우리가 이렇게 청계현 방원동으로 가고는 있지만 걱정은 역적의 괴수 방납이 이걸 알고 달아나 버리는 것입니다. 깊은 산골짜기나 넓은 들판에 숨어 버리면 사로잡기 어렵지 않겠습니까? 그러므로 방납을 사로잡아 도성에 계신 천자께로 끌어가자면 안팎에서 호응하여 방납이 누구인지를 알고 사로잡아야 할 것입니다. 또 달아난다 해도 그가 갈 곳이 어딘지를 알고 있어야 놓치는 일이 없을 것입니다."

그러자 송강도 잠시 생각에 잠겼다가 말했다.

"그렇다면 반드시 거짓으로 항복해서 적의 계책을 거꾸로 이용해야 안팎에서 호응할 수가 있을 거요. 전에 시진과 연청이 세작으로 갔으나 지금껏 아무런 기별이 없는데 이번에는 누구를 보내야 좋겠소? 거짓으로 항복을 하더라도 적이 그럴듯하게 여겨야 할 사람이라야 될 것이오."

"저의 어리석은 생각으로는 수군 두령 이준 등을 빼고는 마땅한 사람이 없을 듯합니다. 배에 가득 곡식을 실어 바치고 항복하는 척하면 방납이 어찌 의심하겠습니까. 그놈은 원래가 산골짜기의 촌놈이라 많은 곡식을 실은 배를 보면 반드시 받아들일 것입니다."

오용이 그렇게 말하자 송강도 고개를 끄덕였다.

"군사께서 밝게 보았소."

그러고는 대종을 불러 물길로 이준에게 보내 정해진 계책을 일러 주고 그대로 행하게 했다. 이준에게로 간 대종은 송강에게서 들은 대로 계책을 일러 주고 다시 중군으로 돌아왔다.

대종이 떠난 뒤 이준은 곧 완소오, 완소칠 형제와 동위, 동맹 형제를 불러들였다. 그리고 완소오, 완소칠 형제는 사공으로 꾸미고 동위, 동맹은 그들을 따르는 뱃사람 차림을 하게 한 뒤 예순 척의 배에 곡식을 싣고 떠나게 했다. 그들은 배마다 곡식을 방납에게 바친다는 뜻을 표시한 깃발을 꽂고 강을 거슬러 청계현으로 향했다.

청계현이 가까워 오자 방납의 싸움배들이 나타나 물길을 막고 일제히 화살을 퍼부어 댔다. 이준이 뱃머리에 올라가 큰 소리로 외쳤다.

"활을 쏘지 마시오. 드릴 말씀이 있소. 우리들은 모두 몸을 던져 대왕을 도우려고 온 사람들로 특히 이번에는 곡식을 바치러 왔소. 많지는 않으나 부디 받아 주시오."

그러자 다가온 적선 위에서 두령인 듯한 사내가 이준이 끌고 온 배들을 살펴보더니 활쏘기를 멈추게 했다. 이준의 배에 이렇다 할 병기가 실려 있지 않자 마음을 놓은 듯했다. 이어 사람이 건너와 이준에게 이것저것 세밀히 따져 묻고 선창으로 내려가 실려 있는 곡식도 살폈다. 그러더니 곧장 누 승상에게 이준이 곡식을 가지고 항복해 온 일을 알렸다.

누민중은 항복해 온 사람들을 언덕 위로 불러 올리게 했다. 이준이 언덕에 올라 절을 하자 누민중이 물었다.

"너희들은 송강 밑에서 무얼 하던 자들이냐? 그리고 이번에는 무슨 일로 곡식을 바치고 항복해 왔느냐?"

"저는 이준이라 하오며 원래는 심양강에서 호걸 노릇을 하다가 강주에서 형장을 뒤엎고 송강의 목숨을 구해 낸 적이 있습니다. 그런데도 송강이란 놈은 조정의 부름을 받아 선봉이 된 뒤로는 옛날의 은혜를 잊고 여러 차례 저를 욕보였습니다. 이제 송강이 비록 대국의 고을과 성을 빼앗기는 했으나 그 밑에 있던 형제들은 점점 줄어들고 있습니다. 그런데도 놈은 나아가고 물러나는 것조차 모르면서 저희들 수군만 윽박질러 앞으로 내모는 중입니다. 이에 그 욕스러움을 견뎌 낼 수 없어 그놈의 곡식 배들을 빼돌려 이렇게 대국에 바치고 항복하러 왔습니다."

방납의 운수가 다됐는지 누민중은 그 같은 이준의 말을 믿었다. 곧 이준을 데리고 대궐로 가서 방납을 보게 하고 아울러 곡식을 가지고 항복해 온 일을 들은 대로 말했다. 이준도 방납에게 두 번 절하고 일어나 누민중에게 한 말을 한 번 더 되풀이했다.

방납도 별로 의심하지 않고 이준과 완소오, 완소칠, 동맹, 동위를 청계현에 있는 수군 진채에 머물면서 싸움배를 지키게 했다. 송강의 인마를 물리친 뒤에 후하게 상을 주리라는 다짐과 함께였다. 이준은 그런 방납에게 절하여 감사하고 궁궐을 나와 배에 싣고 온 쌀을 언덕 위의 창고로 옮겼다.

그 무렵 송강과 오용이 의논하여 보낸 관승, 화영, 진명, 주동이 이끄는 전군은 청계현으로 다가들고 있었다. 방납도 조카 방걸을 선봉으로 내보낸 터라 두 군사는 곧 청계현 어름에서 맞부딪쳤다. 양쪽 군사들이 각기 진세를 벌이자 반군 쪽에서 방걸이 화극을 비껴들고 달려 나왔다. 방걸 뒤로는 부선봉 두미가 걸어 나오는데 그는 등에 비도 다섯 자루를 감추고 손에는 칠성보검을 들고 있었다.

송나라 군사 쪽에서는 진명이 가시 방망이를 들고 달려 나와 방걸과 맞붙었다. 방걸은 한창 혈기가 오른 젊은이라 용맹한 데다 화극을 다루는 솜씨가 이만저만이 아니었다. 진명과 어울려 서른 합을 넘게 싸웠으나 좀체 승패가 가려지지 않았다. 방걸은 진명의 무예가 뛰어난 것을 보자 자신도 있는 재주를 다 부려 빈틈을 보이지 않았다. 진명 또한 있는 힘을 다해 싸워 방걸에게 빈틈을 보이지 않았다.

그때 갑자기 방걸의 부선봉 두미가 그 싸움에 끼어들었다. 두미는 방걸이 진명을 이기지 못하는 것을 보고 말 뒤에서 나서더니 진명의 얼굴을 향해 칼을 날렸다. 진명은 급히 몸을 굽혀 비도를 피했으나 방걸의 화극이 그 빈틈을 용서하지 않았다. 한소리 기합과 함께 내지른 방걸의 화극에 찔려 진명은 비명과 함께 말에서 굴러떨어졌다. 벽력화로 이름을 떨치던 진명은 그렇게 죽어 갔다.

방걸은 화극으로 진명을 찔러 죽였으나 감히 송나라 군진으로 뛰어들지는 못했다. 그 틈에 송나라 군사 쪽의 장수 하나가 급히 갈고리를 던져 진명의 시체를 거두어들였다. 송나라 군사 쪽에서는 진명이 죽는 것을 보고 모두 놀라 낯빛이 변했다. 송강은 관곽을 마련해 진명의 시신을 거두게 하고 다시 장졸을 내보내 싸우게 했다. 한 싸움을 이긴 방걸이 진 앞에서 으스대며 큰소리를 쳐댔다.

"송나라 군사 쪽에 호걸이 있거든 어서 나오너라. 다시 한번 겨뤄 보자!"

중군에 있던 송강은 방걸이 큰 소리로 으스대고 있다는 말을 듣자 급히 진 앞으로 나가 살펴보았다. 그때 방걸 뒤쪽으로 방납의 어가가 나왔다. 역적이라고는 해도 괴수요, 이미 여러 해 천자를 자칭해 온 터라 그 의장이 자못 볼만했다. 금빛 창칼과 도끼가 숲같이 늘어서고 용과 봉을 수놓은 깃발이 물결처럼 나부꼈다. 그 한가운데 푸른 구름 같은 일산을 받고 방납이 나왔는데 그는 옥 굴레를 씌운 말에 높이 앉아 있었다. 차림도 호화찬란한 천자의 그것이었다.

방납은 송강이 진채 앞으로 나와 있는 것을 보자 방걸을 보고 송강을 사로잡으라 명했다. 송나라 군사 쪽에서도 여러 장수들이 맞싸울 채비를 하며 방납을 사로잡을 틈만 노렸다. 명을 받은 방걸이 막 말을 몰아 나오려는데 문득 탐마가 달려 나와 알렸다.

"어림도교사 하종룡이 인마를 거느리고 흡주를 구원하러 가다가 송나라 군사의 노 선봉에게 사로잡혀 갔다고 합니다. 그 바람에 이끌고 갔던 우리 인마는 모두 흩어지고 송나라 군사는 이미 산 뒤쪽에 이르렀습니다."

그 소식에 방납은 깜짝 놀랐다. 급히 명을 내려 군사를 거두고 대궐로 돌아가 지키기로 했다. 방걸은 두미로 하여금 진세를 흩어지지 않게 하고 방납이 탄 어가를 먼저 떠나보낸 뒤 두미와 힘을 합쳐 뒤쫓는 송나라 군사를 막으며 물러났다.

방납의 어가가 청계동 근처에 이르자 대궐 쪽에서 하늘을 떨쳐 울리는 듯 함성이 일고 불길이 치솟으며 인마가 서로 엉켜 싸우는 것이 보였다. 거짓 항복으로 미리 숨어 들어가 있던 이준과 완소칠, 완소오, 동맹, 동위가 성안에 불을 지른 까닭이었다.

방납은 성을 구하려고 어림군을 휘몰아 성안으로 뛰어들어 갔다. 곧 어지러운 싸움이 벌어졌다. 하지만 뒤쫓아오던 송강의 인마가 그냥 있지 않았다. 성안에서 솟는 불길을 보며 이준 등이 한 일임을 짐작한 송강은 급히 장수들에게 명을 내려 성안으로 밀고 들게 했다.

그때는 이미 노준의의 인마도 산을 넘은 뒤였다. 송나라 군사는 서로 호응해 사방으로 청계성을 들이쳤다. 송강을 비롯한 장수들은 여러 길로 나누어 성안으로 밀고 든 뒤 방납의 졸개들을 사로잡고 성곽을 깨뜨렸다. 그러나 방납은 방걸이 군사를 거느리고 호위해 준 덕에 겨우 대궐이 있는 방원동으로 갈 수 있었다.

마침내 송강의 대군은 청계현 성을 차지했다. 여러 장수들은 방납이 궁궐로 쓰던 곳으로 들어가 금은보화와 창고에 들어 있던 재물들을 끌어낸 뒤 불을 질러 버렸다. 그 바람에 몇 년 임금 노릇을 즐기던 방납의 궁궐 터는 잿더미로 변했다.

송강은 노준의와 군사를 합친 뒤 청계현 성안에 머무르면서 여러 장수들에게 공을 청하게 하는 한편 두 곳의 장졸을 점고해

보았다. 욱보사와 손이랑이 두미의 비도에 맞아 죽었고 추연과 두천은 마군에게 밟혀 죽었다. 이립, 탕륭, 채복은 각기 무거운 상처를 입고 치료를 받던 중에 죽었고 완소오는 이미 청계현에서 누 승상에게 죽임을 당해 다시 여덟 명의 형제가 줄어 있었다.

여러 장수들은 방납에게서 벼슬을 받고 으스대던 그쪽 벼슬아치 아흔두 명을 사로잡아 상을 청했다. 그러나 승상 노릇을 하던 누민중과 칼을 날려 송나라 군사 쪽의 여러 장수들을 상하게 한 두미만은 끝내 보이지 않았다. 송강은 방문을 써 붙여 백성들을 안심시키는 한편 사로잡은 반군의 벼슬아치들을 모두 장 초토에게로 묶어 보내 목 베게 했다.

나중에 백성들에게서 들으니 누민중은 완소오를 죽인 뒤 송의 대군이 청계성을 깨뜨리자 소나무 숲속에 들어가 스스로 목매 죽었다는 것이었다. 사로잡혀 봤자 욕만 더할 뿐 살길이 없다 여겨 그런 듯했다. 두미는 그가 드나들던 기생 왕교교(王嬌嬌)네 집에 숨었다가 그 기생집 주인에게 붙들려 왔다. 송강은 사람을 시켜 누민중의 목을 베어 오게 하고 다시 채경에게 두미의 배를 갈라 염통을 꺼내게 했다. 그리고 그 목과 염통을 제상 위에 차린 뒤 몸소 향을 사르며 진명을 비롯해 청계를 치다가 죽은 여러 장수들의 혼백 앞에 제사를 올렸다.

제사를 지낸 뒤 송강은 다음 날로 노준의와 더불어 군사를 움직여 방원동으로 밀고 들었다. 방걸의 호위를 받아 겨우 방원동의 궁궐로 돌아간 방납은 군사를 풀어 동구만 굳게 지킬 뿐 나와 싸우려 들지 않았다. 송강과 노준의는 인마를 풀어 방원동을 에워싸기는 하였으나 적이 그렇게 나오니 안으로 밀고 들 계책이 없었다.

하지만 방원동에 있는 방납도 마음 편치 않기가 바늘방석 위에 앉은 것 같았다. 양군이 서로 어찌하지 못하고 맞선 채 며칠이 지난 어느 날이었다. 방납이 잔뜩 걱정에 잠겨 있는데 수놓은 비단 옷을 입은 대신 하나가 계단 아래 엎드려 말했다.

"대왕께 아룁니다. 신이 비록 재주 없으나 주상의 성은은 두텁게 입었으면서도 아직껏 보답하지 못해 한스럽게 여겨 왔습니다. 신에게도 그동안 배운 병법이 있고 익혀 온 무예가 있으며 육도 삼략도 들은 바 있고 칠종칠금의 계책도 익힌 적이 있습니다. 바라건대, 제게 한 갈래 인마를 주신다면 나아가 송나라 군사를 물리치고 나라를 다시 일으켜 보겠습니다. 부디 허락하여 주십시오."

방납이 반가운 눈길로 그를 바라보니 그는 바로 부마인 주작 도위 가인이었다. 방납은 몹시 기뻐하며 그 같은 부마의 청을 허락했다.

명을 받은 가(柯) 부마는 갑옷 투구를 차려입고 말에 올라 운봉위와 더불어 군사를 이끌고 싸우러 나섰다. 방납은 자신의 금빛 갑옷과 비단 전포를 부마에게 주고 다시 한 마리 좋은 말을 내려 싸울 때 타게 했다. 이에 가 부마는 황질 방걸과 함께 어림군 일만에 장수 스무 명을 거느리고 방원동 어귀로 나와 진세를 벌였다. 한편 송강은 인마를 풀어 동구를 에워싸고는 있었으나 마음은 어둡기 그지없었다. 함께 거느리고 온 형제들이 셋 중에

둘꼴로 없어진 데다 아직 방납을 사로잡지 못하고 또 적이 싸우러 나오지 않아 날짜만 끌고 있었기 때문이었다. 그런데 갑자기 반가운 전갈이 들어왔다.

"방원동에 있던 적의 인마가 싸우러 나오고 있습니다."

송강과 노준의는 얼른 여러 장수들에게 명을 내려 군사를 거느리고 나아가 진세를 벌이게 하였다. 이어 송강이 진 앞으로 나아가 살펴보니 싸우러 나온 적의 장수 가 부마는 다름 아닌 시진이었다. 송강은 화영을 시켜 나아가 싸우게 했다.

화영은 창을 들고 말에 올라 진 앞에 나서더니 짐짓 큰 소리로 시진을 꾸짖었다.

"네놈은 어떤 놈이기에 감히 역적을 도와 우리 대군에 맞서려 하느냐? 만약 너를 사로잡기만 하면 천 토막 만 토막 내어 살과 뼈가 모두 다져진 고깃덩어리를 만들어 놓고 말 테다. 그러나 어서 말에서 내려 항복한다면 목숨만은 붙여 주마!"

그러자 부마 행세를 하는 시진이 역시 시침을 떼고 맞받았다.

"나는 산동 땅의 가인이다. 아직도 나의 큰 이름을 듣지 못한 놈이 있었단 말이냐? 짐작건대 네놈들은 양산박에서 무리 지어 있던 좀도둑 떼라 더불어 말할 게 무엇 있겠느냐? 네놈들을 모조리 죽이고 빼앗긴 성을 되찾는 게 오직 내가 바라는 바니 그리 알아라."

가인의 그 같은 말을 들은 송강과 노준의는 이내 그 뜻을 짐작하였다. 그의 바꾼 성 가(柯) 자는 나뭇가지란 뜻으로 원래의 성 시(柴)의 땔나무란 뜻과 비슷했고 바꾼 이름 인(引) 자 또한 원래의 이름 진(進) 자의 '나아가다'란 뜻과 비슷한 '이끌다'의 뜻이 있었다. 오용이 그들 곁에 섰다가 가만히 말했다.

"화영이 저 사람과 싸우는 것이나 구경해 봅시다."

송강도 아직 시진의 뜻을 몰라 먼저 화영을 내보내 알아보기로 마음먹었다. 명을 받은 화영은 창을 끼고 달려 나가 가인과 맞붙었다. 두 말이 엇갈리고 두 사람의 병기가 맞부딪쳤다. 한참 싸우다가 둘이 한 덩이로 어울렸을 때 시진이 나지막하게 말했다.

"형은 이만 진 척해 주시오. 내일 다시 일을 꾸며 봅시다."

그 말을 들은 화영은 대강대강 세 합쯤 싸우다가 말 머리를 돌려 달아나기 시작했다. 가인이 그런 화영을 뒤쫓으며 짐짓 큰 소리로 꾸짖었다.

"싸움에 져서 달아나는 놈을 뒤쫓지는 않겠다. 너보다 나은 놈이 있거든 내보내라. 다시 한번 싸워 주마!"

그사이 자기편 진채로 돌아간 화영은 송강과 노준의에게 시진으로부터 들은 말을 전했다. 오용이 무언가를 잠깐 생각하다가 말했다.

"이번에는 관승을 내보냅시다."

이에 명을 받은 관승이 청룡언월도를 내세워 달려갔다. 관승 또한 시진을 못 알아본 척 꾸짖었다.

"산동의 하찮은 졸개 놈아, 네 감히 나와 싸워 보겠느냐?"

그러자 적의 부마 가인은 대꾸조차 없이 창을 휘두르며 달려 나와 관승과 맞붙었다. 양쪽 모두 전혀 두려워하는 기색이 없었으나 다섯 합도 되기 전에 승패가 드러났다. 관승이 거짓으로 밀

리는 척하며 자기편 진채로 달아난 것이었다. 가 부마는 이번에
도 뒤쫓지 않고 큰 소리로 꾸짖기만 했다.

"송나라 군사 중에서 자신 있는 놈이 있거든 누구든 나오너라.
얼마든지 싸워 주마."

송강은 다시 주동을 불러 내보냈다. 주동이 나가 시진과 맞붙
어 싸우며 다시 한번 적군을 속였다. 싸운 지 대여섯 합을 넘기
지 않고 주동 역시 거짓으로 밀리는 척 달아나기 시작했다. 시진
이 뒤쫓아와 한 창을 내지르자 주동은 말까지 버리고 자기편 진
채로 허둥지둥 쫓겨 왔다. 기세가 오른 적병들이 뛰쳐나와 주동
의 말을 끌고 가 버렸다.

세 번이나 적장을 물리친 가 부마는 마침내 군사를 휘몰아 송
나라 군사를 덮쳐 왔다. 송강은 급히 장수들에게 명을 내려 군사
를 이끌고 십 리나 물러나게 했다. 가 부마는 그런 송강을 한참
이나 뒤쫓다가 군사를 거두어 방원동으로 들어갔다. 그때는 벌써
가인이 이긴 소식이 방납의 귀에 들어가 있었다.

"가 부마는 이만저만한 영웅이 아닙니다. 적장을 셋이나 잇따
라 이기고 송나라 군사를 무찔렀습니다. 송강은 한 판을 지고 십
리 밖으로 쫓겨 갔습니다."

그 같은 말을 들은 방납은 몹시 기뻐했다. 곧 크게 잔치를 벌
인 뒤에 돌아온 가인을 궁중으로 불러들여 몸소 술잔을 권했다.

"부마가 이처럼 문무를 겸한 줄은 몰랐구나. 과인은 그저 부마
를 글 잘하는 선비로만 여겨 여태껏 썩혀 둔 셈이로다. 만약 이
처럼 용맹스러운 줄 알았더라면 그 많은 고을과 성을 잃도록 내

버려 두지는 않았을 것을. 바라건대 부마는 그 큰 재주를 펼쳐 적장들을 쳐 없애고 나라를 다시 일으켜 과인과 더불어 오래오래 부귀영화를 누리도록 하라."

방납의 그 같은 말을 가인이 늠름하게 받았다.

"주상께서는 마음을 놓으십시오. 신하 된 자 마땅히 힘을 다해 임금의 은덕을 갚고 나라를 일으켜 되세워야 되지 않겠습니까. 내일 폐하께서는 산 위에 오르셔서 이 가인이 싸우는 모습이나 구경하십시오. 반드시 송강의 목을 베도록 하겠습니다."

방납은 그 말에 더욱 기뻐 그날 밤이 깊도록 술판을 벌였다가 자리에 들었다.

다음 날이 되었다. 방납은 조회를 열고 소와 말을 잡아 삼군을 배불리 먹인 뒤 갑옷 투구를 갖추고 싸우러 나왔다. 방납의 장졸들은 방원동을 나와 깃발을 휘두르고 함성을 지르며 북과 징을 울려 싸움을 걸었다. 방납 자신은 신하들을 거느리고 방원동의 산꼭대기에 올라가 가 부마가 싸우는 것을 구경하기로 했다. 그날 송강은 송강대로 여러 장수들을 불러 모아 당부했다.

"오늘 싸움은 다른 때와 달리 가장 긴요한 대목에 이르렀소. 여러 장수들은 힘을 다해 역적의 괴수 방납을 사로잡도록 하시오. 결코 죽여서는 아니 되오. 군사들도 적진에서 시진이 말 머리를 돌려 길을 이끌거든 곧 방원동으로 뛰어들어 힘을 다해 방납을 사로잡을 수 있도록 해야 할 것이오. 결코 작은 어긋남이라도 있어서는 아니 되오!"

명을 받은 삼군의 장수들은 저마다 손에 힘을 주어 창검을 꼬

나눠었다. 방원동으로 쳐들어가 그곳의 비단과 금은을 얻고 방납을 사로잡아 공을 세우려 함이었다.

송나라 군사의 장졸들이 방원동 어귀에 인마를 펼쳐 진세를 이루자 방납 쪽의 진채 문기 아래 서 있던 가 부마가 다시 뛰쳐나오려 했다. 그때 방납의 조카 방걸이 말을 타고 나와 화극을 비껴든 채 말했다.

"도위께서는 잠시만 기다려 주십시오. 이 방 아무개가 먼저 송나라 군사의 장수 하나를 베거든 그때 도위께서 군사를 휘몰아 적을 치도록 하십시오."

이에 가 부마는 할 수 없이 방걸에게 자리를 내주지 않을 수 없었다.

한편 송나라 군사 쪽에서는 연청이 시진을 바짝 뒤따르고 있는 것을 보고 모두 하나같이 기뻐하였다.

"오늘의 계책은 반드시 이뤄지겠구나."

그러면서 각기 더욱 마음을 써서 싸움 채비를 갖췄다. 그때 적장 방걸이 먼저 뛰쳐나와 싸움을 걸어왔다. 송나라 군사 쪽에서는 관승이 청룡도를 휘두르며 달려 나가 방걸과 맞섰다. 두 장수가 맞붙어 오락가락하며 싸우기를 열 합이나 넘겼을까, 송강은 다시 화영을 내보내 관승을 도와 방걸과 싸우게 했다. 방걸은 두 장수와 싸우게 되었으나 조금도 겁내는 기색이 없었다. 그러나 아무래도 방걸 혼자서 관승과 화영을 이겨 내기는 어려웠다. 여러 합이 지나도 그저 막고 피하기만 할 뿐이었다. 그때 다시 송강 쪽에서 이응과 주동이 말을 달려 나가 싸움을 거들었다.

어지간한 방걸도 네 장수가 한꺼번에 덤벼 오자 더는 견뎌 낼 수가 없었다. 할 수 없이 말 머리를 돌려 자기편 진채로 달아나기 시작했다. 문기 아래에 섰던 가 부마가 방걸을 막아서면서 손짓을 하자 관승과 화영, 주동, 이응이 한꺼번에 뒤쫓아왔다. 가 부마도 창을 들고 달려 나가 쫓겨 오는 방걸에게 덤벼들었다.

방걸은 그제야 일이 고약하게 뒤틀린 걸 알고 급히 말에서 뛰어내려 달아나려 했다. 그러나 허둥거리는 그를 시진이 창으로 찔러 넘어뜨리고 뒤따라오던 연청이 한칼로 그 숨통을 끊었다. 그걸 본 방납의 장수들은 깜짝 놀라 그저 달아나기에 바빴다. 가 부마가 그런 반군들을 향해 큰 소리로 외쳤다.

"나는 가인이 아니라 시진이다. 송 선봉 밑에 있던 소선풍 시진이 바로 나고 여기 있는 이 운 봉위는 낭자 연청이다. 우리는 이미 방원동 안팎의 형편을 세밀하게 다 알고 있다. 방납을 사로잡아 오는 자는 높은 벼슬을 줄 것이고 항복해 오는 자는 모두 살려 줄 것이다. 그러나 대항하는 자는 그 가족까지 모두 목 벨 테니 그리 알아라!"

그러고는 송나라 군사의 네 장수와 대군을 이끌어 방원동 안으로 쳐들어갔다. 그때껏 방납은 내시와 근신들을 데리고 산꼭대기에 앉아 있었다. 눈앞에서 방걸이 죽고 삼군이 어지럽게 흩어지는 것을 보자 그도 일이 급해진 것을 알았다. 앉아 있던 금빛 교의를 차 넘기듯 하고 깊은 산중으로 뛰어들어 정신없이 달아났다.

송강은 대군을 다섯 길로 나누어 방원동으로 쳐들어가게 하는 한편 산꼭대기의 방납을 사로잡게 했다. 그러나 뜻밖에도 방납이 이미 달아나 버려 그를 모시고 있던 시종들만 몇 명 사로잡았다.

연청은 몇 명의 심복들을 데리고 방원동으로 뛰어들어가 창고를 열고 금은보화를 꺼낸 뒤 궁궐에 불을 질렀다. 시진은 동궁으로 쳐들어갔는데 그때 이미 금지 공주는 스스로 목을 매어 죽은 뒤였다. 공주의 시신을 본 시진은 그대로 불을 질러 동궁을 태워버리고 부리던 사람들은 모두 달아나게 놓아주었다. 그 밖의 여러 장수들은 정궁(正宮)으로 쳐들어가 거기에 있던 왕비와 궁녀들이며 내시와 방납의 친척들을 모두 죽이고 감춰져 있던 금은과 비단을 모두 거두었다. 뒤이어 송강도 장졸들을 이끌고 궁궐로 들어와 방납을 찾게 했다.

그때 완소칠도 궁궐 깊은 곳까지 들어가 이곳저곳을 뒤지다가 상자 하나를 얻었다. 그 안에는 방납이 쓰던 천자의 관과 곤룡포 백옥띠 따위의 의장품이 들어 있었다. 모두가 다 대궐의 격식에 따라 치장하고 깎은 것들이었다.

"이것들은 모두가 방납이란 놈이 입고 쓰고 하던 것 아니냐? 내가 한번 입어 봐도 안 될 건 없겠지."

완소칠은 그렇게 중얼거리며 곤룡포를 입고 백옥띠를 두른 뒤 평천관(平天冠)을 썼다. 그리고 말에 올라 채찍을 들고 궁궐 앞을 나오니 장수들이 놀라 그를 에워쌌다. 방납인 줄 알고 사로잡으려 한 것이었다. 그러나 그가 다름 아닌 완소칠이라 모두 큰 소리로 웃었다.

완소칠은 원래가 우스개를 좋아하는 사내였다. 장수들이 자신을 방납인 줄 잘못 알고 잡으려고 몰려드는 게 재미있어 말을 타고 이리저리 왔다 갔다 하며 소동을 피웠다. 그 무렵 동 추밀이 데리고 온 조정의 장수 왕품과 조담도 방원동으로 들어와 싸움을 거들고 있었다. 그들은 삼군이 방납을 잡으려고 소란을 부리고 있다는 말을 듣자 얼른 그리로 달려가 공을 세우려 했다. 그런데 가서 보니 완소칠이 천자의 관을 쓰고 곤룡포를 입은 채 장난을 치고 있었다. 조정에서 내려온 그들 두 장수에게는 실로 해괴한 일이 아닐 수 없었다.

"이놈, 너도 방납에게서 역적질을 배우려는 것이냐? 그 무슨 해괴한 꼴인가?"

왕품과 조담이 그렇게 완소칠을 꾸짖었다. 그러나 완소칠은 도리어 버럭 성을 내며 왕품과 조담을 향해 맞받았다.

"너희 두 놈은 뭣하는 놈들이냐? 우리 송공명 형님이 아니었더라면 너희 두 놈의 당나귀 같은 머리통은 방납의 칼에 베어 떨어졌을 것이다. 오늘 공을 세운 것은 우리 형제들이건만 네놈들이 말을 뒤집어 속이면 조정은 아무것도 모르고 너희 두 놈이 와서 도운 덕분에 공을 이룬 줄 알 게 아니냐?"

그 말을 들은 왕품과 조담은 화를 참지 못하고 완소칠과 맞붙었다. 완소칠도 곁에 있던 소교에게서 창 한 자루를 빼앗아 왕품을 찌르려 하였다. 호연작이 그걸 보고 급히 말을 달려와 양편을 떼어놓은 뒤 군교를 시켜 송강에게 그 일을 알리게 했다. 전갈을 받고 말을 달려온 송강은 완소칠이 천자의 의관을 걸치고 있는 것을 보고 깜짝 놀랐다. 얼른 그를 꾸짖어 말에서 내리게 하고 천자의 의관을 벗어던지게 했다. 이어 송강은 왕품과 조담 두 사람에게 완소칠의 죄를 빌고 곁에 있던 여러 장수들도 화해를 권했다. 왕품과 조담은 마지못해 성을 풀었으나 마음속으로는 완소칠에게 깊은 한을 품었다.

그날 방원동 안은 죽은 시체가 들판을 덮고 흐르는 피는 개울을 이루었다. 『송감(宋鑑)』에 적히기로 그날 목이 날아간 방납의 졸개는 이만이 넘었다고 한다. 송강은 명을 내려 사방에 불을 질러 역적의 왕궁을 깨끗이 태워 없앴다. 방납이 허황된 꿈으로 도성을 본떠 지었던 궁궐과 전각, 정자는 그 바람에 모두가 한 줌 잿더미로 돌아갔다.

방원동의 궁궐들을 모두 태운 뒤 동구로 나와 진채를 내린 송강은 사로잡은 적장들을 점고해 보았다. 아직도 사로잡지 못한 것은 방납뿐이었다. 송강은 장졸들에게 명을 내려 산속을 뒤지게 하는 한편 백성들에게도 방문을 내걸어 방납을 사로잡아 오는 자에게는 높은 벼슬을 줄 것이고 방납이 간 곳을 일러 주는 자에게는 큰 상을 내린다고 알렸다.

한편 방원동 산꼭대기에서 달아난 방납은 깊은 산 빽빽한 수풀을 헤치고 고개를 넘어 정신없이 달아났다. 입고 있던 비단옷과 금관을 벗어던지고 신고 있던 가죽신은 미투리로 바꿔 신은 뒤 산을 넘고 또 넘었다. 하룻밤에 다섯 개나 산을 넘고 보니 한 곳 오목한 곳에 암자가 하나 보였다.

정신없이 달려오느라 허기가 진 방납은 밥이나 한 끼 얻어먹으려고 그 암자로 다가갔다. 그때 소나무 뒤에서 한 명의 뚱뚱한

중이 달려 나오더니 선장을 휘둘러 다짜고짜 방납을 때려눕힌 뒤 밧줄로 꽁꽁 묶어 버렸다. 그 중은 다름 아닌 화화상 노지심이었다.

노지심은 방납을 사로잡은 뒤 암자로 끌고 들어가 밥을 먹었다. 그런 다음 다시 방납을 끌고 산을 나오다가 방납을 찾아 산을 뒤지던 군졸들을 만났다. 송강은 노지심이 방납을 잡아 왔다는 말을 듣자 몹시 기뻐했다.

"이게 어찌 된 일이오? 어떻게 바로 이 역적의 괴수를 만났소?"

송강이 그렇게 묻자 노지심이 대답했다.

"나는 오룡령의 만송림에서 싸우다가 하후성이란 적장을 뒤쫓아 깊은 산속으로 들어가게 되었습니다. 그러나 적을 죽이고 쫓는 데만 정신이 팔려 너무 깊은 산속으로 들어가는 바람에 길을 잃고 헤매게 되었지요. 어디가 어딘지 몰라 숲과 들판을 마구잡이로 휘젓고 있는데 문득 늙은 중 하나가 나타나 나를 그곳 암자로 데려갔습니다. 그리고 내게 이르기를 '땔감과 쌀과 채소가 모두 있으니 여기서 기다리다가 키 큰 사내가 소나무 숲 깊은 곳에서 나오거든 바로 사로잡게.' 하더군요. 간밤에 산 앞쪽으로 불길이 오르는 것을 보았습니다만 내가 길을 모르니 그곳이 어딘지 알 수가 있어야지요. 그러다 오늘 아침 저 역적 놈이 산으로 기어오르는 것을 보고 이 선장으로 때려눕혀 묶어 오는 길입니다. 하지만 저도 저놈이 바로 방납인 줄은 전혀 몰랐습니다."

"그 늙은 스님은 지금 어디 계시오?"

듣고 있던 송강이 신기해하며 다시 그렇게 물었다.

"그분은 나를 암자에 데리고 가 땔감과 쌀이 어디 있는가를 알려주고는 바로 나가셨는데 어디로 가셨는지는 알 수가 없습니다."

"그 스님은 틀림없이 성승(聖僧) 나한(羅漢)이실 거요. 그렇게 영험함을 드러내시어 노 형께 이토록 큰 공을 이루게 하셨구려. 이제 조정에 돌아가면 노 형을 천자께 천거해 높은 벼슬을 내리게 하겠소. 형도 환속하여 도성에서 벼슬을 살면서 처자에게 음덕이 돌아가게 하고 조상을 빛냄과 아울러 낳아 주신 부모의 은덕에도 보답해야 되지 않겠소."

송강은 방납을 사로잡은 게 기쁜 나머지 느닷없이 노지심에게 그렇게 권했다. 그러나 노지심은 무겁게 고개를 저었다.

"내 마음은 이미 재(灰)와 같이 되어 벼슬을 바라지 않습니다. 다만 깨끗한 곳이나 찾아가 이 한 몸 편안히 지냈으면 그것으로 만족하겠습니다."

"환속하지 않더라도 역시 우리와 함께 도성으로 돌아가시는 게 좋겠습니다. 이름난 산 큰 절의 주지가 되시어 스님들의 우두머리가 되어도 조상을 빛내고 부모의 은혜에 보답하는 길이 되지 않겠습니까?"

그래도 노지심은 머리를 가로저었다.

"아무것도 필요 없습니다. 쓸데없는 일이지요. 그저 이 한 몸 편안히 지내다가 죽으면 그뿐입니다."

듣고 난 송강이 가만히 생각해 보니 왠지 어두운 기분이 들어 입을 다물었다. 노지심도 가장 큰 공을 세운 사람답지 않게 기쁜 기색이 없었다.

큰 공은 이루었으나

　방납이 사로잡혀 오자 송강은 다시 한번 장수들을 점검해 보았다. 이번에는 아무도 죽거나 다치지 않았다. 송강은 방납을 수레에 실어 동경으로 끌고 가 천자께 바치기로 하고 여러 장수들과 함께 삼군을 재촉해 청계현 방원동을 떠났다. 한편 장 초토는 유 도독, 동 추밀과 종(從), 경(耿) 두 참모를 모두 목주로 불러들여 군사를 합치고 그곳에 머물렀다. 그러다가 송강이 큰 공을 이루어 방납을 사로잡고 목주에 이르렀단 말을 듣자 여럿과 함께 나가 경하했다. 송강을 비롯한 여러 장수들이 예를 마치자 장 초토가 말했다.

　"장군께서 변방에서 고생하시고 많은 형제를 잃었다는 말을 들었소. 허나 이제 역적을 깨끗이 쓸어버리고 큰 공을 이루셨으니 실로 다행이오."

그러자 송강이 두 번 절하고 눈물을 흘리며 말했다.

"지난날 우리들 백여덟 장수가 요나라를 쳐부수고 도성으로 돌아갔을 때는 단 한 명도 죽지 않았습니다. 그런데 뜻밖에도 먼저 공손승이 떠나가고 또 도성에 몇 명이 남게 되더니 양주를 되찾고 대강을 건넌 뒤에는 열에 일곱이 목숨을 잃었습니다. 오늘 송강은 비록 이렇게 살아 있으나 무슨 낯으로 산동의 어른들을 대하며 고향의 친척들을 만날 수 있겠습니까?"

"선봉께서는 그런 말씀 마시오. 옛말에 이르기를 부귀와 귀천은 사람이 타고나는 것이요, 목숨이 길고 짧음도 저마다 정해져 있다고 하오. '복 있는 사람이 복 없는 사람을 먼저 보낸다.'란 말도 있지 않소? 선봉께서 장수들을 잃은 것은 전혀 부끄러워할 일이 아니외다. 이제 공을 이루고 이름을 떨치셨으니 조정에서 알면 반드시 무겁게 쓰실 것이오. 높은 벼슬을 받아 가문을 빛내고 금의환향하면 누가 부러워하지 않겠소? 하찮은 일에 너무 마음 쓰지 마시고 군사를 수습해 돌아갈 채비나 하도록 하시오."

이에 송강은 조정에서 내려온 여러 관원들과 작별한 뒤 물러나와 장수들과 더불어 도성으로 돌아갈 채비를 했다. 장 초토는 명을 내려 방납만을 동경으로 압송하게 하고 그 밖에 사로잡혀 온 적장과 역적의 벼슬아치들은 모두 목주성 저잣거리에서 목을 베어 내걸게 했다. 관군이 가지 않은 구현과 무현 등의 역적들은 저희 괴수 방납이 사로잡힌 걸 알자 태반은 달아나고 나머지는 모두 자수해 왔다. 장 초토는 그들을 양민으로 돌아가게 하고 각처에 방문을 내걸어 백성들을 안심시켰다. 또 되찾은 고을들에는 방어사와 군사들을 보내 지키게 했다.

장 초토를 비롯한 관원들은 목주에서 태평연(太平宴)을 열어 여러 장수들과 관원들을 축하하고 삼군 장교들에게 상을 내렸다. 그런 다음 송 선봉 이하 여러 두령들에게 군사를 수습해 도성으로 돌아가게 했다. 명이 떨어지자 모든 장졸들은 각기 채비를 차려 뭍으로 뭍으로 길을 떠났다.

그런 중에도 선봉사 송강에게는 슬퍼할 일이 더 있었다. 그동안에 죽은 장수들만으로도 눈물이 마를 날이 없는데 다시 항주에서 슬픈 소식이 왔다. 장횡과 목홍을 비롯해 앓아누웠던 여섯 장수에다 그들을 보살피게 하려고 남겨 둔 주부와 목춘을 더해 여덟 명 중에서 양림과 목춘만이 돌아온 것이었다. 나머지는 모두 병들어 죽었다는 것이 양림과 목춘의 말이었다.

송강은 그들 여러 죽은 장수들의 노고로 오늘의 태평함이 있게 되었음을 생각하고 그들의 명복을 빌어 주기로 했다. 목주의 도관(道觀) 조용한 곳에 깃발을 세우고 구유발죄호사(九幽拔罪好事)의 제례를 드리니 곧 삼백육십분 나천대초(羅天大醮, 도교의 큰 제례)로 싸움터에서 죽은 장수들의 명복을 빌었다.

다음 날 송강은 또 오룡신묘(烏龍神廟)에도 제사를 드렸다. 군사 오용을 비롯한 여러 장수들과 함께 제물을 차려 놓고 비단을 태우며 오룡대왕에게 제사를 지내 보호해 준 은덕에 감사를 드렸다. 그런 다음 진채로 돌아간 송강은 싸움터에서 죽은 장수들 중에서 찾을 수 있는 유골은 모두 찾아 정성껏 묻게 했다.

송강과 노준의는 장졸들을 거느리고 장 초토를 따라 항주로 가서 도성으로부터 오는 성지를 기다리게 되었다. 이에 송강은 여러 장수들의 공적을 적은 장부를 만들고 표문을 지어 먼저 조정으로 올려 보냈다. 그 뒤 삼군은 물길로 떠났는데 그때 송강에게 남은 정장과 편장은 서른여섯밖에 되지 않았다.

호보의 송강, 옥기린 노준의, 지다성 오용, 대도 관승, 표자두 임충, 쌍편 호연작, 소이광 화영, 소선풍 시진, 박천조 이응, 미염공 주동, 화화상 노지심, 행자 무송, 신행태보 대종, 흑선풍 이규, 병관삭 양웅, 혼강룡 이준, 활염라 완소칠, 낭자 연청, 신기군사 주무, 진삼산 황신, 병울지 손립, 혼세마왕 번서, 굉천뢰 능진, 철면공목 배선, 신산자 장경, 귀검아 두흥, 철선자 송청, 독각룡 추윤, 일지화 채경, 금표자 양림, 소차란 목춘, 출동교 동위, 번강신 동맹, 고상조 시천, 소울지 손신, 모대충 고대수가 그들이었다.

송강은 그들과 함께 인마를 거느리고 목주를 떠나 항주로 향했다. 군사를 거두는 징 소리가 여러 산을 울리고 싸움에 이긴 깃발은 십 리에 붉게 뻗쳤다. 가는 길에는 별일이 없이 항주에 이르러 장 초토의 인마는 성안에 머물고 송 선봉의 군사들은 육화탑(六和塔)에 머무르며 장수들은 모두 가까운 육화사(六和寺)에 묵게 되었다. 선봉사 송강과 노준의도 그곳에 머무르며 총관의 명을 받으러 아침 저녁 성안으로 드나들었다.

그때 노지심은 무송과 함께 절 안의 한 방에 머무르고 있었다. 성 밖의 강산이 빼어나게 아름답고 경치 또한 유별나 마음으로 몹시 기뻤다. 그날 밤 달은 밝고 바람은 맑은데 하늘과 물이 마찬가지로 푸르렀다. 노지심과 무송은 그 빼어난 경색을 밤늦도록 즐기다가 승방에서 잠이 들었다.

그런데 한밤중에 이르러 문득 밀물 소리가 우레 소리처럼 들려왔다. 노지심은 관서 사람이라 절강의 밀물을 모르는 까닭에 그 소리를 싸움 북소리로 잘못 들었다. 또 적이 쳐들어온 줄 알고 벌떡 일어나 선장을 찾아든 뒤 고함을 지르며 뛰쳐나갔다. 여러 중들이 모여들어 깜짝 놀라 물었다.

"스님, 무슨 일로 이러십니까? 도대체 어디로 가시려는 겁니까?"

"싸움 북소리가 나기에 싸우러 달려 나가는 거요."

노지심이 그렇게 대답하자 모든 중들이 웃으며 말했다.

"스님께서 잘못 들으신 겁니다. 저것은 싸움 북소리가 아니라 전당강의 조신(潮信) 소리올시다."

그러자 노지심이 무엇 때문인지 깜짝 놀라며 물었다.

"이보시오 스님들, 조신 소리라는 게 무엇이오?"

중들은 그 물음에 창문을 열고 노지심에게 밀려오는 물결을 보여 주면서 말했다.

"이 조신이라는 것은 하루에 두 번씩 꼭꼭 제시간에 밀려오는 밀물을 말합니다. 오늘은 팔월 보름이라 밤 삼경에 오게 되지요. 저 밀물이 제때에 어김없이 온다고 해서 조신이라고 부르는 것입니다."

노지심은 가만히 밀려오는 물결을 내려다보았다. 그러다가 마음속에서 홀연 깨달아지는 것이 있는지 손바닥을 치며 웃으며 말했다.

"나의 스승 지진 장로께서 일찍이 내게 네 구절의 게(偈)를 준 적이 있소이다. '하(夏)를 만나면 사로잡는다[逢夏而擒].'라는 구절 이 있었는데, 전에 내가 만송림에서 싸우다가 하후성(夏侯成)을 사로잡은 걸 말하는 듯하오. 또 '납(臘)을 만나면 사로잡는다[遇臘 而執].'라는 구절은 내가 방납을 사로잡은 것을 말하는 것일 게요. 오늘은 또 '조(潮)를 들으면 원(圓)하고 신(信)을 보면 적(寂)한다 [聽潮而圓 見信而寂].'라는 두 구절을 알 듯하오. 이제 조(潮) 신 (信), 모두를 듣고 보고 하였으니 마땅히 원적(圓寂)해야 할 것이 오. 그런데 스님들 원적이란 게 무엇이오?"

노지심의 그 같은 질문에 거기 있던 중들이 입을 모아 대답했다.

"스님도 출가인이면서 아직 불문에서 원적이란 말이 죽음을 뜻한다는 것도 모르십니까?"

"죽는 것을 원적이라고 한다면 내가 이제 틀림없이 원적할 것 이오. 번거로우시겠지만 물 좀 데워 주시오. 목욕을 해야겠소."

노지심도 웃으면서 그렇게 말했다. 절 안의 중들은 모두 노지 심이 농담으로 그러는 줄 알았다. 다만 그의 성미가 사납다는 걸 알아 감히 어기지 못하고 물을 데워 왔다. 노지심은 깨끗이 몸을 씻은 뒤 황제에게서 받은 승복으로 갈아입고 부리던 군교를 시 켜 송공명을 불러오게 했다. 그런 다음 절 아래 중들에게서 종이 와 붓을 빌려 송자(頌子) 한 편을 쓰고는 법당으로 갔다.

법당 가운데 선의(禪椅)를 끌어다 놓고 거기 앉은 노지심은 향 로에 좋은 향을 피우게 했다. 이어 자신이 쓴 송자를 선상(禪牀)

위에 펼쳐 놓더니 두 다리를 겹쳐 왼다리 위에 오른다리를 올려 가부좌를 틀었다. 기별을 받은 송강이 여러 두령들을 데리고 급히 달려왔을 때 노지심은 이미 선의에 앉은 채 움직임이 없었다. 그가 적어둔 송자는 이러했다.

평생 착한 일은 하지 못하고
오직 사람 죽이고 불 지르기만 즐겨 하였다
갑자기 쇠사슬이 풀리고 옥 자물쇠가 끊기는구나
오호라, 전당강에 조신이 오니
오늘에야 겨우 내가 나인 것을 알겠구나

송강과 노준의는 그 같은 게송(偈頌)에 탄식하여 마지않았다. 다른 두령들도 모두 와서 앉은 채로 죽은 노지심을 보며 향을 사르고 절을 올렸다. 성안에 있던 장 초토와 동 추밀을 비롯한 모든 조정의 관원들도 역시 와서 향을 사르고 절을 올렸다.

송강은 금과 비단을 내어 절 안의 중들에게 나누어 주고 사흘 밤낮 노지심을 위해 경을 외게 하였다. 그런 다음 경산(徑山)의 주지 대혜선사(大惠禪師)를 청해 노지심을 화장하게 했다. 가까운 여러 산 큰 절의 선사들을 불러 경을 읽히면서 노지심의 시신이 담긴 닫집을 육화탑 뒤로 옮기자 대혜선사가 횃불을 들고 다가서며 몇 구절의 법어(法語)를 외웠다.

노지심, 노지심, 녹림에서 몸을 일으켰어라

두 눈에서는 불길이 쏟아지는 듯하고
가슴엔 오직 살인할 마음뿐이었네
갑자기 밀물 따라 돌아가니 그 간 곳 찾을 길 없구나
오호라 깨달음은 하늘 가득 백옥을 뿌리는 듯하고
그 행함은 대지를 황금으로 바꾸게 하네

외우기를 마친 대혜선사가 노지심의 다비장에 불을 붙이자 중들은 경을 외워 참회하며 노지심의 시신이 불길 속으로 사라지는 것을 지켜보다가 남은 뼈와 재를 육화탑 산 뒤의 뜰에 묻었다. 송강은 노지심이 쓰던 의발과 조정에서 하사받은 금은이며 여러 관청에서 보시받은 것들은 모두 육화사에 들여 절의 공용(公用)에 쓰게 했다. 새로 빚은 선장과 검정 장삼 역시 육화사에 고인의 유품으로 모셔 두게 했다.

생전에 노지심과 함께 움직이던 행자 무송은 그 무렵 이미 폐인이 되어 있었다. 비록 목숨은 붙어 있었으나 팔 하나를 잃어 온전한 사람 구실은 할 수 없게 된 것이었다. 그 무송이 송강에게 말했다.

"아우는 이제 병들고 불구가 되었으니 도성에 가서 천자를 뵈옵지 않겠습니다. 상으로 받아 지니고 있는 금은을 모두 육화사에 바치고 이곳 스님들과 함께 쓰면서 깨끗하고 한가로운 도인으로 지냈으면 좋겠습니다. 형님께서는 조정에 올리는 공적 장부를 쓰실 때 이 아우의 이름은 넣지 마십시오."

송강이 보기에도 무송에게는 그 길이 훨씬 나을 듯했다.

"그렇다면 아우 마음대로 하게."

그렇게 허락하자 무송은 육화사로 출가하여 뒷날 여든까지 살다가 편안하게 삶을 마쳤다.

노지심의 장례와 무송의 출가가 마무리된 뒤에도 송강은 매일 항주성 안으로 들어가 조정의 명을 받았다. 장 초토가 이끄는 중군 인마가 떠난 뒤에는 군사를 이끌고 성안으로 들어가 머물렀는데 그러고 보름이 지나서야 조정에서 사신이 와 군사들을 데리고 도성으로 들어오라는 성지를 전했다.

장 초토와 동 추밀, 유 도독, 종·경 두 참모 및 대장 왕품과 조담이 이끄는 중군 인마는 걸어서 먼저 도성으로 가고 그 뒤를 송강이 인마를 수습해 따라갔다. 그런데 송강의 인마가 떠날 무렵하여 또다시 슬픈 일이 잇따라 생겼다. 임충이 갑자기 풍질에 걸려 움직이지를 못하고 양웅은 등창이 나 죽은 데다 시천이 다시 장에 탈이 나 죽은 것이었다. 송강이 슬픔을 이기지 못하고 있는데 단도현에서 슬픈 소식이 하나 더 전해져 왔다. 양지가 죽어 그곳 산자락에 장례 지냈다는 내용이었다.

송강은 싸움이 끝난 뒤에도 여러 명의 형제를 데려간 하늘을 원망하며 목 놓아 울었다. 그리고 떠날 때까지 자리를 털고 일어나지 못한 임충은 육화사에 남겨 무송에게 보살피게 했다. 하지만 임충은 그해를 넘기지 못하고 육화사에서 죽고 말았다. 송강의 인마가 도성으로 돌아가기 전에 떠난 사람은 더 있었다. 항주성을 나온 그들 인마가 동경을 향해 가고 있을 즈음 낭자 연청이 몰래 노준의를 찾아와 가만히 말했다.

"이 소을이 어려서부터 주인어른을 따라다니면서 입은 은덕은 말로 다 할 수 없을 정도였습니다. 이제 큰일을 마쳤으니 저는 주인님과 함께 받은 벼슬과 재물을 되돌리고 조용한 곳으로 가 이름을 숨긴 채 편안하게 삶을 마쳤으면 하는데 주인님의 뜻은 어떠하신지요?"

너무 뜻밖의 말이라 노준의가 놀란 얼굴로 받았다.

"우리 형제들은 양산박에 있다가 조정에 귀순한 뒤로 수많은 싸움을 겪고 갖은 고생을 다 했다. 수많은 형제들이 죽었으나 다행히도 우리 두 사람은 목숨을 건져 이제 금의환향하려는데 그 무슨 소리냐? 그러면 그동안의 보람이 너무 없지 않느냐?"

"그렇지 않습니다. 이 소을이 가려는 길이야말로 보람 있는 길입니다. 하지만 주인어른께서 가시려는 길은 보람 없이 될까 걱정됩니다."

연청이 웃으면서 그렇게 말했다. 어찌 보면 연청이야말로 나아갈 때와 물러날 때를 아는 사람이었다. 그제야 노준의도 연청의 말을 조금 알아들었다. 그러나 선뜻 그 말을 따르려고 하지는 않았다.

"연청, 네 말뜻은 짐작이 간다. 그러나 내가 조금도 딴마음을 품지 않는데 조정이 어찌 나를 저버리겠느냐?"

"주인어른께서는 한신(韓信)이 열 가지 큰 공을 세우고도 미앙궁(未央宮)에서 목이 잘리고, 팽월(彭越)은 그 고기가 소금에 절여 육장이 되었으며, 영포(英布)는 독약 든 술을 받고 죽었음을 듣지 못하셨습니까? 다시 한번 깊이 생각해 보십시오. 화가 머리에 떨어지면 그때는 피하기 어렵습니다."

연청이 옛일까지 들어가며 그렇게 권했다. 그래도 노준의는 마음 내켜 하지 않았다.

"내가 듣기로 한신은 삼제(三齊)에서 스스로 왕 노릇을 하려 들었고 진희(陳豨)를 꼬드겨 모반하게 했다. 팽월이 그 몸과 집안을 망치게 된 것은 대량(大梁)에서 고조(高祖)를 받들려 하지 않았기 때문이며, 영포는 구강(九江)에 부임한 뒤 한조의 강산을 도모하려 하다가 한 고조가 운몽(雲夢)에 놀러 간 척하며 여후(呂后)로 하여금 그를 목 베게 해 목숨을 잃었다고 한다. 나는 그들처럼 높은 벼슬을 받지도 않았을 뿐만 아니라 그들과 같은 죄도 짓지 않았는데 무슨 화를 입는단 말이냐?"

그러자 연청도 더는 권하지 않았다.

"주인어른께서 제 말을 듣지 않으셨다가 뒷날 후회하는 일이 있을까 걱정입니다. 원래 저는 송 선봉께도 찾아가 하직을 드릴까 하였으나 그분은 의리를 무겁게 여기시는 분이라 놓아주지 않을 것 같아 이렇게 주인어른께만 작별 인사를 드립니다."

그러면서 두 손을 모았다. 노준의가 그런 연청에게 물었다.

"너는 나를 떠나 어디로 가려느냐?"

"주인어른이 계시는 곳에서 멀지 않은 곳에 있겠습니다."

그 같은 연청의 대답이 떠나지 않는다는 말과 다름이 없어 노준의가 웃으며 받았다.

"그러면 그렇지, 네가 가기는 어딜 간단 말이냐."

하지만 연청은 꼭 그렇지만도 않은 것 같았다. 말을 끝내자 머리를 조아리고 여덟 번 절을 한 뒤 노준의 앞을 물러났다. 그리고 그날 밤으로 그동안 모은 금은보화를 꾸려 가지고 어디로 갔는지 모르게 사라져 버렸다.

다음 날 아침이었다. 군졸 하나가 편지 한 장을 송공명에게로 가져왔다. 송강이 펼쳐 보니 거기에는 이렇게 쓰여 있었다.

못난 아우 연청이 백 번 절하며 선봉 주장께 간곡히 아룁니다. 저를 받아 주신 뒤로 베푸신 은덕은 목숨을 바쳐도 다 갚기 어려울 것입니다. 그러나 이제 스스로 생각하니 저는 명운이 기구하고 출신이 미천해 나라의 쓰임을 감당할 수 없는 놈입니다. 바라건대 산과 들로 물러나 한가로이 살고자 하오니 부디 너그럽게 보아주십시오. 원래는 찾아가 절하여 뵙고 하직 드리려 하였으나 주장께서 의기를 중하게 여기시는 터라 가볍게 저를 놓아주시지 않을 것 같아 밤중에 몰래 떠납니다. 이제 몇 구절을 남겨 하직에 대신하오니 주장께서는 부디 저의 죄를 용서하여 주옵소서.

줄지어 날던 기러기 떼 흩어지니 스스로 놀라
벼슬을 내어놓고 영화도 구하지 않네
몸은 이미 천자의 사면을 받았으니
세상 먼지를 씻고 이 한살이를 마치려네

송강은 연청의 글을 읽고 나자 마음이 울적하기 그지없었다.

그러나 그 또한 연청을 따르지는 못하고 다만 이미 죽은 장수들이 받은 제수장, 금패, 은패만을 거두어 조정에 되돌리기로 했다.

송강의 인마는 그 뒤 다시 길을 재촉해 도성으로 향했다. 그런데 그들이 소주성 밖에 이르렀을 때였다. 이번에는 혼강룡 이준이 거짓으로 중풍이 든 체하며 침상에 쓰러졌다. 모시던 군졸들이 송강에게 달려가 알리니 송강은 몸소 의원을 데리고 달려왔다. 이준이 병색을 지으며 말했다.

"형님께서는 돌아갈 기한을 어기지 않도록 하십시오. 장 초토가 먼저 도성으로 돌아갔으니 너무 늦으시면 조정의 꾸지람이 있을 것입니다. 다만 형님께서 저를 불쌍히 여기신다면 동위와 동맹을 남겨 돌보게 하면 됩니다. 저는 병이 낫는 대로 뒤따라가서 천자를 뵈옵도록 할 것이니 형님께서는 어서 인마를 거느리시고 도성으로 가도록 하십시오."

송강은 그 같은 말에 마음이 놓이지 않았으나 별 의심 없이 이준과 동위, 동맹 형제를 남겨 두고 나머지 인마를 휘몰아 도성으로 향했다. 장 초토가 글을 보내 재촉을 해 온 까닭에 더욱 마음이 급했는지도 모를 일이었다.

한편 송강을 속이고 뒤처진 이준과 동위, 동맹은 전에 언약한 대로 비보(費保)를 비롯한 네 호걸을 찾아갔다. 그들 네 호걸도 지난날의 언약을 저버리지 않았다. 그리하여 그들 일곱은 유류장(楡柳莊)에 모여 의논한 끝에 가진 재물을 모두 모아 배를 만들고 태창항(太倉港)에서 떠나 바다로 나아갔다. 바다 건너 다른 나라로 간 이준은 뒷날 섬라국(暹羅國)의 왕이 되었으며 동위와 비보

등은 그 벼슬아치가 되어 바닷가를 차지하고 즐겁게 살았다고
한다.

송강의 인마는 그 뒤로는 별일 없이 행군을 재촉해 상주, 윤주
를 지났다. 두 곳 다 지난날의 싸움터라 송강의 감회는 깊었다.
인마가 강을 건넌 뒤로 형제들은 열에 두셋만 남았으니 그 슬픔
이 오죽하겠는가.

양주를 지나고 회안을 지나자 도성이 멀지 않게 다가왔다. 송
강은 여러 장수들에게 명을 내려 각기 천자를 뵈올 채비를 하게
했다.

방납을 치러 갔던 삼군 인마가 동경으로 돌아온 것은 구월 스
무날이 지나서였다. 장 초토의 중군 인마가 먼저 성안으로 들어
가고 송강의 인마는 전에 머물렀던 성 밖 진교역에다 진채를 얽
고 성지를 기다렸다.

그 무렵 이준을 시중들던 소교가 소주로부터 돌아와 이준은
병이 난 것이 아니라 동경에 돌아와 벼슬을 하기 싫어 거짓으로
아픈 척했던 것임을 알렸다. 이준을 보살피라고 남겨 둔 동위와
동맹도 함께 어디로 가 버렸는지 모른다는 말에 송강은 다시 탄
식하여 마지않았다.

그렇지만 탄식보다 더 급한 것은 여러 장수들과 함께 천자를
뵈올 일이었다. 송강은 배선을 시켜 도성으로 돌아온 스물일곱
명의 정장, 편장 들의 이름에다 나라를 위해 죽은 이들의 이름과
숫자를 적게 한 뒤 황은에 감사하는 표문을 짓게 했다. 그리고
아울러 장수들에게 명을 내려 관복을 갖추고 천자를 뵐 준비를

하게 했다.

　사흘 뒤 조회가 열리자 가까이 모시던 신하가 천자께 송강 등
이 개선해 돌아온 것을 알렸다. 천자는 교지를 내려 송강을 비롯
한 여러 장수들을 대궐로 부르게 했다.

　그날 동녘이 점점 밝아 오자 송강과 노준의를 비롯한 스물일
곱 명의 장수는 천자의 교지를 받들고 급히 말에 올라 성안으로
들어갔다. 동경에 사는 백성들이 보기에는 이번이 세 번째가 되
는 그들의 조현(朝見)이었다. 첫 번째는 송강이 조정의 부름을 받
아들인 때로 그때는 천자께서 내린 붉고 푸른 비단옷에 금은으
로 만든 패를 걸고 있었다. 그다음은 요나라를 쳐부순 뒤 도성으
로 군사를 되돌려왔을 때로 그때 그들은 모두 갑옷 투구를 갖춘
싸움터의 복색으로 도성에 들어와 천자를 뵈었다. 그런데 이번에
는 태평회조(太平回朝)라 천자께서 특히 명을 내려 관복과 관대
를 갖춘 문신의 복색으로 천자를 뵙게 되었다.

　앞서는 백 명이 넘던 장수들이 이제는 몇 안 남은 걸 보고 구
경하던 동경의 백성들은 모두 탄식을 금하지 못했다. 송강을 비
롯한 스물일곱의 장수는 정양문(正陽門) 아래에 이르러 모두 말
에서 내린 뒤 대궐로 들어갔다. 시어사가 그들을 옥좌가 있는 계
단 아래로 이끌었다.

　송강과 노준의를 앞세운 그들은 앞으로 나아가 여덟 번 절하
고 뒤로 물러나 여덟 번 절한 뒤 한 걸음 나아가 여덟 번 절을 했
다. 그렇게 스물네 번 절을 한 뒤 몸을 일으킨 그들은 먼지가 일
도록 몸을 흔들며 우렁차게 만세를 불렀다.

임금과 신하가 만나는 예를 끝내자 휘종 황제는 송강을 비롯한 장수들을 측은하게 굽어보다가 어전 위로 오르게 했다. 송강과 노준의는 장수들을 이끌고 금빛 계단을 올라가 구슬로 꿴 발 앞에 무릎을 꿇었다.

황제가 그들에게 몸을 일으키라 명하고 좌우에 있던 신하들이 발을 걷어올렸다.

"짐은 그대들 여러 장수가 강남의 역적을 쳐 없애느라 고생이 많았음을 알고 있다. 그대들 형제의 태반이 꺾였다는 말을 들었을 때는 실로 안타깝기 그지없었다."

천자의 그 같은 옥음이 떨어지자 송강이 눈물을 줄줄 흘리며 나와 두 번 절하고 아뢰었다.

"어리석고 재주 없는 신으로서는 간과 뇌를 땅바닥에 쏟는다 하더라도 나라의 큰 은덕에 보답할 길이 없을 것입니다. 하오나 지난날 저희들 백여덟 명이 함께 모여 의를 맺고 오대산에서 생사를 같이하기로 다짐할 때 누가 오늘처럼 열에 여덟을 잃게 되는 날이 오리라고 상상이나 했겠습니까. 싸움터에서 잃은 그들을 일일이 모두 아뢸 수가 없어 그 이름과 머릿수를 적어 올리오니 엎드려 바라건대 어여삐 여기시는 마음으로 살펴 주시옵소서."

"경 밑에서 싸우다가 죽은 이들에 대해서 짐은 특별히 그 벼슬을 더하라 일렀다. 그들이 세운 공은 결코 잊혀지지 않을 것이다."

천자가 송강을 그렇게 위로했다. 송강은 다시 엎드려 절한 뒤에 마련해 온 표문을 올렸다.

평남도총관 정선봉사 신 송강은 삼가 표문을 올려 아뢰옵니다. 엎드려 생각건대 신 송강 등은 어리석고 재주 없는 데다 출신까지 하찮은 아전바치로서 일찍이 하늘에 사무치는 죄를 지었으나 다행히도 폐하의 큰 은덕을 입어 죄 사함을 받았습니다. 하늘이 높고 땅이 두텁다 한들 어찌 그 은덕에 비기며 몸이 부서지고 뼈가 가루가 된다 한들 어떻게 그 은혜에 보답할 수 있겠습니까. 이에 저희 형제들은 양산박을 떠나 사악함을 버리고 오대산에 올라 한마음으로 충의로써 나라를 지키고 백성들을 돌보리라 하늘에 다짐한 바 있습니다. 유주성에서는 요나라의 군사들과 힘을 다해 싸웠고, 남풍에서는 역적 왕경을 쳐 없앴으며, 이제 다시 청계현에서는 애써 방납을 사로잡았습니다. 비록 하찮은 공이나마 이렇게 폐하께 아뢰는 것은 싸움터에서 죽은 장수들에게 작은 헤아림이라도 있기를 바라는 뜻에서입니다. 신 송강은 그들을 생각하면 밤낮으로 근심하고 아침저녁으로 슬픔에 잠깁니다. 엎드려 바라옵건대 폐하께서는 밝게 살피시어 죽은 이들에게는 은덕을 베푸시고 살아 있는 자들도 보살펴 주옵소서. 또 신 송강은 이제 전야로 돌아가 농사짓는 백성이 되기를 바라오니 폐하께서는 너그럽게 허락하여 주시옵소서. 황공함을 이기지 못하며 죽은 이들의 이름과 숫자를 삼가 적어 올립니다.

싸움터에서 죽은 장수는 쉰아홉 명으로서 정장은 진명, 서령, 동평, 장청(張淸), 유당, 사진, 삭초, 장순, 완소이, 완소오, 뇌횡, 석수, 해진, 해보를 합쳐 열넷이옵고 편장은 마흔다섯 명

으로서 송만, 초정, 도종왕, 한도, 팽기, 정천수, 조정, 왕정륙,
선찬, 공량, 시은, 학사문, 등비, 주통, 공왕, 포욱, 단경주, 후건,
맹강, 왕영, 호삼랑, 항충, 이곤, 연순, 마린, 선정규, 위정국, 여
방, 곽성, 구붕, 진달, 양춘, 욱보사, 이충, 설영, 이운, 석용, 두
천, 정득손, 추연, 이립, 탕륭, 채복, 장청(張靑), 손이랑입니다.
병들어 죽은 장수는 합쳐 열 명으로 정장에 임충, 양지, 장횡,
목홍, 양웅이 있고 편장으로는 공명, 주귀, 주부, 백승, 시천이
있습니다. 그 밖에 항주 육화사에서 앉은 채 죽은 정장 노지심
과 팔을 잃고 벼슬하기를 원치 않아 출가한 정장 무송이 있습
니다. 또 전에 도성에 있을 때 이미 계주로 돌아가 출가한 정
장 공손승이 있고 돌아오는 도중에 벼슬이 싫어 떠난 정장 연
청, 이준과 편장 동위, 동맹 네 명이 더 있습니다. 따라서 전에
도성에 남은 사람과 뒤에 불려 간 의원까지 하여 지금 도성에
있는 안도전, 황보단, 김대견, 소양, 악화 다섯 명의 편장과 여
기 조현에 나온 스물일곱 명의 장수가 살아남은 이들 모두입
니다. 이들 스물일곱 중에서 정장은 송강, 노준의, 오용, 관승,
호연작, 화영, 시진, 이응, 주동, 대종, 이규, 완소칠 열둘이요,
편장으로는 주무, 황신, 손립, 번서, 능진, 배선, 장경, 두흥, 송
청, 추윤, 채경, 양림, 목춘, 손신, 고대수를 합쳐 열다섯입니다.

선화 5년 9월

선봉사 신 송강, 부선봉 신 노준의 등이 삼가 올립니다

천자는 그 표문을 읽은 후에 길게 탄식했다.

"그대들 하늘의 별자리에 상응한 백여덟 가운데서 이제 겨우 스물일곱이 남았구나. 죽지는 않았으나 떠나간 넷 또한 잃은 것으로 친다면 실로 열에 여덟이 없어졌다!"

그러고는 방납을 토벌하다 죽은 장수들에게 각기 봉작을 내렸다.

방납 토벌에서 죽은 정장들은 모두 충무랑(忠武郎)에 봉해지고 편장들은 의절랑(義節郎)에 봉해졌다. 그들 중에서 자손이 있는 이들은 자손들을 도성으로 불러들여 벼슬을 잇게 하고 자손이 없는 이들은 칙지를 내려 사당을 짓고 그곳에서 제사를 지내게 했다. 그중에서도 장순은 공이 커서 특히 금화장군(金華將軍)에 봉해졌고 중인 노지심은 역적의 괴수 방납을 사로잡은 공이 있는 데다 큰 절에서 앉은 채로 눈을 감았으므로 의열조기선사(義烈照曁禪師)로 봉해졌다. 무송은 싸움에 공이 많은 데다 팔을 잃고 육화사에서 출가하였으므로 청충조사(淸忠祖師)로 봉함과 아울러 돈 십만 관이 내려졌다.

싸움에서 죽은 여장군 두 명 중 호삼랑에게는 화양군부인(花陽郡夫人)이란 이름이 내려졌으며 손이랑에게는 정덕군군(旌德郡君)이라는 이름이 내려졌다.

그날 대궐에 들어온 자들 중에서 선봉사는 따로 봉함을 받았고 정장 십 명은 각기 무절장군(武節將軍) 벼슬을 받았으며 편장 군 십오 명은 무혁랑(武奕郎)을 받고 각 고을의 도통령이 되었다. 또 여장군 고대수는 동원현군(東源縣君)으로 봉해졌다. 그 자세한 내용은 이러했다.

선봉사 송강은 무덕대부(武德大夫)를 더한 외에 초주의 안무사 겸 병마도총관, 부선봉 노준의는 무공대부(武功大夫)를 더한 외에 여주의 안무사 겸 병마부총관, 군사 오용은 무승군 승선사(承宣使), 관승은 대명부(大名府)의 정병마총관, 호연작은 어영병마지휘사, 화영은 응천부의 병마도통제, 시진은 횡해군 창주 도통제, 이응은 중산부 운주 도통제, 주동은 보정부 도통제, 대종은 연주부 도통제, 이규는 진강 윤주 도통제, 완소칠은 개천군 도통제였다.

관작에 이어 상이 더하여졌다. 편장 열다섯 명에게는 각기 금은 삼백 냥과 비단 다섯 필이요, 정장 열 명에게는 금은 오백 냥과 비단 여덟 필이었다. 선봉사 송강과 노준의에게는 금은 일천 냥에 비단 열 필과 어화포(御花袍) 한 벌, 좋은 말 한 필이 내려졌다.

송강을 비롯한 장수들은 은혜에 감사한 뒤 다시 목주 오룡대왕(烏龍大王)이 두 번씩이나 나타나 나라와 백성을 보호하고 장졸을 구해 준 일을 아뢰었다. 천자는 칙지를 내려 오룡대왕에게 충정영덕보우부혜용왕(忠靖靈德普祐孚惠龍王) 칭호를 더했다. 그리고 다시 붓을 들어 목주를 엄주로, 흡주를 휘주로 고쳤는데 방납이 그곳에서 반역했기 때문에 원래의 뜻과 상반되는 글자들을 붙인 것이었다.

청계현은 순안현으로 이름이 갈리고 물길을 내려 방원동을 섬으로 만들어 버렸으며, 엄주에는 칙서를 내려 오룡대왕묘를 짓게 하고 친필로 편액을 써 주었다.

그 모든 일이 끝난 뒤 천자는 태평연을 베풀게 해 공을 세운 신하들을 위로하였다. 문무백관과 구경사상(九卿四相)이 모두 그 잔치 자리에 나와 군신이 함께 즐겼다.

그날 술자리가 끝나자 여러 장수들은 다시 한번 천자의 성은에 감사를 올렸다.

송강이 천자께 아뢰었다.

"신은 양산박에서 부르심을 받아 나온 이래 끌고 있던 군사들을 태반이나 잃었습니다. 살아남은 이들 중에서 집으로 돌아가려는 자가 있으면 폐하께서 두터운 은혜를 베푸시어 돌려보내 주시옵소서."

천자는 그 같은 송강의 청을 윤허하고 칙지를 내렸다.

군사로 남는 자에게는 돈 백 관에 비단 열 필을 주어 용맹군(龍猛軍)과 호위군(虎威軍) 두 용채에 들게 하고 달마다 봉록과 군량미를 내리도록 하라. 또 군사로 남기를 원치 않는 자에게는 돈 이백 관에 비단 열 필을 주어 각기 고향으로 돌아가 백성으로 일하게 하라.

이에 송강은 다시 천자께 아뢰었다.

"신은 운성현 사람으로 죄를 짓고 도망쳐 나온 뒤로 감히 고향에 되돌아가지 못했습니다. 이제 고향으로 돌아가 친족들을 만나보고 초주로 가고자 하오나 마음대로 할 수 없기에 폐하께서 윤허해 주시기만을 기다리고 있습니다."

천자는 그 같은 송강의 말에 기쁜 기색으로 돈 십만 관을 더 내렸다. 송강은 거듭 절을 올려 그 같은 천자의 은덕에 감사하고 조정을 나왔다.

이튿날 중서성에서 잔치를 베풀어 여러 장수들을 대접하였고 사흘째 되는 날에는 추밀원에서 크게 잔치를 열어 주었다. 그리고 장초토, 유 도독, 동 추밀, 종과 경 두 참모, 왕과 조 두 대장은 전보다 더 무겁게 쓰였다. 영채로 돌아온 송강은 군사들 중에서 남기를 원하는 이들은 용맹, 호위 두 영채에 보내서 봉록을 받으며 살게 하고 양민으로 돌아가려는 자는 은냥을 타 가지고 각기 고향으로 돌아가 살게 하였다. 송강 밑에 있던 편장들도 각기 상을 받은 뒤 임명 받은 땅으로 관리가 되어 떠나갔다.

송강은 그 모든 처리가 끝나자 여럿과 작별한 뒤 아우 송청과 함께 군졸 백여 명에게 하사받은 물건, 짐 보따리, 상금 따위를 지워 가지고 동경을 떠나 산동으로 향했다. 그들 형제가 운성현 송가촌으로 금의환향하니 고향의 늙은이들과 친척들이 모두 나와 장원으로 맞아들였다.

그런데 뜻밖에도 송 태공은 그때 이미 세상을 떠나 영구가 되어 형제를 기다리고 있었다. 송강과 송청은 슬픔을 이기지 못해 큰 소리로 목 놓아 울었다. 식구들과 일꾼들이 모두 와서 송강에게 인사를 올렸다.

장원의 논밭과 가구 집기들은 송 태공이 살아 있을 때와 마찬가지로 가지런히 정리되어 있었다. 송강은 스님들을 장원으로 청해 불공을 드리면서 돌아가신 부모와 종친들의 명복을 빌었다.

그동안에도 송강을 보러 오는 고을의 관리들이 그치지 않았다.

송강은 날을 골라 몸소 아버님의 영구를 높은 언덕에 모셔 장례지냈다.

고을 관원들과 이웃의 늙은이들, 친척과 벗들이 모두 그날의 장례에 나왔음은 더 말할 나위도 없다.

송강은 아직도 현녀 낭랑에게 자신이 지난날 다짐한 것을 지키지 못했음을 기억해 내고 돈 오만 관을 내어 그 일을 서둘렀다. 장인들을 불러 구천현녀 낭랑묘당과 동서랑(東西廊)이며 산문(山門)을 다시 세우게 하고 신상도 새로 꾸몄으며 낭하에다 색깔 넣은 그림도 그리게 했다.

그러다 보니 생각보다 여러 날이 고향에서 지나갔다. 송강은 천자의 꾸지람을 들을까 봐 날을 골라 상복을 벗고 떠날 채비를 했다. 도사들을 청하여 부모를 위해 제를 올린 다음 큰 잔치를 열어 고향의 어른들을 잘 대접하며 석별의 정을 나누었다. 이튿날은 친척들이 역시 송강을 위해 큰 잔치를 베풀어 주었다.

꽃잎처럼 지는 영웅들

송강은 아우 송청이 벼슬을 받았으나 고향에서 농사를 짓겠다 하므로 그에게 장원을 넘겨주어 자손 없는 종친들을 제사 지내 주게 하고 나머지 돈과 비단은 백성들에게 나누어 주었다. 그런 뒤 고향 사람들과 이별하고 동경으로 돌아갔다.

송강이 동경에 돌아가 보니 형제들 중에는 식구들을 동경으로 데려온 사람도 있고 벼슬을 받은 땅으로 보내는 사람도 있었다. 남편이나 형이 나라를 위해 싸우다 죽었으므로 조정에서 내린 금과 비단을 받은 사람은 그 가족을 달래 주러 고향으로 돌아가 기도 했다. 송강은 그들을 모두 떠나보낸 다음 자신도 벼슬살이 하게 된 곳으로 떠나려 했다. 그러던 어느 날 신행태보 대종이 찾아와 말했다.

"이 아우는 성은을 입어 연주의 도통제를 받았으나 벼슬을 돌려주고 태안주 악묘로 가서 남은 평생을 한가롭게 보냈으면 좋겠습니다."

"아우는 어찌하여 그런 생각을 하게 되었는가?"

송강이 놀라며 물었다. 대종이 대답했다.

"저는 꿈에서 최부군(崔府君, 죽은 사람의 생전을 판단하는 벼슬아치, 최판관)에게 불려간 적이 있는데, 그 바람에 그같이 착한 마음을 먹게 된 듯합니다."

그 말을 들은 송강은 더 말리지 않았다.

"아우는 이미 살아서 신행태보란 이름을 썼으니 뒷날 반드시 악부(嶽府)의 영험 있는 신령이 될 것이네."

그렇게 송강을 작별하고 태안주 악묘로 돌아간 대종은 날마다 소홀함이 없이 향화를 올리고 성제(聖帝)를 섬겼다. 그러다가 몇 달 뒤에 하룻밤 앓는 법도 없이 여러 도인들을 불러다 하직을 고하고 나서 크게 웃으며 세상을 떠났다. 그 뒤 악묘에는 자주 신령이 나타나는지라 고을의 백성들과 묘축(廟祝, 묘의 제관)이 대종의 시체를 안에 넣은 신상을 빚어 사당 안에 세웠다.

완소칠은 벼슬을 받자 송강과 작별하고 개천군에 가서 도통제가 되었으나 뒤끝이 좋지 못했다. 몇 달 안 돼 대장 왕품과 조담이 방원동에서 완소칠에게 욕을 먹은 일에 앙심을 품고 동 추밀에게 여러 차례 완소칠의 잘못을 고자질했다. 완소칠이 방납의 곤룡포를 입고 옥띠를 매 본 것은 한때의 장난이라 하더라도 속으로는 좋지 않은 마음을 품어서이고, 또 개천군은 땅이 한쪽에

치우쳐 있고 사람들이 어리석어 완소칠이 꼬드기면 반역할 것이 라는 내용이었다.

동관은 그 일을 채경에게 알려 천자께 상주하게 했다. 이에 채경은 천자에게 갖은 모함을 하여 성지를 받은 뒤 공문을 개천군에 내려 완소칠의 벼슬을 빼앗고 그를 서민으로 돌아가게 했다.

완소칠은 오히려 기뻐하면서 늙은 어머니를 모시고 양산박 석갈촌으로 되돌아갔다. 그리고 옛날과 같이 고기잡이로 어머니를 봉양하다가 나이 예순이 되어 세상을 떠났다.

소선풍 시진은 도성에 있다가 대종이 벼슬을 내놓고 한가롭게 지내러 간 것을 본 데다 또 완소칠이 간신들의 농간으로 벼슬을 빼앗기고 돌아간 것을 알자 속으로 생각했다.

'나도 방납에게 가서 부마 노릇을 한 적이 있으니 뒷날 간신들이 알고 천자께 아뢰면 반드시 벼슬을 빼앗기고 욕을 보게 될 것이다. 아예 알아서 벼슬을 내놓고 욕을 면해야겠다.'

그리고 그는 병을 핑계로 벼슬을 내놓은 뒤 횡해군으로 돌아갔다. 그 뒤 시진은 근심 걱정 없이 남은 평생을 살다가 앓지도 않고 어느 날 갑자기 눈을 감았다.

이응은 중산부의 도통제를 제수받았는데 그곳으로 부임한 지 반 년도 안 돼 시진이 편안하게 서민으로 돌아갔다는 말을 들었다. 그도 시진을 본따 풍탄(風癱)으로 벼슬살이가 어렵다는 핑계를 대고 성원에 글을 올려 인수를 되돌렸다. 그리고 두흥과 함께 고향 독룡강으로 되돌아가 살았는데, 나중에는 많은 재물을 모아 늙도록 즐겁게 지냈다.

관승은 북경 대명부에서 병마를 총괄하게 되었는데, 워낙 군사들을 아껴 누구나 그를 공경하지 않는 사람이 없었다. 그러다가 어느 날 군사를 조련하고 돌아오는 길에 술이 몹시 취해 그만 말에서 떨어지고 말았다. 결국 관승은 그것이 병이 되어 앓다가 오래지 않아 죽었다.

호연작은 어영지휘사가 되어 날마다 임금의 행차를 호위하며 다녔다. 뒷날 그는 대군을 거느리고 금나라 올출(兀朮)의 네 번째 왕자가 거느린 대군을 깨뜨리고 다시 회서로 나가 싸우다가 싸움터에서 죽었다.

주동은 보정부에서 군사를 거느리고 있었는데 공이 많았고, 뒷날에는 유광세(劉光世)를 따라 금나라 군사를 쳐부수고 태평군의 절도사까지 지냈다.

화영은 처자와 여동생까지 네 식구를 데리고 응천부에 가서 부임하였고, 오용은 홀몸이라 시중꾼 아이를 데리고 무승군에 가서 벼슬을 살았다. 이규도 두 시중꾼을 데리고 윤주로 가서 도통제가 되었다.

여기서 다른 사람들은 다 죽을 때까지를 이야기하고 뒤의 세 사람만 임지에 이를 때까지만 이야기하는 데는 까닭이 있다. 앞에 말한 일곱 장수는 다시 나오지 않으므로 결말까지 다 이야기했고 나머지 다섯 장수, 곧 송강, 오용, 노준의, 화영, 이규는 다시 나오기 때문에 결말을 이야기하지 않았다.

송강과 노준의는 도성에서 여러 장수들이 임지로 가는 것을 보살폈다. 편장 열다섯 중 송강의 아우인 송청은 고향에 돌아가 농사꾼이 되었고, 두흥은 이미 이응을 따라 고향으로 돌아가고 없었다. 황신은 청주로 떠났고, 손립은 동생 손신 부처와 식구들을 데리고 등주로 갔으며, 추윤은 벼슬할 마음이 없어 등운산으로 되돌아갔고, 채경은 관승을 따라 북경으로 돌아간 뒤 벼슬을 내놓고 서민이 되었다. 배선은 양림과 의논한 끝에 음마천으로 돌아가 벼슬하며 한가롭게 지냈고, 장경은 고향이 그리워 담주로 돌아가 이름 없는 백성으로 살았다.

주무는 번서에게로 가서 법술을 배운 뒤 두 사람이 모두 훑은 도사가 되어 강호를 떠돌다가 공손승에게로 가서 일생을 마쳤고, 목춘은 게양진으로 돌아가 다시 양민이 되었다. 능진은 솜씨가 좋은 포수인 까닭에 화약국(火藥局)의 어영(御營)이 되었다.

그전에 이미 도성에 있던 안도전은 칙명을 받고 동경에 돌아와 태의원에서 금자의관(金紫醫官)이 되었고, 황보단은 어마감(御馬監) 대사가 되었으며, 김대견은 궁중 안의 어보감(御寶監)이 되었다. 소양은 채 태사 부중에서 사랑방 훈장이 되었으며, 악화는 부마 왕 도위의 부중에서 늙도록 한가하고 즐겁게 살았다.

송강과 노준의는 아쉽게 이별한 뒤 각기 제 갈 곳으로 가서 벼슬살이를 시작했다. 노준의는 가솔이 없는지라 시중꾼 몇을 데리고 여주로 갔고 송강 또한 시중꾼 몇과 함께 초주로 갔다.

송나라는 원래 태조에게서 제위를 물려받을 때 조정 안에 간신이 없게 하기를 맹세한 바 있다. 그러나 휘종 황제에 이르러 그 맹세는 지켜지지 못했다. 휘종이 비록 밝고 어지나 간신들이 길을 막고 권력을 농간하여 충성스럽고 선량한 사람들을 해치니 실로 천하를 위해 걱정이 아닐 수 없었다. 채경, 동관, 고구, 양전 네 사람이 바로 그 간신의 우두머리였다.

전수부 태위 고구와 양전은 천자가 송강 및 그의 장수들에게 후한 상과 벼슬을 내리는 것을 보고 속이 뒤틀려 견딜 수가 없었다. 서로 머리를 맞대고 의논하다 고구가 말했다.

"송강과 노준의는 다 우리의 원수인데, 지금은 오히려 공신이 되어 조정으로부터 후한 은사를 받았소이다. 그것들이 말 위에 오르면 군사를 이끌고 말에서 내리면 백성들을 다스리니 우리 같은 조정의 벼슬아치들이 어찌 남의 비웃음을 받지 않겠소? 예로부터 한스러워함이 적으면 군자가 아니요, 독하지 않으면 대장부가 못 된다 했소!"

그 말을 양전이 받았다.

"내게 한 계교가 있소이다. 우선 노준의를 없애 버리면 송강은 한쪽 팔을 잃은 셈이 될 것이외다. 노준의가 매우 영용하여 먼저 송강을 없애 버리면 뒤탈이 있을 거요. 그 일이 그에게 알려지는 날이면 필시 난을 일으킬 터이니 그부터 없애는 게 좋겠소."

"그게 어떤 묘한 계책인지 좀 들어나 봅시다."

고구는 귀가 솔깃해 물었다. 양전이 미리 짜 둔 독한 계교를 내놓았다.

"여주의 군사 몇을 시켜 성원에다 노 안무가 군사를 모으고 말을 사들이며 군량과 말먹이 풀을 장만한다고 고자질을 하게 하는 것이오. 그게 모반을 꾀하려는 조짐이라고 무고하게 한 뒤 그들과 함께 태사부에 올라가 아뢰면 채 태사를 속일 수 있을 것입니다. 그래서 채 태사로 하여금 천자께 상주하여 그럴싸한 성지를 내리시게 하는 한편 사람을 보내 노준의를 도성으로 꾀어 들이면 되오. 그가 도성으로 들어오면 폐하께서는 틀림없이 그에게 음식을 대접할 것이니 그때 음식마다 몰래 수은을 넣도록 합시다. 수은이 노준의의 콩팥에 들어가 붙게 되면 꼼짝 못할 것인즉 그걸로 큰일은 이루어지는 것입니다. 그다음 송강에게 조정의 사자를 보내 어주를 내리되 그 어주에는 천천히 퍼지는 독약을 타면 송강 또한 반달을 넘기지 못하고 죽을 것입니다.”

그 같은 양전의 말을 듣고 난 고구는 그의 묘책을 입에 침이 마르도록 치켜세웠다.

“거참 대단한 계책이오!”

의논을 맞춘 두 간신은 믿을 만한 졸개를 내세워 여주에 사는 백성 둘을 구해다가 자기들을 거들게 했다. 곧 노준의가 사람을 모으고 말을 사들이며 군량과 말먹이 풀을 쌓아 두는 게 반역하는 징조로 보이며, 또한 그는 사람을 자주 초주로 보내 안무사 송강과도 내통하고 있다고 고발하게 한 것이었다.

추밀원의 동관 역시 송강과는 원수진 사이라 곧 그 고발장을 받아 가지고 태사부에 갖다 바쳤다. 채경은 고발장을 보자 관리들을 모아 놓고 대책을 의논하였다. 거기에는 고구와 양전도 있어 곧 네 사람의 의견은 어렵지 않게 모아졌다. 서로 말을 맞춘 네 간신이 고발한 사람을 데리고 대궐로 들어가 천자께 그 일을 상소하였다.

“짐이 알기로 송강과 노준의는 십만 군사를 거느리고 사방의 역적들을 물리치면서도 반역의 마음을 품은 적이 없었다. 지금은 이미 바른길에 들어서 벼슬을 살고 있는데 어찌 반역한단 말이냐? 짐이 그들을 박대하지 않았으니 그들도 조정을 배반하지는 않을 것이다. 여기에는 틀림없이 거짓이 있으니 그 내막을 알아보기 전에는 믿을 수가 없다!"

들고 난 천자가 그렇게 의심을 나타냈다. 그때 곁에 섰던 고구와 양전이 입을 모아 말했다.

"성상께서 말씀하시는 이치는 그릇됨이 없사오나 사람의 마음이란 알기 어려운 것입니다. 신의 생각에는 노준의가 벼슬이 낮다고 불만을 품고 다시 반역할 마음이 생긴 것이 그만 남에게 들킨 것 같습니다."

그래도 황제는 네 간신의 말을 받아들이지 않았다.

"노준의를 불러오라. 짐이 실정을 알아보리라."

황제의 그 같은 칙지가 내려지자 채경과 동관이 나와서 또 거들었다.

"노준의는 사나운 짐승 같은 자라 그의 마음을 알 길이 없습니다. 만일 그를 건드렸다가 달아나면 앞으로는 사로잡기 어려울 것이니 그를 속여 도성으로 오게 하십시오. 그다음에 폐하께서 몸소 음식과 술을 내리시고 좋은 말로 위로하시면서 그의 움직임과 허실을 살펴보시는 게 좋을 듯합니다. 그때 아무런 탈이 없어 보이면 더 따지지 않아도 될 것이니 그것은 또한 공 있는 신하를 저버리지 않는다는 폐하의 뜻도 아울러 보여 줄 수 있는 일이 됩니다."

아무것도 모르는 천자는 그 말을 옳게 여겨 그대로 따랐다. 성지를 내려 볼일이 있으니 노준의로 하여금 조정으로 들라 하였다.

사신이 칙령을 받들고 여주에 당도하니 대소 관원들이 성 밖에 나와 맞이했다. 노준의는 조정에서 부르는 성지를 받자 사신과 함께 여주를 떠나 도성으로 향했다.

날을 끌지 않고 동경에 이른 노준의는 황성사 앞에서 쉬고 다음 날 일찍 동화문 밖에 이르러 조회를 기다렸다. 태사 채경, 추밀 동관, 태위 고구와 양전이 노준의를 편전으로 이끌어 천자를 뵙게 했다. 절을 받고 난 천자가 우물거리며 말했다.

"짐은 경을 만나 보고 싶었노라."

그리고 다시 물었다.

"여주는 머물 만한 곳이던가?"

노준의가 두 번 절하며 아뢰었다.

"성상의 크신 복을 입어 여주의 군사와 백성들은 모두가 평안하게 지내고 있습니다."

이어 천자가 이것저것 긴치 않은 것을 노준의에게 물었다. 노준의가 아는 대로 대답하는 사이에 점심때가 되었다. 선주관(膳廚官)이 와서 천자께 여쭈었다.

"수라를 가져왔사오나 함부로 들이지 못하고 성지를 기다리고 있습니다."

이때는 벌써 고구와 양전이 몰래 수은을 넣은 음식을 상에 올려놓은 뒤였다.

그런 줄도 모르고 천자는 그 자리에서 상을 노준의에게 내게 했다. 노준의가 절을 하고 상을 받아 음식을 먹자 천자가 그를 보며 위로했다.

"경은 여주에 가서 한마음으로 정성을 다해 군사를 기르며 행여 딴마음을 먹지 말라."

노준의에 대한 의심이 다 풀렸다는 뜻이었다. 노준의 또한 머리를 조아려 그 같은 천자의 은덕에 감사하고 조정을 나왔다. 그때까지도 노준의는 네 명의 간신이 모진 꾀를 써서 자신을 해친 줄 전혀 모르고 있었다. 그런 노준의를 보내면서 고구와 양전은 속으로 중얼거렸다.

'이제 큰일은 이루어졌다!'

조정을 떠난 노준의는 밤낮을 가리지 않고 여주로 돌아갔다. 그러나 음식에 섞여 있던 수은이 몸에 퍼져 움직일 수 없었다.

노준의는 하는 수 없이 말을 버리고 배를 탔다. 사주의 회하에 이르렀을 때 마침내 노준의의 천명이 다했는지 뜻하지 않은 일이 벌어졌다. 그날 밤 노준의는 뱃머리에 서서 바람을 쐬다가 수은이 옆구리와 골수에 스며들어 바로 설 수 없는 데다 술까지 취해 그만 발을 헛디디게 되었다. 그 바람에 하북의 옥기린은 불쌍하게도 회하 깊은 물에 빠져 원통한 귀신이 되고 말았다.

노준의를 시중들던 사람들은 그 시체를 건져 관에 넣어 사주의 좋은 땅을 골라 장례하였다. 그곳 관원들이 노준의가 죽은 소식을 성원에 문서로 알린 것은 말할 나위도 없었다.

채경, 동관, 고구, 양전 네 간신은 바로 일을 그같이 꾸민 장본인들이라 사주에서 공문이 오기 바쁘게 바로 천자를 찾아 아뢰었다.

"사주에서 올라온 공문에 따르면 노 안무가 회하에 이르러 술에 취해 물에 빠져 죽었다 합니다. 저희들은 성원의 벼슬아치들로 그 일을 아뢰지 않을 수 없어 이렇게 왔습니다. 두려운 것은 송강이 노준의의 죽음에 의심을 품고 무슨 일을 저지를지 모른다는 것입니다. 바라건대 폐하께서는 사자에게 어주를 주어 초주로 내려보내시고 송강의 마음을 어루만지게 하옵소서."

천자는 노준의가 갑자기 죽은 일이 의심스러웠으나 아무것도 아는 게 없는지라 어찌해 볼 수 없었다. 송강의 일도 그랬다. 무턱대고 네 간신들의 말을 듣지 않으려니 정말 송강의 마음이 어떤지 알 수 없었고 또 그 말을 듣자니 송강에게도 나쁜 일이 생길 것 같아 얼른 대답을 못했다.

천자가 생각에 잠기자 간신들이 벌 떼처럼 덤벼들어 갖은 달콤한 말로 천자를 꾀었다. 그 바람에 줏대 없는 천자는 결국 그들의 말대로 사자에게 술 두 동이를 주어 초주로 보내게 되었다. 어주를 가지고 초주로 가게 된 사자는 고구와 양전의 심복들이었다. 송공명의 천명이 다했는지 두 간신들은 천천히 독이 퍼지는 독약을 어주에 넣고 그들에게 주어 초주로 보냈다.

그 무렵 송공명은 초주에 와서 안무사 겸 병마도총관으로 일하고 있었다. 임지에 이른 뒤로 군사를 아끼고 백성을 사랑하니 백성들은 모두 그를 부모처럼 공경하였고 군사들도 그를 하늘처럼 우러렀다. 송사를 엄숙하게 처리하고 다른 육사(六事)를 다스림에도 모자람이 없으니 인심이 전부 그에게 쏠릴 수밖에 없었다.

송강은 공사를 처리하고 남는 시간이 있으면 늘 성 밖에 나가 날을 보냈다. 초주 남문 밖에는 요아와(蓼兒洼)라는 곳이 있는데 사면이 물로 둘러싸인 한가운데 높은 산 하나가 있고 그 산에는 소나무, 잣나무가 우거져 풍광이 몹시 좋았다. 비록 넓지는 않으나 용이 서리고 범이 걸터앉은 듯 굽이굽이 둘러앉은 산봉우리들도 저마다 층계를 이루듯 펼쳐져 있었다. 그 모든 광경이 신통하게도 옛날 양산박의 수호채와 비슷하였다.

송강은 그것을 보고 매우 기뻐하며 마음속으로 중얼거렸다.

'내가 만일 이 고을에서 죽는다면 여기가 산소 자리로는 더없이 좋은 곳이 되겠구나. 한가할 때는 늘 와서 노닐며 이 풍광을 마음껏 즐겨야겠다.'

그러는 사이에 어느덧 송강이 그곳에 온 지도 반년이 지났다. 때는 선화 6년 초여름 어느 달 초순이었다. 문득 조정에서 어주를 보내왔다는 전갈이 들어왔다.

송강은 여러 관원들과 함께 성 밖으로 나가 조정에서 보낸 사자를 맞아들였다. 관아에 이른 사자는 성지를 읽고 어주를 내리며 송강에게 마시기를 권했다.

송강은 먼저 어주를 받아 마신 뒤에 사자에게도 권했다. 그러나 사자는 술을 마실 줄 모른다고 핑계하며 끝내 어주를 받지 않았다. 술자리가 끝나자 사자는 도성으로 돌아가겠다고 서둘렀다. 송강은 예물을 마련해 바쳤으나 사자는 군이 사양하고 돌아갔다.

그런데 알 수 없는 것은 어주를 마시고 얼마 되지 않아서부터 송강의 배가 아프기 시작한 일이었다. 송강은 혹시 술에 독을 탄 것이나 아닌가 싶어 급히 사람을 보내 조정에서 온 사자의 뒤를 캐 보게 했다. 알아보니 그 사자는 그리로 오는 도중 역관에서는 술을 마셨다는 것이었다.

송강은 그제야 간사한 꾀에 넘어간 것을 깨달았다. 그는 틀림 없이 간신들이 독약을 탄 어주를 보낸 것이라 여기고 스스로 한탄하였다.

"나는 어려서부터 유학을 배우고 자라서는 벼슬아치로서의 도리를 익혔다. 불행히도 몸가짐을 잘못해 죄인이 된 적은 있으나 조금도 딴마음을 품은 적은 없었다. 오늘 천자가 경솔히 참소를 듣고 나에게 독주를 내리니 도대체 내가 무슨 죄를 지었단 말인가. 나는 죽어도 상관없으나 지금 윤주의 도통제로 있는 이규가 걱정이다. 만약 조정에서 이렇듯 간악한 짓을 한 줄 알면 반드시 숲으로 되돌아가 도둑질로 우리가 일생을 바쳐 쌓아 올린 맑은 이름과 충의를 그르칠 것이다. 아무래도 안 되겠다. 달리 무슨 수를 써야겠다."

송강은 그날 밤으로 사람을 윤주로 보내 의논할 게 있다는 핑계로 이규를 불렀다. 그때 이규는 윤주에서 도통제 노릇을 하고 있었으나 마음이 답답하고 나날이 지루해 사람들과 술만 퍼마시고 지냈다. 송강이 사람을 보내 자신을 부른다는 말을 듣자 그는 두말 않고 몸을 일으켰다.

"형님이 사람을 시켜 나를 부를 때는 반드시 하실 말이 있을 게다."

그러면서 그날로 배에 올라 초주로 왔다. 이규가 관아에 들어와 송강을 보고 인사를 드리자 송강이 말했다.

"형제들이 서로 헤어진 뒤 나는 밤낮으로 그들을 그리워하네. 군사 오용은 멀리 무승군에 가 있고 화영은 응천부에 가 있는데 소식조차 알 길이 없네. 다만 자네가 좀 가까운 윤주 진강에 있어 그나마 다행으로 여기고 의논할 게 있어 이렇게 불렀네."

"형님, 의논할 일이란 게 무엇이오?"

이규가 그렇게 성급히 묻자 송강은 그를 뒤채로 이끌었다.

"우선 술이나 마시고 천천히 이야기하세."

뒤채에는 벌써 술과 안주가 한 상 차려져 있었다. 송강은 이규에게 거푸 술을 권해 이규는 이내 거나해졌다. 송강이 문득 그런 이규를 보고 물었다.

"아우는 모르겠지만 조정에서 나를 죽이려고 독주를 보낸다 하네. 만일 내가 그렇게 죽게 되면 자넨 어떻게 하겠나?"

그러자 이규가 버럭 소리를 지르며 대꾸했다.

"빌어먹을! 그럼 반란이지."

그래도 송강은 별로 꾸짖는 기색 없이 다시 물었다.

"아우, 인마도 많지 않고 형제들도 다 각기 흩어져 있는데 어떻게 난리를 일으킨단 말인가?"

"우리 진강에 삼천의 인마가 있고 형님이 계시는 이곳 초주에도 약간의 인마가 있습니다. 그들과 백성을 모조리 일으키고 인마를 모아들여 들이치잔 말입니다. 그런 뒤에 다시 양산박으로 돌아가면 그 간신들 밑에서 욕을 당하니보다 얼마나 시원하겠소!"

"하지만 너무 성급해할 것 없네. 뒤에 다시 자세히 의논해 보세."

송강은 그렇게 말을 끊고 술만 권했다. 물론 이규가 마시는 술은 독약이 든 것이었다. 밤새워 술을 마신 이규는 이튿날 배를 타고 떠나게 되었다.

"형님, 언제쯤 군사를 일으키실 작정이슈? 나도 거기서 군사를 일으켜 이리로 오겠소."

배에 오르면서 이규가 그렇게 말하였다. 그때 송강이 비로소 털어놓았다.

"아우, 나를 너무 나무라지 말게. 나는 며칠 전에 조정에서 사신을 보내 내린 독주를 마셔 이제 목숨이 오래 남아 있지 못하네. 한평생 충의를 내세웠을 뿐 양심을 속인 일이 한 번도 없는 나에게 조정은 죽음을 내린 것이네. 하지만 조정은 나를 버려도 나는 결코 조정에 반역하지는 못하겠네. 걱정은 자네일세. 내가 죽은 뒤 자네가 혹시라도 반역을 일으켜 우리 양산박의 충의로운 이름을 더럽힐까 실로 걱정되네. 그래서 아우를 청해 뒤탈을 없이한 것이네. 아우가 어제 마신 술은 독기가 천천히 퍼지는 독주이니 이제 윤주에 돌아가면 머지않아 죽게 될 거네. 아우도 죽은 뒤에는 풍경이 양산박과 조금도 다름없는 초주 남문 밖 요아와로 와서 혼이라도 서로 함께 모여 지내세. 그곳은 내가 평소에 보아 둔 곳으로서 나는 죽은 뒤 거기 묻어 달라고 이미 말해 두었네."

말을 마친 송강의 두 눈에서는 비 오듯 눈물이 쏟아졌다. 이규도 눈물을 흘리며 말했다.

"됐소. 그만하시오. 나는 살아서 형님을 섬겼으니 죽어서도 형님을 섬기는 귀신이 되겠소."

그때 이미 이규는 몸이 무거워짐을 느꼈다. 그냥 눈물을 흘리며 송강과 작별하고 배에 올라 말없이 윤주로 돌아갔다. 이규는 송강의 말대로 독이 온몸에 퍼져 죽을 무렵 해서 시중들던 사람들을 불러 놓고 말했다.

"내가 죽거든 영구를 초주 남문 밖 요아와로 옮겨 가 형님과 함께 묻어 주게."

그리고 오래지 않아 숨을 거두었다. 그를 모시던 사람들은 예를 갖추어 입관한 뒤 그가 당부한 대로 영구를 요아와로 모셨다.

한편 송강은 이규와 헤어진 뒤 오용과 화영을 만나 보지 못해 애타 하였다. 그날 밤 독이 온몸에 퍼져 목숨이 위태롭게 되자 그는 시중드는 사람들에게 당부하였다.

"이미 일러둔 대로 내 영구를 꼭 이곳 남문 밖 요아와의 높고 깊숙한 곳에 묻어 주게. 자네들의 은덕은 잊지 않을 테니 부디 내 말을 어기지 말게."

송강은 그 말을 마치고 눈을 감았다. 그를 모시던 사람들도 관곽을 갖추어 장례를 지낸 뒤 그의 시신을 요아와에 모셨다. 며칠 뒤에 윤주에서도 이규의 영구를 모시고 와 송강의 묘 옆에 묻었다.

그때 송청은 집에서 앓고 있었다. 그런데 어느 날 일꾼이 들어와 송강이 초주에서 세상을 떠났다는 소식을 전했다. 그러나 앓고 있던 송청은 장례를 보지 못하고 나중 요아와로 일꾼들을 보내 제사를 올리고 분묘를 잘 손질하게 하였다.

그 무렵 오용은 무승군의 승선사로 있었다. 도임한 뒤 별로 즐겁지 못한 마음으로 나날을 보내면서 송강과 함께 있던 때를 늘 그리워했다. 그런데 하루는 갑자기 정신이 흐릿해져 꿈인지 생신지 모르고 있는데, 송강과 이규가 그의 옷자락을 붙잡고 말하는 것이었다.

"군사, 우리는 충의를 받들고 하늘을 대신해 도를 행하였을 뿐 천자를 저버리는 일은 한 번도 없었소. 그런데 조정에서 독주를 내려 죄 없는 우리를 죽였소. 지금은 초주 남문 밖 요아와의 깊은 산중에 묻히었소. 군사가 만일 옛정을 잊지 않았다면 한번 무덤에 와 주시오."

오용은 일이 그렇게 된 까닭을 자세히 물으려다가 소스라쳐 깨고 나니 한바탕 꿈이었다. 눈물을 비 오듯 흘리며 앉아서 밤을 새우고 날이 밝자 물 한 모금 마시는 법 없이 보따리를 꾸렸다. 그리고 아무도 딸리지 않은 채 홀로 초주를 향해 떠났다.

초주에 이르러 보니 과연 송강은 이미 죽은 뒤였다. 그곳 백성들치고 송강의 갑작스러운 죽음을 한탄하지 않는 사람은 하나도 없을 정도였다. 오용은 제물을 차려 가지고 남문 밖 요아와로 가서 송강과 이규의 묘소를 찾아보고 제사를 올렸다. 그는 손바닥으로 묘를 치며 통곡하였다.

"형님의 영령이 계시다면 살펴주시오. 이 오용은 한낱 시골 책상물림으로서 처음에는 조개 두령을 따르다가 뒷날 형님을 만나 목숨을 이어 부귀영화까지 누리게 되었습니다. 지금까지 십여 년 하루도 형님의 은덕을 입지 않은 날이 없을 것입니다. 그런데 이제 형님은 돌아가시고 꿈에 영령이 되어 나타났으니 이 어찌 된 일입니까? 아우는 형님의 은혜에 보답할 길이 없어 이 땅에서의 좋은 꿈을 지니고 형님과 저승에서나 만날까 합니다."

오용은 말을 마치고 슬피 울다가 목을 매어 죽으려 했다. 그런데 오용이 막 목을 매려 할 때 화영이 난데없이 배에서 내려 묘 앞으로 나는 듯이 달려왔다. 뜻밖에 만나게 된 그들은 서로 놀랐다.

"아우는 응천부에서 벼슬을 살고 있는데 어떻게 송강 형님이 세상 뜬 걸 알았나?"

오용이 그렇게 묻자 화영이 대답했다.

"형제들과 헤어져 임지로 간 뒤 나는 늘 여러 형님들만 그리워하다 보니 하루도 마음 편할 날이 없었습니다. 그러다가 어제 괴이한 꿈을 꾸었는데, 송공명 형님과 이규가 와서 이 동생을 붙잡고 조정에서 내린 독주를 마시고 죽었다고 하지 않겠습니까? 지금 초주 남문 밖 요아와에 묻혀 있는데 옛정을 잊지 않았다면 한번 무덤을 찾아와 달라고 하는 것입니다. 그래서 저는 모든 일을 제쳐 놓고 말을 달려 이렇게 왔습니다."

"나도 아우처럼 괴이한 꿈을 꾸고 여기로 왔소. 정말 아우가 이리로 오기를 잘했소. 나는 송공명의 은혜와 의를 저버리기 어렵고 그와의 정분을 잊을 수 없어서 여기서 죽을 작정이오. 넋이라도 형님과 한곳에 모이려고 생각하니 내가 죽거든 그 뒤는 아우가 알아서 처리해 주시오."

오용이 그렇게 화영을 보고 당부했다. 그러나 화영의 대답은 또 달랐다.

"군사께서 그런 마음이 계시다면 이 아우도 형님을 따라 같이 가도록 하겠습니다."

"내가 죽으면 아우가 여기 묻어 주기를 바라는데 어째 아우도 함께 죽으려 하는가?"

오용이 그렇게 말리자 화영은 흔들림 없는 목소리로 말했다.

"이 아우도 송강 형님의 인의와 은혜를 잊기 어렵습니다. 우리는 양산박에 있을 때 벌써 큰 죄를 지은 사람들이었으나 다행히도 죽음을 면했으며, 천자께서 죄를 용서하고 불러 주신 덕에 이곳저곳 싸움에서 공을 세우고 지금은 세상에 이름을 날리게 되었습니다. 조정에서 이미 저희를 의심하기 시작했으니 반드시 사소한 죄마저 따지고 들 것입니다. 만약 간신들의 못된 꾀에 빠져 죽게 된다면 그때는 후회해도 늦지 않겠습니까? 지금 형님을 따라 저승으로 간다면 그래도 세상에 맑고 높은 이름을 남길 것이고 주검도 무덤에 들 수 있게 될 것입니다."

그래도 오용은 한 번 더 화영을 말렸다.

"아우는 내 말을 듣게. 나는 가솔도 없는 홀몸이니 죽어도 아무 걱정이 없지만 아우는 어린 자식과 젊은 아내가 있지 않은가. 그들을 어쩔 셈인가."

"그건 걱정 안 해도 됩니다. 모아 둔 재물이 있으니 살아가기에는 어렵지 않을 것이고 처가에도 그들을 돌보아 줄 사람이 있습니다."

화영이 그렇게 나오자 오용도 더 말리지 못했다. 두 사람은 한바탕 크게 목 놓아 울고 나서 가까운 나무에 나란히 목을 매고 죽었다.

화영을 따라온 사람들이 아무리 기다려도 화영이 돌아오지 않아 묘 앞으로 가 보니 오용과 화영은 이미 숨이 끊어져 있었다. 그들은 급히 응천부에 알리어 관곽을 갖춰 오게 하여 오용과 화영을 송강의 무덤 곁에 묻었다. 며칠 사이에 요아와에는 네 개의 무덤이 생겼다.

초주의 백성들은 송강의 인덕과 충의를 사모하여 사당을 세우고 계절마다 제사를 올렸다. 혼령이 영험해서인지 사람들이 기도를 드리면 감응이 없을 때가 없었다.

한편 도군 황제는 고구와 채경 등이 쑤석거려 궁궐로 불러들였던 노준의가 돌아가는 길에 갑자기 죽었다는 말을 듣자 문득 그들 간신들의 속살거림에 따라 송강에게 어주를 내린 일이 마음에 걸려 왔다. 송강은 어찌 되었는지 새삼 걱정이 되었으나, 날마다 그들이 하는 말만 듣고 그들에게 이끌려 호화롭고 방탕하게 살다 보니 제대로 살필 수가 없었다. 간신들의 말에 미혹되어 현능한 사람의 길을 막고 충성스러운 신하와 좋은 장수를 해치고 있는데, 원통하게 죽은 송강의 넋이 찾아왔다.

하루는 황제가 궁궐 안에서 한가히 노닐다가 문득 이사사가 보고 싶어져 환관들을 데리고 몰래 그 후원에 이르러 방울 달린 줄을 당겼다. 놀란 이사사가 달려 나와 황제를 집 안으로 맞아들이자 황제는 방 안에 자리 잡기 바쁘게 앞뒤 문을 닫게 했다. 어느새 곱게 단장하고 나온 이사사가 황제에게 절을 올렸다.

"짐은 요즘 몸이 편치 못해 신의 안도전에게 가료를 받다 보니 수십 일이나 무심하게 보냈다. 허나 오래 너를 보지 못해 그리워 하다가 오늘에야 찾게 되니 더없이 기쁘구나!"

황제가 그렇게 말하자 이사사도 목소리에 담뿍 정을 담아 받 았다.

"폐하의 깊은 사랑에 천한 이 몸은 그저 감격할 뿐이옵니다."

그러고는 정성껏 술상을 차려 내 잔을 권하며 흥을 돋우었다. 어찌 된 셈인지 몇 잔 받아 마시기도 전에 황제의 머릿속이 흐릿 해 왔다. 밝게 일렁이는 촛불 아래로 갑자기 써늘한 바람이 일더 니 누른 적삼을 입은 사람이 황제의 눈앞에 나타났다.

"그대는 누구인가? 무슨 일로 왔는가?"

황제가 깜짝 놀라 물었다. 그러자 그 사람이 공손하게 대답했다.

"신은 양산박 송강의 부하 대종이라고 합니다. 신의 형 송강이 멀지 않은 곳에 있으니 폐하께서 어가를 타시고 신과 함께 가 주 시기를 바라나이다."

"짐의 어가를 어디로 가볍게 옮긴단 말이냐?"

"경관이 맑고 빼어난 곳이 있으니, 폐하를 그곳에 모시고 더불 어 노닐까 합니다."

그러자 황제도 왠지 싫지 않은 느낌이라 몸을 일으켰다. 대종 을 따라 후원으로 나와 보니 벌써 말이 마련되어 있었다. 대종은 황제를 말에 태우고 말고삐를 잡더니 달려가는데 구름 같기도 하고 안개 같기도 한 허공을 비바람 소리 속에 가로질러 어느 한 곳에 이르렀다. 그윽하고도 아름다운 산과 물에 이 세상 것 같지 않은 나무와 풀과 꽃이 어우러진 물가였다.

"여기가 어딘데 짐을 이리로 데려왔는가?"

말 위에서 어린 듯 취한 듯 그 경치를 바라보던 황제가 대종에게 물었다. 대종이 물가 산등성이 쪽으로 난 길을 가리키며 말했다.

"폐하께서 그곳에 이르시면 자연 아시게 될 것입니다."

이에 말에 탄 채 산등성이에 오른 황제는 몇 개의 관(關)을 지나게 되었다. 그러다가 세 번째 관문 앞에 이르니 백여 명의 장수들이 땅에 엎드렸는데, 그들은 한결같이 전포와 갑옷을 걸치고 금투구에 가죽띠를 맨 채 병장기를 들고 있었다. 황제가 놀라 물었다.

"그대들은 누구인가?"

그러자 금투구를 쓰고 금갑옷을 걸친 장수 하나가 앞으로 나와 말했다.

"신은 양산박의 송강이옵니다."

"짐은 그대를 초주의 안무사로 보냈는데 어찌하여 여기에 와 있는가?"

그런 황제의 물음을 송강이 처연하게 받았다.

"저희들은 폐하를 충의당으로 모시고 가서 저희가 어떻게 억울한 죽음을 당했는지를 말씀드리려 합니다."

그 말을 괴이쩍게 여긴 황제는 말없이 송강의 무리가 이끄는 대로 따라갔다. 이윽고 충의당 앞에 이른 황제가 말에서 안으로 들어가니 안개 같기도 하고 연기 같기도 한 것이 낀 너른 대청에는 많은 사람들이 엎드리고 있었다. 그들이 섬뜩하여 머뭇거리는 황제 앞에 송강이 무릎을 꿇더니 눈물을 말없이 흘렸다.

"경은 어찌하여 그리 우는가?"

황제가 묻자 송강이 구성진 목소리로 받았다.

"지난날 저희들이 비록 천병(天兵)에 항거하기는 하였으나, 늘 충의를 내세우고 조금도 딴마음을 먹은 적이 없었습니다. 그 뒤 폐하께서 조서로 저희들을 불러 어루만져 주시자, 저희들은 먼저 요나라를 치고 다시 세 역적을 물리치면서 형제를 열에 여덟이나 잃었습니다. 또 제가 폐하의 명을 받고 초주에 부임해서도 이곳 군민이나 형제들과 내통하여 불측한 일을 꾀한 일이 없음은 하늘과 땅이 다 아는 일입니다. 그런데도 폐하께서는 신에게 독주를 내리시어 죽게 하였으나 신은 아무런 원망 없이 받아 마셨습니다. 다만 이규가 딴마음을 품을까 봐 사람을 윤주로 보내 그를 불러다 독주를 먹여 죽게 하였고, 오용과 화영은 충의를 지켜 신의 무덤 앞에서 자결하였습니다. 저희 네 사람은 초주 남문 밖 요아와에 묻혔사온데 고을 사람들이 저희를 불쌍히 여겨 사당을 세우고 제사를 지내 주고 있습니다. 지금도 저희들의 넋은 흩어지지 않고 그곳에 모여 언제까지고 변함없이 충성할 것임을 아뢰고자 하니 폐하께서는 부디 굽어살피옵소서."

그 말에 황제가 깜짝 놀라며 탄식했다.

"과인이 몸소 사신에게 황봉(皇封) 어주를 보내 주었는데 누가 독주로 바꾸었단 말이냐!"

"폐하께서 그 사신에게 물으시면 거기 감춰진 간계를 모두 알게 될 것입니다.”

송강이 그렇게 받았다. 황제가 그 말에 담긴 뜻을 알 것도 같아 고개를 끄덕이며 지나쳐 온 세 관문을 무심히 돌아보았다. 세 관문 하나같이 채책(寨柵)이 웅장한 게 새삼 눈에 띄어 황제가 물었다.

“여기가 어디인데 경들이 이렇게 모여 있는가?”

“이곳은 저희들이 옛날에 함께 모여 충의를 받들었던 양산박입니다.”

송강이 다시 그렇게 대답했다.

“경들은 이미 죽었으니 다시 세상에 태어날 곳으로 가야 할 것인데 어찌하여 여기 이렇게 모여 있는가?”

“하늘이 저희들의 충의를 가엾게 여기시어 옥황상제의 부절과 칙령으로 저희를 양산박의 토지신 우두머리로 삼아 주셨습니다. 그래서 장수들이 모두 이곳으로 모이게 되었으나 억울함을 하소연할 길이 없기에, 이번에 걸음이 빠른 대종을 보내 폐하를 이곳 양산박으로 모셔 오게 한 것입니다. 평소 가슴에 맺혀 있던 충정을 아뢰려는 것뿐 딴 뜻은 없사오니 괴이치 여기지 마옵소서.”

“그렇다면 경들은 왜 일찍이 궁궐로 나를 찾아와 그런 일을 알리지 않았는가?”

“저희들은 어둠 속을 떠돌아다니는 혼령들이라 봉황의 둥지 같고 용의 거처 같은 궁궐로 어찌 들 수 있겠습니까? 마침 폐하께서 잠시 궁궐을 나오신 틈을 타 모셔 오게 할 수밖에 없었습니다.”

“알겠다. 그렇다면 짐이 이곳을 구경할 수 있겠는가?”

황제가 그렇게 묻자 송강을 비롯한 양산박 형제들이 모두 머리를 조아려 고마움을 나타내고 충의당을 나서는 황제를 뒤따랐다. 당을 내려오던 황제가 돌아보니 '충의당'이라고 커다랗게 써붙인 편액이 눈에 들어왔다. 그걸 입속으로 읽으며 머리를 끄덕이던 황제가 섬돌로 내려서는데 갑자기 송강의 등 뒤에서 이규가 뛰쳐나왔다. 두 손에 넓적한 도끼 한 자루씩을 나눠 쥔 이규가 두 눈을 부릅뜨고 황제를 노려보며 소리쳤다.

　"황제인지 뭔지 하는 이놈! 너는 어찌하여 간신 놈들의 말만 믿고 우리를 억울하게 죽였느냐? 오늘 이렇게 만났으니 그 원수를 갚아야겠다."

　그러면서 도끼를 치켜드는데 금세라도 내려찍을 듯한 기세였다. 황제가 소스라쳐 깨어 보니 한바탕 꿈이었다. 하지만 어찌나 용을 썼던지 온몸이 식은땀에 흠뻑 젖어 있었다. 촛불이 환한 방 안에서 아직 잠자리에 들지 않고 앉아 있는 이사사를 보고 황제가 물었다.

　"짐이 어디를 갔다 왔는가?"

　그런 황제의 물음에 이사사가 살풋 웃으며 대답했다.

　"폐하께서 가기는 어디를 가셨다는 것입니까? 잠시 베개를 베고 누워 계셨을 뿐입니다."

　그제야 황제는 꿈속에서 본 신묘한 일들을 모두 이사사에게 들려주었다. 듣고 난 이사사가 말했다.

　"폐하, 예로부터 곧고 바른 사람은 죽어도 반드시 신령한 넋이 되어 나타난다고 합니다. 혹시 송강이 죽어 폐하의 꿈속에 나타난 것은 아닌지요?"

"아뿔싸. 정말 그럴지도 모르겠구나. 내일 조회 때는 반드시 그 일을 알아보아야겠다. 만약 정말로 송강과 그 형제들이 그리 죽었다면 그 원통함을 풀어 주어야 하지 않겠느냐? 송강에게는 사당을 세워 주고 열후(列侯)로 올려 세워야겠다."

"폐하께서 정말로 그리하신다면 나라에 공을 세운 신하들을 잊지 않는 폐하의 덕이 세상에 널리 알려질 것입니다."

이사사가 그렇게 추어주었으나, 그날 밤 황제는 한숨과 탄식을 그치지 않았다.

이튿날 도군 황제는 조회 때 특별히 성지를 내려 여러 신하들을 편전에 모이게 하였다. 그러나 눈치 빠른 간신들은 혹시라도 황제가 송강의 일을 물을까 걱정이 되었다. 채경 동관 고구 양전은 모두 핑계를 대고 궁궐을 빠져나가고, 숙 태위를 비롯한 대신 몇 명만 편전으로 모였다. 황제가 먼저 숙원경에게 물었다.

"경은 초주에 안무사로 나가 있는 송강이 어찌되었는지를 아는가?"

그 물음에 숙 태위가 뜻밖의 대답을 했다.

"초주로 떠나간 뒤로 송 안무의 일은 전혀 아는 바 없사오나 어젯밤 신은 참으로 이상한 꿈을 꾸었습니다."

"이상한 꿈이라니, 그게 어떤 꿈인지 짐에게 어서 말해 보라."

황제가 괴이쩍게 여기며 숙 태위에게 대답을 재촉했다. 숙 태위가 조심스레 말했다.

"꿈에 송강이 전포에 갑옷투구를 갖추고 신을 찾아와 폐하께서 내리신 독주를 마시고 죽었다고 말해 주었습니다. 또 말하기를 초주의 백성들이 그의 충의를 아껴 초주 남문 밖 요아와에 장사를 지내고 사당을 지어 제사까지 지내 준다고 했습니다."

황제가 들어 보니 자신이 꿈속에서 들은 것과 똑같았다.

"과연 기이한 일이다. 짐이 꾼 꿈과 다른 바가 없구나!"

그렇게 감탄하며 숙 태위에게 엄하게 일렀다.

"경은 믿을 만한 사람을 초주로 보내 이 일을 알아보게 하고, 그 맞고 틀림을 얼른 짐에게 알려 다오."

이에 어전을 물러난 숙 태위가 그날로 자기 사람을 초주로 달려가게 해 알아보니 모든 게 황제와 숙 태위가 꿈에서 보고 들은 그대로였다. 숙 태위가 알아본 대로 전하자 황제는 송강의 일을 몹시 슬퍼하고 성내었다. 다음 날 조회에서 고구와 양전을 보자마자 큰소리로 꾸짖었다.

"나라를 망치는 간신들아, 어찌하여 나의 천하를 그릇되게 만드느냐!"

고구와 양전이 땅에 엎드려 잘못을 비는데 채경과 동관이 나서서 편을 들었다.

"사람의 생사는 하늘에 달렸습니다. 성원에서는 공문을 받은 일이 없어 함부로 아뢰지 못했는데 어제저녁에서야 초주에서 공문이 와 이제 신들이 폐하께 아뢰려던 참이었습니다."

그렇게 네 간신이 서로 싸고도니 천자는 또 그들에게 넘어가 더 이상 죄를 따지지 않았다. 다만 송강에게 어주를 가지고 갔던 사신을 추궁하게 하였으나 그들은 이미 돌아오는 길에 죽고 없었다.

조정에서는 오직 충성스러운 숙 태위만 남아 송강을 위해 힘을 썼다. 숙 태위의 진언에 따라 송강의 아우 송청에게 송강의 벼슬을 물려주게 되었으나 그때 송청은 병에 걸려 벼슬을 할 수 없었다. 이에 천자는 송청에게 돈 십만 관과 땅 삼천 묘를 내리고, 앞으로 자손이 있으면 조정에서 높이 써 주기로 했다.

황제는 또 숙 태위의 상주에 따라 몸소 붓을 들어 성지를 써서 송강을 충렬의제영응후(忠烈義濟靈應侯)로 봉하고 양산박에 돈을 내려 사당을 짓게 했다. 그리고 나라를 위하여 죽은 송강 등 여러 두령들의 신상을 세우게 하고 다시 몸소 쓴 정충지묘(靖忠之廟)란 현판을 그 사당에 내려보냈다.

제주부에서는 칙명을 받들어 양산박에 사당을 지었는데 '금못에 붉은 창이요 옥기둥에 은으로 만든 문'이라 할 만큼 화려하고도 웅장했다. 대전 가운데는 천자가 손수 써서 내린 현판이 걸리고 그 앞으로는 송강을 비롯한 서른여섯 천강정장(天罡正將)을 흙으로 빚어 채색한 상이 늘어섰다. 그리고 두 낭하에는 다시 주무를 비롯한 일흔둘 지살장군(地煞將軍)의 상이 늘어서니 백여덟 영웅의 위풍이 오히려 생시보다 늠름했다.

그 뒤 여러 차례 송강의 혼령이 나타나 그 사당에는 봄 여름 가을 겨울을 가리지 않고 백성들의 제사가 끊이지 아니했다. 양산박 안에서는 바람을 빌면 바람을 얻고 비를 빌면 비를 얻을 만큼 송강의 혼령은 영험했다.

초주 요아와에서도 송강의 혼령이 영험함을 보여 그곳에도 사당이 섰다. 백성들은 대전을 다시 짓고 두 낭하까지 곁들여 세운 뒤 천자께 현판을 내려 주기를 빌었으며, 양산박에서와 마찬가지로 백여덟 영웅들의 신상을 모셨는데 오늘날까지도 옛 흔적이 남아 있다고 한다.

뒷날 사관(史官)은 그들 영웅들의 삶과 죽음을 이렇게 노래했다.

묻혀 있다고 하늘을 원망치 말라
멸족당한 한신 팽월 가련치 아니한가
나라 위한 한마음 꺾이는 그날까지
숱한 싸움으로 큰 공 이룬 세월이었네
천강성 지살성 이제 사라졌으나
간신과 역적은 아직도 남아 있구나
독술 마시고 누른 흙에 묻힐 줄 알았던들
범려(范蠡)처럼 배 타고 멀리 달아나기나 할 것을

또 이런 노래도 있다.

살아서 부귀하고 죽어서는 후(侯)가 되니
남아 평생의 뜻 이미 보답받은 셈이네
굳센 말 울부짖는 밤 달은 산자락에 기울고
원숭이 휘파람 쓸쓸한 가을 저녁 구름 짙구나
참으로 있었던 일인지 따져 보지 않고
충성으로 어진 이들 이야기 즐겁게 엮어 보네

옥 같은 이들 묻혀 길이 잊히지 않을 요아와

지는 꽃 우는 새소리에 쓸쓸하기만 하여라.

수호지 10
꽃잎처럼 지는 영웅들

개정 신판 1쇄 인쇄 2021년 6월 1일
개정 신판 1쇄 발행 2021년 6월 15일

지은이 이문열

발행인 양원석 **편집장** 최두은 **책임편집** 정효진
디자인 김유진, 김미선 **표지 일러스트** 김미정
영업마케팅 양정길, 강효경, 정다은

펴낸 곳 ㈜알에이치코리아
주소 서울시 금천구 가산디지털2로 53, 20층(가산동, 한라시그마밸리)
편집문의 02-6443-8847 **도서문의** 02-6443-8800
홈페이지 http://rhk.co.kr
등록 2004년 1월 15일 제2-3726호

copyright ⓒ 이문열

ISBN 978-89-255-8846-9 (04820)
     978-89-255-8856-8 (세트)